著

异地恋的我们

Long-distance love for us

人民交通出版社股份有限公司
China Communications Press Co.,Ltd.

图书在版编目(CIP)数据

异地恋的我们 / 夏至著. —北京：人民交通出版社股份有限公司, 2019.9

ISBN 978-7-114-15640-3

Ⅰ.①异…　Ⅱ.①夏…　Ⅲ.①长篇小说—中国—当代
Ⅳ.①I247.5

中国版本图书馆CIP数据核字（2019）第122020号

书　　名：异地恋的我们
著 作 者：夏　至
监　　制：邵　江
策　　划：李梦霁
责任编辑：李梦霁
特约编辑：刘楚馨　陈力维
营　　销：吴　迪　杨　帆
责任校对：张　贺　龙　雪
责任印制：张　凯
出　　版：人民交通出版社股份有限公司
地　　址：（100011）北京市朝阳区安定门外外馆斜街3号
网　　址：http://www.ccpress.com.cn
销售电话：（010）59636983
总 经 销：北京有容书邦文化传媒有限公司
经　　销：各地新华书店
印　　刷：北京盛通印刷股份有限公司
开　　本：880×1230　1/32
印　　张：10.75
字　　数：261千
版　　次：2019年9月　第1版
印　　次：2019年9月　第1次印刷
书　　号：ISBN 978-7-114-15640-3
定　　价：49.80元
（有印刷、装订质量问题的图书由本公司负责调换）

目　　录

一切从很“丧”的一天开始

飞机从名古屋出发，将在两个小时后降落淮城市。

夏初一坐在前排靠窗的位置，一路上用iPad拍了很多不同角度的日光和云雾，等到乘务员通过广播提醒大家系好安全带，收起小桌板时，她才将iPad交给紧挨着自己的外国帅哥。外国帅哥长了一头漂亮的栗子色头发，高挺的鼻梁和深邃的眼窝让夏初一没办法拒绝他的要求。

外国帅哥笑起来风情万种：“Thank you! You've done me a great favor.”（谢谢！你帮了我大忙。）

夏初一英文很是蹩脚，不过能听得出他对自己的欣赏和感谢。她不好意思地回答他：“哪里，哪里，客气，客气。”

外国帅哥划过一张张她拍的照片，啧啧点头，用极快的语速道：“You are truly an excellent photographer! I have never seen wonderful works like these. Thank you for your help!”（你真是一位优秀的摄影师！我从来没见过这么漂亮的照片。谢谢你的帮助！）

夏初一更加不好意思，她拍的照片几乎长得一模一样，根本看不出有多大区别，她实在无法承受他过分的夸奖。要不是刚上飞机时他说是天气学家，央求她帮他拍照，她连往外看的心情都没有。

她有些累了，一想到今天是农历五月初一，她更加紧张，手心都在微微冒汗。

她有一种强烈的预感——今天会坠机，所以登机前她特意给陆斐然发了一条短信，在短信的最后加了一句：我会永远永远爱你。

看起来就很像准备好的遗言。

还有二十分钟就要降落，没等她再次回答外国帅哥的话，飞机就开始上下颠簸，而且越来越厉害。

夏初一下意识抓紧安全椅手柄，攥得骨节发青。乘务员再次通过广播提醒大家飞机正在穿过乱流区，希望大家调整坐姿，安静等待。然而在她说完没多久之后，飞机颠簸得更加厉害，似乎下一秒就要脱离航轨直冲地面。

夏初一脸色惨白地呆坐在位子上，转头看了看，满舱的人已经哀号一片。下一秒，飞机急转直下，猛地降落几百米，大家没有准备，像被人捏着从云层丢下来，肾脏和胃还留在上空，躯壳却已经垂直降落。飞机左摇右晃，这下人人哭号，连一向面带微笑的乘务员都眉头紧锁。

压垮她的最后一根稻草来自广播中传来的一句话：请大家随时准备好取出座椅底下的救生衣。

夏初一转头与外国帅哥对视，外国帅哥刚想说话，便听见夏初一嘶哑着嗓子道："是不是要死了？天啊，难道我才二十多岁就要死了？我得活着，我还没见到我妈，我不能死，绝对不能！"

说到后面时夏初一已经把嗓子喊破了，身体被恐惧胀满，心口像压着一块秤砣。外国帅哥单手扬起，试图安抚她："It's OK。It's OK！"

夏初一哪里还听得见，前后左右乘客的哭嚎声加重了她的恐惧。恐惧让她开始胡言乱语，企图用语言缓解自己的压力。

“我爸给我起名的时候根本没想到我的名字那么难解释。我是十五出生的，我爸为了显摆自己读过两年书，非得和我妈抢起名权，让我叫‘初一’。等我上了学，每个年级的班主任都问我是哪个初一过生日，我从上一年级到读完大学，解释过上百遍，我的生日在十五，五月十五。

“我爸当年起早贪黑给我起这个名儿，说含义是过了十五就想初一。我压根没看出来我爸读过书，倒看出来他的智商是真的不行。我讨厌初一，今天也是初一，我讨厌今天。”

飞机颠簸得像散了架，即便坐在椅子上都被晃得东倒西歪。夏初一打了个哆嗦，赶紧从背包里掏出一张纸，像交代后事似的一面在上面写“陆斐然”三个字，一面哭得更加伤心。

“我怎么这么倒霉，这个日子对我来说就是诅咒。我还那么年轻，我还没结婚，我想我爸，我……”

她哭得太剧烈了，连咳了一阵子，等再抬起头看外国帅哥时，发现他正一脸愁容地看着自己。

“Our plane is descending now , We will be landing soon.”（飞机正在降落，我们马上就要到了。）

夏初一揩了一把鼻涕，转头看向窗外。果然，地面上的房屋都已经出现在眼前，蓝色的屋瓦清晰可见。

广播里传来乘务员平静的声音，说因为乱流导致的剧烈颠簸使大家受惊，谨代表航空公司向大家诚挚地道歉。

夏初一脸蹭的红到耳根，因为一些鼻涕还挂在嘴唇上。只好十分尴尬地对外国帅哥笑道：“刚才……哈哈哈……是个幻觉。”

外国帅哥也温和地笑：“You're funny.”

夏初一挠了挠头，想了想刚才自己失态的样子回复道：“你这么淡定，让我想到了一些中国人。”

“Who？”

夏初一十分认真地看着他："文天祥、谭嗣同、岳飞，还有黄继光和赵一曼。"

外国帅哥皱皱眉头："Why？"

飞机落地了，夏初一长吁一口气："因为他们都不怕死。"

下了飞机，夏初一等着其他同事过来汇合。牧晨先赶过来，怕是刚才太过惊吓，直说这会儿肚子疼得要命。夏初一赶紧扶着她就近接了杯热水，又将包里的止痛药拿出来喂她服下。她知道牧晨身体不好，这次日本之游多次被她拖累，遭到很多同事的白眼，也只有夏初一一直在照顾她。

牧晨脸色刚刚恢复一些红润，其他同事也陆续赶了过来。温凉叽叽喳喳地说个不停，全是劫后余生的感慨。

"这次日本团建也太不顺了，去富士山赶上下雨，大巴车差点开到沟里；去大阪遇到小偷，东西找了大半夜才找回来；连回程的路上都遭遇乱流，差点没命回到祖国的怀抱。"

牧晨低头喝热水，不愿加入温凉的吐槽中。夏初一作为这次团建的负责人，也只能安慰性地让大家好好休息，尽快把体力补回来。

以机场作为最后根据地，夏初一再次清点了人数，确认了包裹，最后让大家统一坐车回公司。温凉临走前眨着眼睛和夏初一说道："你今天就别回公司了，毕竟小别胜新婚嘛。"

夏初一十分客气地送别她，顺手给了她一个清脆的脑瓜崩，让温凉疼得龇牙咧嘴。等大家都走了，夏初一站到出口位置看了看手表，已经将近十点，按说陆斐然早就该到了。

陆斐然和夏初一异地恋三年，最近的一次也有一百多天没见面了。两人约好今天在机场见面，然后一起回学校拜访老师，谁知陆斐然到现在还没有出现。

夏初一给陆斐然打了几通电话，传来的都是忙音。她百无聊赖地靠在大厅窗前等待，外面有些阴天，连成一排的车流尾灯像彩虹豆一样撒在地面上。

等到十一点，夏初一有些焦急，转身时和外国帅哥再次相见。

“Bye.”夏初一想都没想，直接和他说再见。

外国帅哥哈哈大笑：“我会记住你的。”

夏初一如被雷击：“你会说中文？”

外国帅哥挑眉，和她擦身而过时留下礼貌而客气的一句话：“Xia Shiwu，Welcome to China.”

夏初一想更正自己的名字，又觉得很丢脸，同时觉得自己被欺骗更加生气。如温凉所说，这次日本之旅真的“丧”到极点，连一向准时的陆斐然都失约了，让她不得不相信命运之玄妙。

然而下一秒，夏初一收到一条短信，让她第一时间就想去拜访一下命运之神。神在开什么玩笑？

陆斐然给夏初一的短信上明明白白地写着五个字：我们分手吧，就在“我会永远永远爱你”一行字的下面。

“我们分手吧”几个字显得极为扎眼。

夏初一紧接着打过去电话，仍是一片忙音。

夏初一心扑通扑通跳，她下意识攥紧手机，想第一时间坐上飞往汉州的飞机。但是最终夏初一停住了，她觉得陆斐然一定是被绑架了，绑匪要赎金，陆斐然才不得已和自己说分手。不然还能有什么原因？她压根不相信陆斐然这辈子会和自己说分手。

天会塌，山会平，河会干，陆斐然，绝不会和自己分手。

夏初一打了车回公司，一路不停给各个银行打电话确认自己的存款数。临到公司时，司机将车停在十字路口，透过后视镜看了看下车的夏初一，嘴里嘀咕：“四个银行的存款数还抵不上我一个车座子钱。”

往常这句话被夏初一听到，她一定会跳脚：“我还有两个银行的电话没打呢！”

但是夏初一这次没心情和司机扯皮，因为此时天空开始落雨，丝丝点点顽皮地跳跃到地面，十字路口已经堵得水泄不通。夏初一想赶在绿灯结束前跑过马路。就在她抬腿起跑的瞬间，一只掉了毛的小狗不知从哪个车轮底下蹿了出来。这时绿灯即将变成红灯，堵在路口的车眼看就要疾驰而过。

夏初一想都没想，甩掉背包抢上一步将小狗抱在怀里。汽车鸣笛声轰的撞疼耳膜，胳膊擦破了一大块皮，丢掉的背包转瞬被一辆卡车碾过。

阴雨天一切都很模糊，夏初一瞅着怀里的小狗眨着水汪汪的大眼睛试图逃走，哀叹一声将它放了。和它道别的时候，夏初一一边挥手一边说：“下次注意，不要再乱穿马路啦。”

她捡起被轧扁的背包拍了拍，心想今天果然是连环“丧”，招招“丧”得人想哭。

到了公司，大家已经按部就班地开始工作，只有牧晨发现夏初一回来了，不解地问她：“不是要见男朋友吗？”

夏初一强装镇定：“啊，他有些事不来了。”她说完就大步向自己的办公室走去，丝毫不给牧晨问第二句话的机会。

夏初一将行李箱和背包放到沙发上，瘫软在椅子中。她再次拨通了陆斐然的电话，得到的仍然是盲音。

手指哒哒敲在桌面上，夏初一不放心，安排财务部将业务的一笔款子先放到自己账上，而后决定坐最近的一班车前往淮城火车站。

她打开手机准备订票，紧张地查看时刻表：

淮城—汉州　23：45—6：30

淮城—汉州　11：50—11：30

淮城—汉州　18：20—18：00

除了一趟高铁之外，一天内还有两趟火车可以让她从淮城到达汉州，但是时间都太长了，淮城和汉州一个在南一个在北，火车要坐整整一天。她记得有班飞机直飞，赶紧查了查，显示从下午一点到下午三点。

夏初一正思索该选哪个，牧晨忽然带着一位老太太敲开了办公室的门。

“说是专门来找你。”牧晨将老太太带到夏初一面前解释道。

夏初一见老太太怀里抱着一只掉了毛的小狗，认出是刚刚救下的那只，连忙请她入座。老太太希望牧晨先出去，等办公室里只剩下她和夏初一两个人时才笑盈盈地开口。

“谢谢你救了我的宝贝儿。”

夏初一觉得这事儿根本不值一提，有些害羞：“举手之劳，您不用客气。”

老太太头发花白，笑容和蔼。小狗安静地窝在她的手臂中一动不动。

“你冒着生命危险救下它，我欠你一命。”

“哪里，哪里。”夏初一连忙推托，“您说得太严重了，真的就是顺手救它。”

老太太面带微笑盯着她看，看得夏初一脸色发红。她刚要打破尴尬准备再说点什么时，清晰地听老太太说道：“我会满足你一个愿望。”

“愿望？”夏初一眉心一攒，“什么愿望？”

“什么愿望都可以。”

夏初一笑的时候有种傻乎乎的可爱，连忙摆手：“真的不用，您别破费了。”

老太太很是固执：“什么愿望都可以。”

夏初一心里还想着陆斐然和自己分手的事，无意再和她客套，小声道：“要是真的什么愿望都可以的话，我希望自己会飞。我现在很想飞到一个人的身边。”

老太太从小狗身下掏出一只胳膊，颤巍巍地伸手握住她的手心。

老太太的手掌温热，在阴雨天给了夏初一一丝温暖。

夏初一看老太太的手背很是细滑，完全不像老年人会有的干巴巴的手，羡慕道：“您保养得真是不错。”

天空劈下一道惊雷，将她的话湮没。然而紧接着，夏初一觉得自己手心传来强烈的震动感，一瞬间她惊呆了，疑惑地看着老太太。

半晌，老太太抽出手站起身，与夏初一道别。

“记住，心诚则灵。”

门外牧晨正在偷听，谁料老太太突然开门出来，吓了她一大跳。

老太太没看她，抱着小狗很快消失在公司门口。

办公室内，夏初一盯着自己通红一片的手心，又想了想老太太的话，极为震惊，自言自语道：“我会飞啦？”

一直到午饭时间，夏初一的情绪都在忐忑和期待中循环。她想试试老太太是不是真的能满足她的愿望。

但是她很矛盾，既怕老太太在骗她，更怕老太太没有骗她。

如果她真的会飞了，那么这到底是一个什么奇幻世界？

难道命运之神给她送来了一条小狗，顺便给她送来了一位老太太？

夏初一看了看时间，现在是中午十二点，陆斐然的电话还是打不通，她不能再等下去了。

她偷偷跑到卫生间，不顾卫生间极为刺鼻的空气，开始用力呼吸。牧晨进来时用一种难以置信的眼神盯着她。

夏初一双手冒汗，赶紧打开一扇单独的门躲进去。她坐在马桶盖上，闭上眼睛开始倒数。

老太太说心诚则灵。

夏初一几乎把所有的意念都用在想象自己会飞这件事情上了。

“三、二、一”。

“智叟”向“愚公”求婚了

夏初一作为Z大学生会宣传部部长，听从学生会主席陆斐然的安排，在毕业季排了一出《愚公移山》的舞台剧。

“愚公移山”这个主题也只有寡言、一根筋、木头疙瘩一样的陆斐然能想得到。他说这出舞台剧旨在告诉大家：找准目标、努力工作，孜孜不倦、勇往直前。坚信只要有信心和毅力，就没有克服不了的困难。

但实际上，夏初一在排练时就有个感觉，这出舞台剧只能告诉大家：不懂变通，世世代代都要跟着祖辈受苦受累。

她的思想当然很危险，好在“怂”一向是她的本性，这样的话她根本不敢说出来。

毕业季就是分手季，当时夏初一走到哪儿都能听到哭声。最严重的一次是她在浴室洗澡，刚刚打开水阀就听见隔壁浴室传来撕心裂肺的哭声，一边哭一边大喊“我不想分手，可是我没办法”。她洗了一个小时的澡，隔壁凄凄切切的背景音乐让她毛骨悚然，感觉自己身临鬼片现场。直到女生哭昏过去，由浴室大妈拖走，打了120救命。

这样的情绪弥漫了一个多月，导致陆斐然话越来越少，连一向开朗乐观的夏初一都被影响。彼时陆斐然通过层层选拔和面试，最终成为唯一一个和汉州建商银行签约的人。一签就是五年，中途毁约则需要赔偿违约金，基本等于倾家荡产。

而夏初一因为妈妈的事情决定回到家乡淮城，这是她从高中毕业时就定下的决心。她的后半辈子，一定不能离开淮城。那时陆斐然十九岁，少年老成，只对她说了三个字：我陪你。

谁知毕业就像一头猛兽，毫不留情地吞噬了当初的诺言。

陆斐然不是反悔，而是告诉夏初一：他用五年的时间赚到足够多的钱，然后用这些钱养夏初一一辈子。

夏初一觉得一点都没有错。汉州是大都市，淮城是小地方，大都市里面机会遍地，以陆斐然的能力，五年的时间可以赚得盆满钵满。将这些钱拿到淮城花，确实可以花一辈子。

陆斐然已经陪伴夏初一度过整个高中和整个大学，他们只是分开五年时间而已。

可是毕业季的到来仍然让夏初一心有不安。她害怕了，她不是对陆斐然没信心，她是怕自己在没有陆斐然的时候坚持不下去。

《愚公移山》的舞台剧如期演出。加上愚公的“子子孙孙”总共五十位同学参加，夏初一凭借“部长”和“组织人”的身份给自己谋了福利，由自己扮演“智叟”，与“愚公”陆斐然演对手戏。

因为是毕业季演出，连院里的老师都坐在礼堂观看。一幕间转景切换时，台下传来的掌声如潮四起，经久不息，热烈得快要把屋顶掀起来。

夏初一排的舞台剧很有趣，她为愚公的每个子孙都安上了名字，每个子孙都要向智叟重复愚公的话。智叟最后无语凝噎，形单影只，跪在地上求他们闭嘴。

《愚公移山》创作背景所在的战国时期本身就是一个社会大变革的时期，同时也是学术思想百家争鸣的时期。夏初一用了几段搞笑的场景给正剧加了一些轻松的佐料，效果甚佳，当然最后仍然突出了主题：好好工作，踏实做人，持之以恒，感天动地。

最后，夏初一给舞台剧安排的谢幕动作是所有演员模仿《愚公移山》壁画里的样子，或半举胳膊做砸石状，或低头弯腰做捡石状，愚公拄着拐杖笑眯眯地低头看着蹲在一旁智叟，和剩下的几十个人组成了一幅磅礴生动的场面。

当所有人按照排练好的动作站在台前谢幕时，夏初一忽然单膝跪在地上，直勾勾地看着陆斐然。

舞台追光将夏初一和陆斐然环罩在一起。

她的麦还在，一说话整个礼堂都听得清清楚楚。

“陆斐然，你愿意娶我吗？”

演出后体力大减，她的额头上渗着密密的汗，呼哧呼哧喘粗气。她见陆斐然愣在原地，又重复了一遍。

“陆斐然，你愿意娶我吗？”

她身体有些晃，笨拙地从智叟的演出服兜里掏出一枚戒指举到半空，昂头看着他。

礼堂安静下来，连已经离开座位的老师都转过身子，一齐看向舞台。

陆斐然清瘦白皙的手指接过那枚戒指，说：“我愿意。”

起初是两三个人鼓掌，到最后全礼堂的人跟着呐喊：在一起，在一起，在一起……

Z大男神陆斐然被当众告白，不到半个小时，整个校园里都传着一句话：“智叟”向“愚公”求婚了。

刚刚分开的时候，陆斐然每天都会给夏初一打电话。

那时夏初一回到淮城工作，晚上下班后特别想念陆斐然，她看着求婚第二天陆斐然送她的那枚戒指，心尖微颤，如今戴在无名指上是那样耀眼而好看。那天她送陆斐然的是一枚细细的银指环，目的仅仅是得到肯定的爱情允诺，但隔天陆斐然送她的戒指是镶着钻石的戒指，给了她真正的安定和平和。

她走在熙熙攘攘的马路上，抬头看到皎洁温柔的月亮，眼眶一热。

她在电话里和陆斐然说："我们能看到同一个月亮，让我觉得我们离得一点都不远，你还在我身边。"

陆斐然的话一向很少，他沉默了一会儿，坚定地说："我们这一生，只分开这五年。"

言犹在耳，夏初一不知道三年后陆斐然为什么忽然说要分手。

在卫生间里闭着眼倒数"三、二、一"的夏初一重新睁开眼睛，发现自己已经站在汉州建商银行门外，看见玻璃门内的陆斐然一身正派、不苟言笑地给员工安排工作的时候，想一个箭步冲上去问他："你没被绑架啊？"

不过她现在有更为强烈的另一种感受：感觉有点累。

上一秒还在淮城公司的卫生间里，没想到下一秒真的到了汉州。夏初一完全不知道自己是怎么过来的，一睁眼就已经换了城市，甚至到达了准确的地点。她瞅了瞅有些湿的衣服，想起淮城还在下雨，验证了自己确实是飞过来的。只不过太快了，快到让她自己几乎没有感觉到。

接下来，夏初一脑海中略过无数个书中所写的片段。

"人体大约99%是由氢碳氮和氧原子组成的，这就是你和宇宙的深远关系——你体内的氢原子是在宇宙大爆炸中产生的，而碳氮和氧原子则是由恒星产生的。每一秒，都会有成千上万的不稳定放射性碳原子在你的细胞内和细胞之间爆炸。"

——夏初一思考，人的本质和宇宙的本质那么相似，所以生活中有很多难以解释的现象发生应该也不足为奇。

“你是由和地球一样古老的物质组成的，其中三分之一年龄甚至和宇宙相当。不过这些原子第一次以这种方式聚集在一起，并且认为它们就是你。所谓死亡，就是我们体内原子的特定组合打散重组的过程。”

——那么飞起来，是不是也是体内原子打散重组的另一种方式呢？

“人的智商并没有多大改变，那些印第安人和中古世纪的人跟我们差不多，但是彼此所处的环境不同。在以前的环境中，他们认为鬼神是存在的，就像现代人认为原子、质子、光子和量子是存在的。从这个角度来说，我相信有鬼，也就是说，现代人也有属于他们的鬼神。”

——老太太肯定不是鬼，她一定是神仙！

夏初一晃了晃脑袋，夏天的阳光晒得她有点发懵。总之她现在会飞了，异地恋最大的困难已经解决了，她可以好好找陆斐然聊一聊了。

不过……

建商银行里的会议已经开完，所有人恢复工作，她看到陆斐然转瞬消失在柜台后面。夏初一觉得陆斐然一定有事瞒着自己，不然他为什么要提分手？

她找不到理由。

树荫底下凉飕飕的，让她冷静了许多——她决定找原因。

既然没被绑架，一定有别的事情。夏初一从银行隔壁的小店里买了条丝巾，将自己的头半包起来，悄悄地进入了建商银行。

银行里十足的冷气让她打了个寒战，她什么都没带，口袋里只有一张身份证和一个手机，连数据线都没有。身份证还是从日本回来时顺手放口袋里的，夏初一默默感谢当时的自己。

柜台前不断播着“××请到1号窗口，××请到3号窗口”之类的内容。夏初一坐在等候椅上四处观察，希望看到陆斐然的影子。正左右乱瞅，一个身穿套裙，头发在后脑勺窝成一团的女孩走到她面前笑着问道：“请问要办什么业务？”

夏初一看她打扮，猜出是银行的大堂经理，干笑了下：“我坐会儿。”

女孩点点头：“需要水吗？”

夏初一原本想摇头，结果发现自己还真有点渴：“一杯温水，谢谢。”

女孩转身时夏初一看见了她的胸牌，上面写着“陈清昼”。真是一个好名字，夏初一又想到自己的名字和自己的父亲，默默叹了口气。

等陈清昼倒了水递给她，夏初一试探性地问：“你们银行这么大，人也不少吧？”

陈清昼礼貌微笑：“这个支行是除总部外最大的一个。您看柜台窗口有十几个，排队的人从早晨到晚上络绎不绝，都很忙。”

从早晨到晚上，可不就是清昼嘛。夏初一暗想这姑娘当大堂经理真是合适。

她放下杯子，探头问她：“那柜员里有没有个人叫陆斐然？”

陈清昼微微挑眉：“他不是柜员，他在业务部做管……”

一句话还没说完，远处就有喊陈清昼办业务的人民群众，陈清昼赶紧离开。夏初一之前只知道陆斐然在业务部，业务经理、客户经理都做过，不知道现在到底什么职位了。不过听陈清昼的意思，前面柜员里是看不到陆斐然了。

夏初一翻到陆斐然给她的分手短信又看了一遍，干脆又拨了一遍电话，还是忙音。

陆斐然，你大爷的！夏初一瘫坐在椅子上，一时不知如何是好。

“不为什么”先生

高二那年，市里电视台采访年级第一的陆斐然。当主持人拉着长长的话筒线，站在摄影机前面说了一堆欢迎收看×××，这里是市第一中学之类的话，并详细介绍完陆斐然的成绩背景后，一脸温柔和善、循循善诱地问他：你的梦想是什么？

主持人都说了那么多话了，下面的时间肯定都交给陆斐然。主持人正想松口气休息休息，就听陆斐然面对镜头说道：学法律。

“还有吗？”

“没了。”

一个优秀学生代表的采访，硬生生变成了主持人的个人秀。

陆斐然话一向少，当节目播出时，连班主任都气得脑门一跳一跳的。那天晚自习，和陆斐然坐前后桌的夏初一转头问他：为什么想学法律？

当时夏初一和陆斐然还是普通同学关系，两人的对话经常是“为什么……？”和“不为什么”。

这次陆斐然头都没抬，当然不可能回答夏初一的问题。气氛一时尴尬至极，幸亏坐在夏初一前面的许慕杨救场。

班主任当时排座位，本着“先富带动后富”的思想，一排绩差生一排绩优生间隔排列，想全面提高班级成绩。只不过班里绩差生太多，轮到夏初一时已经是两排绩差生靠一排绩优生地排列。但当时夏初一很高兴，因为许慕杨比她还差，就算她后面坐着陆斐然也没觉得有多丢脸。

“法律来钱快呗。”

许慕杨留着板寸，眉毛很浓，笑起来眼睛眯起一条缝，眼神却很精明。

夏初一觉得陆斐然不可能像许慕杨这么肤浅，替他争辩：“别的行业一样赚钱啊。”

许慕杨邪邪地一笑：“当律师多有面子，又正派又权威，还能给人主持公道。你没看司法女神都左手拿剑右手拿秤吗，那就是代表了公平和正义。”

夏初一回头瞅了陆斐然一眼，见他无动于衷，便回头和许慕杨说道：“既然代表公平和正义，那为什么还要给坏人做律师？碰见烧杀奸掠的直接判刑不就行了？”

许慕杨一拍桌子，吓了夏初一一跳。

“所以来钱快啊。要是帮坏人减了刑或者减了罪，能多收好些钱。”

转了一圈，又回到许慕杨刚开始的逻辑，然而单纯的夏初一被说服了。

“法律不是为有钱人服务的。”

此时陆斐然幽幽开口，夏初一脊背一凉。

“法律的公平是给所有人同等的权利。即便那个人罪大恶极，罪行一清二楚，但当所有人都惩罚他的时候，他也会走投无路，成为弱势，法律的天平已经倾斜。所以律师的责任是帮助他，给他一线生机，他可能更知道忏悔。善恶是流动的，天平平衡两者，不使一方过强，也不使一方过弱。”

这是一个月以来陆斐然说过的最长的句子。

夏初一犹如醍醐灌顶，一瞬间觉得陆斐然被光环笼罩着。许慕杨啧啧两声，目光穿过夏初一落到陆斐然身上。

“那你学法律是为什么？”

陆斐然再次低头：“不为什么。”

许慕杨白了陆斐然一眼，他一向瞧不起这种故弄玄虚的人。只是他还没来得及发作，班主任的一张脸就从门框上的玻璃上显现出来。他正因为陆斐然接受采访时没给自己长脸的事情生气，现在看见许慕杨扰乱课堂秩序更是恨得牙根痒痒。

夏初一比许慕杨早一刻看到班主任，连忙低头写作业。

最后许慕杨……

夏初一坐在银行的休息椅上看了看表，已经下午四点三刻。她从回忆中抽身，因为实在是想不起来许慕杨当时的下场了。在她的脑海里，能让她记住的事情永远和陆斐然有关系。

夏初一没有急着去找陆斐然，她怕自己即便拽着他的领口疯狂问他为什么提分手，他也会淡淡地说个不为什么。她想自己找原因，否则陆斐然就算说一万遍分手她也不答应。

银行五点下班，夏初一知道时不我待，连忙用丝巾将自己包得严严实实，站起身向柜台走去。

一排柜台后面有个走廊，走廊连通办公区，前面办业务，后面则是银行各个部门上班的地方。夏初一四下瞅了瞅没人往她这里瞧，偷偷摸摸地一个侧身，沿着走廊向里面走去。

只是还没走两步，两个保安就各架着夏初一的一条胳膊把她抬出来了。

到了大厅就看见陈清昼抱臂在怀，居高临下地看着她：“我早看出来你不对劲儿，是不是想偷东西，在这儿踩点儿呢？！”

夏初一一脸懵怔，连忙辩解自己走错了而已，她就是想找个卫生间。

“整个下午都坐在这儿，去卫生间还把自己包那么严实，一看就知道有别的动机。”

陈清昼根本不相信她的说辞，所以任她怎样呼喊，保安都不松手。更可恨的是两分钟后连警察都来了。

陈清昼在派出保安时就报了警，这下夏初一有理说不清，直接被警察带走了。

“陈清昼！你告诉陆斐然我被抓了！”

“一定要告诉他！”

“我叫夏初一……初一……一……”

夏初一被警察带上警车时还企图通过窗玻璃向陈清昼传递消息。她的拼死抵抗让警察更加相信她行为不轨，直接按住她的头将她制伏，把她的双手反铐在一起，随着警笛声一起消失在银行门口。

将近晚上八点钟，陆斐然才出现在夏初一面前。

此时已经被警察连番审问的夏初一狼狈不堪，看见他眼睛里忽地升腾起泪雾。他们一百多天没见了，陆斐然还是那么瘦削挺拔，手指还是那么修长干净，而夏初一衣服皱巴巴的，脸也蹭脏了，头发更是乱糟糟的。

她抹了把眼泪，心想连分手都不体面，她太亏了。

陈清昼跟在陆斐然身后，连忙上前道歉。只不过道歉时眼睛还盯着陆斐然，不知道到底是在对谁道歉。

“实在对不起啊陆主任，她一直没告诉我她是谁，在咱们银行转悠一下午了，这才有了误会。”

夏初一捋了捋头发，迅速从陈清昼的话中总结出一个信息。

她盯着陆斐然："都升职当主任啦？"

陆斐然眸光清澈，淡淡开口："副的。"

夏初一皱眉，都这时候了，你还较这真儿有意思吗？

她转头看向陈清昼："看你年纪也不大，长得也挺好看，就是眼神不太好。下次不要这么对待客户了。"

陈清昼没想到夏初一是这个反应，有些感动，连连点头。而夏初一唯一的初衷就是让她尽快离开，她要好好和陆斐然谈谈。

陈清昼果然没有客气，大概也知道自己在这儿纯粹碍眼，道完歉赶紧溜了。陆斐然向警察做了解释以及担保，签了字，这才带着夏初一离开。

初夏的夜里有些凉，陆斐然将外套脱下来给夏初一披上。夏初一很不争气地将外套裹得紧紧的，贪恋地汲取温度。

两人在车水马龙的街道上一个在前一个在后，慢吞吞地走着。没见面时，夏初一有很多话想和他说，可如今见了面，话头像藏在了毛线团里，越急着找越找不到。

直到陆斐然带她走进餐厅，她才定下神来。这是家主题餐厅，楼梯和壁柜都是金属材料做的，弯曲又极富设计感的屋顶简约又现代，在灯光的辉映下，四壁流光璀璨，异彩纷呈。

两人面对面坐下，灯光耀眼，她仔仔细细将他观察了一遍。

"我给你打了很多电话。"

陆斐然依然紧抿着嘴巴不说话。

夏初一看他脸色有些发白，那么久没见面，颧骨也更突出了一些，沧桑到真的有点做副主任的样子了。

空气一时清冷凛冽，夏初一忽地想到自己今天会飞的经历，哈哈笑了几声，连忙开口："你要是觉得忍受不了异地恋，我可以天天来见你，反正对我来说也不是什么难事。"

"初一，我们分手吧。"

他抬头，一本正经地看着她，眼睛里布满血丝。

夏初一呼吸都停了，睁大眼睛看着他。服务员上了几道小菜后说菜齐了，夏初一这才又笑了几声，打破尴尬问道："高中毕业的时候我问你为什么喜欢我，你说不为什么。上大学之前我问你报什么专业，你说报金融，我问你为什么不学法律了，你说不为什么。学了金融你要来汉州工作，我问你为什么不找个离淮城更近一点的城市，你说不为什么。可是没关系，这些都没关系。大学毕业的时候我向你求婚，你眼睛里放光，说'我愿意'的时候我兴奋得要跳起来。哪怕我不知道任何真相，我也知道你绝对不会离开我。你不说，我就不问；你不求婚，我就求婚……"

夏初一说到这里的时候，看见陆斐然又低下头，嘴里咕哝了两句。她没听清，因为现在她全身心地想对他做出挽留，充满对他的不舍。

"陆斐然。"她喊他，让他看着自己。然后她慢慢抬起自己的左手，无名指上的那枚钻戒闪着细碎的光。

"我们都订婚了。"

只是话音未落，陆斐然即刻将自己手上细细的银指环摘下来放在餐桌上，又攥住夏初一的手，将那枚钻戒也撸下来。

然后，在餐桌上分别交还给对方。

一切快得像什么都没发生。可钻石戒指转瞬被他放进口袋，餐桌上只留下当初她送他的那枚细细的银指环散发着廉价的气味。

夏初一没有阻止他，只是心里有些痛，连手都忘了放下来。

她的眼泪瞬间流下来。

“你不是不知道今天是什么日子，不是不知道每年今天我都会很难过。就算分手，你都不能换一天说吗？”

陆斐然终于肯直面她。

以低冷的语调回答她。

“我不想让你再有第二个讨厌的日子。”

初　一

夏初一上高二那年摊上一个外地来的老师做班主任，名字叫温墨耕，足有五十多岁了，细长的眼睛里泛着沉沉的光，像个老古董。别看他老，观念却很跟得上流行趋势，一上课就告诉大家：不用那么用力学习，反正也不是每个人都能考上大学。

同学们（尤其是那些学习不好的同学）听完，恨不得直接上讲台左右开弓，马不停蹄地抽他。

温墨耕见大家一脸怒气，赶紧解释说：三百六十行，行行出状元。你们以后都是要工作的，拿什么赚钱呢？一只手有五个手指头，当然是使用最长的安身立命。你们喜欢什么，就去做什么。

当年吊儿郎当坐在最后面一排的混混头儿陶大成顶回去说：“我最喜欢吃。”

全班同学大笑，温墨耕也跟着局促地笑，说：“我也喜欢。”

温墨耕用了将近一年时间摸清了班级里所有同学的爱好，总结了每个人的长处。后来在他的鼓励和推荐之下，陶大成弃学，直接去学了厨师。再后来他做的鲁菜成为当地一绝，被京城鲁菜大师收为关门弟子，每年都负责国宴项目，赚的钱比当年考上清华的学生都多。

夏初一想了想，当年他们那班的学生，基本上各个都有出息。有的没考上大学，工作一年后经温墨耕指导又参加了成人高考，最后如愿拿到学位，参加工作；有的高中没读完就去做了IT生意，给人修电脑换配件，凭着察言观色和头脑灵活也混成了公司小老板；有的学了医，毕业后进入市人民医院，现在已经是业界首屈一指的人物。

桃李满天下的温墨耕，或许只在夏初一这里栽过跟头。

记得当时，温墨耕在给所有同学指出他们适合走的路之后，单独找到夏初一，语重心长地和她说："我观察了你一年，没发现你有任何专长，你就好好学习吧，你比别人更需要上大学。"

夏初一性子温和，谁说话都能听得进去，导致十几年来一无所长，唯一优点就是性格好。虽然没被温墨耕发现特长，不过她也不气馁，力争给温墨耕留下一个好印象，半正经半安慰地告诉他："老师，我头发特长。"

她看见温墨耕眼睛里再次放出希望之光，接着和她说："对，对，赶紧剪了吧。耽误学习。"

被温墨耕"判刑"后，夏初一发奋努力学习。她先将自己的桌子仔仔细细擦了一遍，然后依次将数学、化学、物理、生物课本摆好，并在每本书的书脊上贴好1、2、3、4要点，以便自己在短时间内就知道复习什么地方。

之后，她又将课后习题和练习卷子分门别类安放到文件夹里，用纸头做成不同颜色的标记。这样无论老师想讲哪张试卷和难题，她都能第一时间找到题目的位置。

最后，她给自己列了一个详细的学习计划——主要步骤是观察第一名是怎样学习的。

当时陆斐然年少有为，长得白净清瘦，只可惜天生话少，而且经常皱眉，别人都不敢招惹他。虽然坐前后桌，半年内夏初一和他说的话绝不超过十句，但这并不妨碍她偷偷模仿他的学习方法。

所以在陆斐然戴着耳机一边听歌一边做作业的时候，夏初一也顺便听了一节课的流行音乐。

在陆斐然趴在课桌上睡觉的时候，夏初一也睡得心安踏实很多。

在陆斐然英语课上做数学作业的时候，夏初一也随着哗啦啦翻数学书，奋笔疾书做习题。嗯……后来夏初一被英语老师当众讥讽了三天，而陆斐然毫发无伤。

期中考试，夏初一发现自己又下滑了十名。

夏初一觉得自己被耍了，怒气冲冲地教训陆斐然："你这个道貌岸然的小人。"

陆斐然面不改色，一双眼睛澄澈如水。

夏初一龇牙咧嘴："做作业戴耳机，不学无术。"

陆斐然："耳机可以屏蔽噪声。"

夏初一懵了，原来他没听歌啊，她怎么没想到啊。

夏初一气得鼻子都歪了："上课睡觉，偷懒耍滑。"

陆斐然："没有睡觉，在默背课文。"

夏初一脸蹭的红了，想起来那时候自己睡得是真香。

她想起来更可气的一幕："英语课做数学作业，不学好！"

陆斐然白白净净的脸上出现一些褶皱，皱眉让他看起来像个病弱的公子。

他解释："英语老师讲的作文范本是我写的，我闲着也是闲着。"

夏初一哈哈哈干笑了三声，十分不好意思地转过头。她琢磨这次和陆斐然说的话太多了，可能未来一年都不需要再说话了。

只不过命运之手没有放过夏初一和陆斐然，之后两人交集越来越多。2008年高考前，整个学校都循环播放《北京欢迎你》，所有人都在翘首以盼两个月后的奥运会。五福娃的图片和奥运旗帜贴满大街小巷，21公顷的国家体育场——“鸟巢”向世界展现出它的宏伟和热情。经济蒸蒸日上，市区新楼林立，很多老城区被规划为拆迁对象。

那时夏初一的学习成绩在陆斐然的指导下已经稳步上升，春暮夏初的风吹得人心旷神怡。一切看起来都很好，阳光很好，天也很好，少年很好，滋长在心底的悸动也很好。

2008年6月4号，农历五月初一，离高考还有三天。夏初一晚自习回家没有见到妈妈，爸爸夏平说妈妈回了老家，暂时不回来了。当时夏初一压根没当回事，老家在郊区，妈妈常常因为姥爷身体不好回去看他，她想着妈妈这次回去肯定是有事耽误了。

6月6号下午，夏初一领了准考证，将学校里的所有东西都装好返回家里时仍然没有见到妈妈的身影。下午三四点钟的阳光让她有些头脑发昏，家里老钟发出当当当的嗡鸣，她心里咯噔一下，突然觉得不对劲儿。她已经有三天没有见到妈妈了。何况明天就是她高考的日子，妈妈不应该还不回来。

她开始疯狂地给妈妈打电话，却一直没人接。迟迟打不通电话的恐慌一直在加剧，直到爸爸夏平回到家，夏初一眼含热泪地质问他：“我妈去哪了？！”

夏平似乎有意隐瞒，只是在她质问的一瞬间，脸上努力经营的表情瞬间坍塌。他知道瞒不过了，他不得已告诉夏初一：“妈妈离家出走了。”

毫无预兆的，善良平和温柔，从来不和爸爸吵架，几乎没有烦心事的妈妈离家出走了？！

夏初一根本不相信。

她的妈妈根本不会抛弃她和爸爸。

她疯了一样冲到街上，一路打车到老家，挨家挨户地问，结果没有任何人有妈妈的消息。她之后失魂落魄地回来，去了学校问老师有没有见过妈妈，那时陆斐然还没有离开，他看着泣不成声的夏初一，毅然决然帮她一起寻找。

那一夜他们去了市公园，去了体育场，去了各大宾馆、网吧、餐馆、医院甚至教堂，都没有发现妈妈的影子。夏平找到他们时已经清晨六点，陆斐然将瘫倒的夏初一交给他。

那一年夏初一没有参加上午的语文考试，她的综合成绩惨不忍睹。

暑假结束后陆斐然来找她，问她倘若复读一年她有把握考入哪所学校。她伸手指了Z大，那是她拼尽全力能考上的最好的大学。

那一年，陆斐然的决定震惊全校，本可以上重点院校的陆斐然也决定复读一年。老师们起初不解，直到几个月后校内纷纷流传这一消息：“燕雀安知鸿鹄之志，陆斐然的目标是清华。”

可是没有。

等到第二年，夏初一真的考上Z大的时候，陆斐然也随手填报了Z大的志愿。学校老师再次震惊，明明他上一年的成绩就可以报考Z大了，他到底是为什么？

当然是为了夏初一。

以至于多年以后夏初一都觉得她亏欠陆斐然，要用一辈子来还的那种亏欠。

她的妈妈仍然没有回来，就像突然消失了一样。她从此憎恨初一这个日子，憎恨有人喊她的名字，甚至在很长一段时间内憎恨自己的父亲。可是她不敢改名，不敢搬家，甚至不敢离开淮城去工作，她想等妈妈回来，回来的时候还认得她，还认得她们的家。

妈妈的消失成了她人生中的痛，即便当时报了警，警察也没有找到妈妈，可她仍然没有绝望。心平气和的时候，她怀疑妈妈突然得了痴呆症走丢了，又或者得了不治之症才不辞而别。难过的时候也怀疑过妈妈是不是被绑架了，或者怀疑妈妈有了别的爱人。只是每次这么想的时候她都恨不能抽自己耳光，她的妈妈那么好，无论什么情况都不会丢下她的。

她每年冬天都会和陆斐然在淮城的大街小巷贴寻人启事，那么冷的天，陆斐然永远让她戴着手套拎着小桶跟着他，而他则一次又一次地在墙上刷浆糊，然后将妈妈的寻人启事和照片一张又一张地贴上去。

陆斐然说："以前外婆和我相依为命，后来多了一个你。现在我只有你了，千金不换。"

说好千金不换的陆斐然，在异地三年后要和夏初一分手。

夏初一蹲在夏夜的大马路上，风吹迷了眼睛。陆斐然已经离开了，偌大的汉州让她无处可去。路灯下各色小虫萦绕成一团，夏初一静静地想：倘若当年她再努力十倍百倍考上清华，让陆斐然进入真正属于他的学校，是不是毕业后他们就不会为工作发愁。他们会拥有很多机会，会拥有更好的人生，甚至不必面临异地的尴尬。

可是她没有，学校的平台限制了他，她的无能限制了他。他不得已选择在汉州工作，三年后也不得已和她说："我们分手吧。"

那时的你

夏初一闭着眼试了上百次准备飞回淮城，结果都没成功。

她想到老太太临走前的话：心诚则灵。

她拍打着身上的尘土，一面叹气一面向火车站走去。明天公司还有非常重要的工作，必须赶回淮城。借着手机最后一点电量，她赶紧查看汉州到淮城的车票。

淮城太小了，只有两趟车直达。一趟高铁，从晚上十二点到早晨七点；另外一趟则是下午三点二十到第二天凌晨三点钟。

夏初一赶紧订了当晚的票，庆幸还能赶上明天上午的工作安排，否则以目前这种状况很容易变成人财两失——男朋友没了，工作也没了。

谁能想到，一无所长的夏初一毕业后还是用了“最长的那根手指”来工作。

从高中时，她心思缜密、注意细节的特质就有所展露，懂得将课本和试卷分门别类依次摆好，以致现在成功做到董事长秘书之职。她细心到将董事长一月内所有工作安排妥当，所需物品提前码好以备抽取，任何部门、任何环节出了状况，她都能比别人更快地提出解决方案。

因为她对公司太熟了，她清楚地知道该怎么“布置”整个公司，就像当初“布置”自己的书桌一样。

她的老板杨瑞和手下产业涵盖整个苏港，从煤矿、超市、饭庄到建材都有杨家的身影。淮城市区最大的一家饭店和最大的超市都在杨氏企业麾下，每次杨瑞和到淮城工作时，夏初一就负责将超市和饭庄的生意情况汇报给他。

有次在饭庄遇到年过六旬的温墨耕，温墨耕看着她有些不好意思：“当年是我眼拙了。”

已经在公司风光无二的夏初一谦逊地回他：“谢谢老师让我努力学习，没有大学毕业证，我连进入企业的机会都没有呀。”

温墨耕感动得热泪盈眶，连连点头：“对，对，像你这么普通的女孩子，只有学习才能把你变得不普通。”

“哈哈哈。”夏初一再次干笑三声。

今天是季度会议，杨瑞和专程从苏港赶来参加。夏初一前脚下了火车，后脚就投入到布置会场、打印资料的工作中去了。一直持续到上午十点钟，杨瑞和以及众多负责人一起进入会议室，夏初一才有了一点闲暇。

从会议室出来，面前站着的一位栗色头发、深邃眼窝的外国帅哥让夏初一以为自己又回到了昨天。

“怎么是你？”

“十五你好。”

飞机上与夏初一坐在一起的“天气学家”热情地和她打招呼。

“初一，不是十五。”夏初一礼貌性微笑，然而紧接着她看到了从他身后闪出的另外一个人。

温凉穿着职业装带着那个人上前，向夏初一介绍：“许慕杨，许总。”

夏初一的笑容僵在脸上：“许总？”

温凉点头：“你昨天下午不在，杨总专门通知升任许总为江南饭庄总经理。”

八年未见，许慕杨已经不再是板寸头，反而留着一头柔软微卷的头发，将一对眉毛衬托得清秀而又张扬。皮肤还是黑黝黝的，一笑起来眼睛里露着微微的精明。

“许慕杨，你什么时候回来的？”

夏初一瞪大眼睛，似乎想要穿透他。高考前许慕杨直接出国，连高考都没参加，之后音讯全无，谁也不知道他的去向。

许慕杨懒懒插兜，信步走到她面前。微微笑的时候有两个浅浅的梨涡，不到三秒钟，又变成了仰天大笑。

“一二一，我回来了。”

许慕杨还是那么皮，夏初一白了他一眼。只不过他一喊“一二一”，让夏初一不由又想起了陆斐然。

高中时夏初一语文成绩还算不错，直到她遇到陆斐然，发现自己遇到一个强大的对手。陆斐然作为理科尖子生，语文成绩竟然好得出奇，这让她感觉老天爷真的不公平，她就这一点强项，还全方位被陆斐然碾压。

不过高三时，两个人之间已经有了微小的、轻柔的化学反应，夏初一偶然发现一句情话，欣喜雀跃得走路都像脚底装了弹簧。

她将那句话写到纸条上递给后桌的陆斐然。

“人生不如意十之八九，你是二三。”她额外加了一行小字，“以后你就叫我‘二三’吧。”

她等待着陆斐然打开它，等待着陆斐然回应她，等待着陆斐然以后喊她“二三”。这是多么甜蜜的只属于他们两个人的昵称啊！

结果整整一节课，陆斐然都毫无回应。

夏初一托着下巴一直等到晚自习结束，才等到陆斐然轻轻点了一下她的后背，将一张纸条递给她。

她迫不及待地打开它。

上面陆斐然十分认真地（字写得特别用力，笔水都洇到背面了）写道：“人生不如意十之八九，你是一二。”

或许是怕她看不懂，他也额外加了一行小字：“十减九等于一，十减八等于二。所以你是一二。”

夏初一气得脸都绿了，一拍桌子转头吼他：“陆斐然，你是有病吗？”

她这一吼，让前排一向爱看热闹的许慕杨转过头，伸手就把那张纸条夺过去了。

“哈哈哈……。”许慕杨的笑声响得像要把教室里四面八方的玻璃全部震碎掉，“你是一二。夏初一，你到底是初一还是一二，我看你就叫一二一吧。哈哈哈……。”

“一二一，你难道一点都没想我吗？”

许慕杨再次开口的声音将夏初一拉回现实，她看着比以前结实了不少的许慕杨道：“你什么时候变成许总了？”

许慕杨气哼哼：“那得问你自己。”

夏初一忽然想到前阵子杨瑞和问她，自己的儿子在国外不务正业，他想让儿子回来接手一部分业务，可是他死活不回来，不知道怎么办才好。

一向有点小聪明的夏初一跟杨瑞和建议：“就说公司干不下去了，准备将产业卖掉，让他回来分分财产。”那时她想，不务正业的人最缺钱，不可能有钱不过来拿。

没想到……夏初一挠了挠头，有些吃惊。

“你是杨总的儿子？你也不姓杨啊。”

许慕杨邪邪地看着她：“我小时候我爸就很有钱了，我爸怕有人绑架我，不让我随他姓。所以我跟我妈姓，叫慕杨呗。”

外国帅哥适时插话：“还是蠢得那么可爱。”

夏初一一张脸憋得通红，挑眉看他：“看来你也不是什么天气学家吧？你叫什么？为什么跟踪我？”

外国帅哥耸耸肩：“Simon（西蒙），中文名字慕许。”

慕许？夏初一猛地反应过来，意味深长地看向许慕杨。原来这就是杨总说的不务正业啊。

许慕杨被拆穿似的赶紧解释：“根本不是你想的那么回事，我们就是好朋友。”

Simon适时地拍了一下许慕杨的屁股，连温凉都闻到了八卦的味道。温凉笑嘻嘻地看向夏初一，偷偷在她耳边说道：“你这个同学看来出国深造了一下性取向啊。”

夏初一做了件错事，昨天着急忙慌地挪了业务上的一笔款子，原本是打算为陆斐然付赎金的，没想到陆斐然并没有被绑架。结果今天季度会议，财务部就将这件事汇报给了杨瑞和。

夏初一将钱交还回去，准备立正挨打，没想到刚来第一天的许慕杨替自己说了情，杨总也就不了了之了。但是人情债最难还，中午夏初一准备请许慕杨到楼下咖啡厅吃个饭，和这位太子爷先搞好关系再说。

两人入座，夏初一呆呆地看着许慕杨，心里不断感叹：许慕杨命真好啊，摊上个好爹。

想当初，许慕杨成绩差得一塌糊涂，却不妨碍他插科打诨、见缝插针地给夏初一捣乱。记得有次考完试，连陆斐然都说题不好做，班级第二名甚至抱怨自己差点没做完，第三名都提前给自己找了理由说昨天才开始复习，只有许慕杨成竹在胸地和夏初一说：“这次稳了。”

结果成绩出来，陆斐然还是年级第一，第二名还是第二名，连第三名都考了98分，只有“稳了”的许慕杨考了59分。

她忽然想起一件事，坐直身子问他：“当年温墨耕说没说你最擅长做什么？”

许慕杨低头喝了口摩卡，一道奶沫沾在上唇。

“说了啊。”他抬头看天花板，“他说我擅长管钱。”

“哈？”夏初一啧啧称奇，“当年他就看出来你有钱了？真是厉害。”

许慕杨翻了她一个白眼，不过对她的兴趣不减反增，探身问：“你和陆斐然在一起了吗？”

有一瞬间恍惚，夏初一觉得坐在她对面的人就是陆斐然。毕竟昨晚才刚刚见过，也是隔着这么一张不大的饭桌。

“他昨天和我提了分手。”夏初一声音闷闷的。

“恭喜啊！又变成单身狗了。”

夏初一觉得这几年许慕杨一点也没变，还是那么嘴贱欠打。

只是提起陆斐然，她心里的酸涩直往上涌，不知不觉就多和他说了几句：“他和我上了同一所大学，那时候他外婆去世，他决心不再动用外婆的积蓄，而是自己做兼职赚些生活费。他话一向少，人又轴，只要自己拿定了主意谁说都不听。大三暑假我留在学校做助教，他跑出去给公司做金融顾问，我……”

夏初一话没说完，一下子愣在那里。

许慕杨将咖啡杯放下，抬手在她眼前挥了挥。

“不会猝死了吧？”

夏初一痴痴地望着许慕杨，惊出一身冷汗。

许慕杨被盯得发毛。只见夏初一猛地站起身一字一句地说道："昨天，昨天，在汉州，他说的那句话是——他原本想先向我求婚的。"

陆斐然在白色灯光下低着头咕哝的是："我原本是要向你求婚的。"

大三暑假那么辛苦地实习，远比夏初一早过一年的求婚想法，陆斐然竟然一直在默默地准备。他要用自己赚的钱买钻戒，当时她半跪在地上向他求婚，他愣在原地根本不是被吓到，而是后悔。

后悔没有早一分钟说出口。

医 院 科 普

夏初一大学毕业，领了中文系的毕业证后忽然问陆斐然："你什么时候喜欢我的？"

彼时的陆斐然一脸正气，惜字如金："忘了。"

夏初一不信，每个人不都有个名场面才能被别人记住么。比如她喜欢陆斐然的那天，阳光特别好，他站在主席台上代表学生讲话，天空湛蓝如洗，一群大雁振翅飞过。她在一群学生中抬头，恰好看到陆斐然在低头看她。四目相对，四周静得呼吸可闻。

虽然大家穿着统一的校服，夏初一与陆斐然隔着十几米远，但她确信陆斐然就是在一边讲话一边看她。

一时间，她心底涌动出一丝异样，脑海中出现的第一句话就是：满堂美人，与君目成。

夏初一忽然想到昨晚陆斐然苍白的脸色和布满血丝的眼睛，连忙站起身，许是站得急了，桌子被手肘带住，刺啦一声推出去很远。夏初一顾不上回头看一眼，边走边给许慕杨丢下一句："我待会儿就回来。"

她现在需要找到一个安静的地方，再次用意念飞往汉州。她跑到办公室，从办公桌上拿了挎包，一路奔向卫生间。

大口吸气的时候，偏偏又赶上牧晨进来。从牧晨的眼神中夏初一读出一句话：你是毒瘾犯了吗？

夏初一管不了那么多了，躲进角落的隔间立刻闭上了眼睛。

睁开眼时，她再次站在了汉州的树荫下，透过懒懒的阳光看向建商银行。她知道自己飞成功了，这次连挎包都跟着自己飞过来了。

她有些想念那个给予自己超能力的老太太，甚至想象自己再去匍匐在地躲开各种卡车救一次小狗，只要能够报答她。

站稳后的夏初一停都没停，直接闯进了建商银行。

陈清昼看见她半张了张嘴，之后非常识时务地直接通知了陆斐然。

陆斐然穿着一身西服套装，腰间松垮又磊落，瘦削的胳膊半卷了一截袖口，露出精壮结实的肌肉。夏初一想都没想，直接拉着陆斐然向外走。

陆斐然不明所以，跟着她走出银行才皱眉问："你怎么来的？衣服怎么这么脏？"

夏初一这才意识到自己的上衣确实沾了些不知从哪里碰到的黑渍，暗想难道这是飞在半空时沾到的脏东西？虽然自己没感觉到飞翔，但是衣服上的印记清清楚楚地告诉她，自己刚刚经历过长距离的飞行。而且这次飞来后她仍像上次一样感觉很疲惫，似乎用了洪荒之力才到了这里。

不过现在夏初一管不了那么多了，幸好如今她走在前面，让陆斐然看不到任何表情。在没有找到真相之前，她并不打算告诉他自己有超能力这回事。

“跟我去医院。”

她执拗起来和陆斐然一样不可违，大概是因为相处久了，彼此都活成了对方的样子。

凭借对夏初一的了解，这次陆斐然倒是很听话，直接跟着她去了汉州医院。夏初一挂了号，将单子递给陆斐然，陆斐然惊得出了一身冷汗。

夏初一几乎给他挂了除妇科之外的所有科室的号，内科检查、外科检查、耳鼻喉科、口腔科、皮肤科、泌尿科、血液科，还有神经科，看得陆斐然眼花缭乱。

陆斐然皱眉：“你怎么挂了这么多号？”

从他的反应里，夏初一认定自己猜得没错，眼睛饱含着泪水看着他，说：“无论你有什么病，我都不会和你分开。你休想和我分手。”

陆斐然张了张口，神情平静。他什么都没再说，大步向各科室走去。

夏初一一路跟着，一路等着，她想到昨天他苍白的脸色暗暗咬牙，就算是绝症她也要守在他身边，直到最后一刻。他休想将自己丢开。

做完了所有检查，医院也快下班了，夏初一和陆斐然坐在泌尿科门口等最后一项检查的结果。陆斐然与夏初一隔着一个座位的距离，眸光清澈，面色宁静。阳光从走廊玻璃穿进来抚摸着陆斐然的后背，那么明媚，那么温柔。

夏初一忽然想起一件事，轻声问他：“你怎么升职了？太快了。”

陆斐然有一双漂亮的眼睛和清晰的下颌线，低头的时候睫毛盖住了眼窝的淡青色。

“手上有批高净值客户。合理处置了不良资产，避免了大规模坏账，后来银行之间的同业业务也由我负责，行长很满意。”

夏初一听他说了那么多，大概有一半没听懂。不过陆斐然一向如此，高中给她讲题时他最初都是这么讲的，当夏初一明确告诉他自己还是不会时，他才会换另一种直白的讲法重讲——大概这种讲法他很不适应，因为在他学霸的脑子里这样的话都是说给白痴听的。

比如给她讲化学题，直接写出爆炸时发生的反应是：$2KNO_3+3C+S=K_2S+N_2\uparrow+3CO_2\uparrow$，氧化剂是$KNO_3$、S，还原剂是C。讲完之后见夏初一还是皱着眉头默不作声，他继续解释说化合价升高的C元素所在的反应物C是还原剂，化合价降低的N、S元素所在的反应物KNO_3、S是氧化剂，之后再往前捋，告诉她什么是氧化剂，什么是还原剂……

他讲题时的耐心拯救了夏初一，以至于让夏初一恨了化学老师很久——她觉得自己学不会是因为老师不会教。

夏初一还在愣神，陆斐然咳了咳，果然换了一种说法：“我比别人干得好。”

夏初一恍然大悟，重重点头，笑着对他说：“你真厉害。”

毫无营养的聊天，但她觉得这四个字一点都不废话，是真诚地在赞美陆斐然。陆斐然的聪明她早就见识了，他有自己的一套方法。当年他们一同选了理科，到高三时夏初一生物、化学的成绩还都很差。陆斐然告诉她，化学、生物都要硬记，背熟了化学方程式和生物课本，就什么都会了。

当时的夏初一觉得不可思议，堂堂理科，竟然靠背诵？但是后来她真的通过背熟了化学方程式，背熟了化学名词以及生物课本而成绩大增。

陆斐然的学习方法就像武功秘籍，让她一点就通。

泌尿科的结果出来了，医生拿着单子让他们俩进去。

夏初一心里咯噔一下，想着完了，其他科室的结果都毫无问题，没想到陆斐然的病竟然跟男科有关。

进房间时她神色异样地看了陆斐然一眼，陆斐然倒很平静，面不改色地走了进去。

医生是个五十多岁的老头，戴着眼镜又仔仔细细看了一遍化验结果，时间久到夏初一额头都冒满了汗，就怕他一张口就是“晚期”。

“到底怎么样啊医生？”

老头慢慢将眼镜摘了，极为认真地看着他们：“恭喜啊。”

有一瞬间夏初一以为自己听错了，他面色凝重地告诉自己恭喜？

陆斐然也有些诧异，不知道医生到底什么意思。

老头将单子递给夏初一，这才道：“精液量大于两毫升，精子存活率高，液化时间也很正常，质量特别好，你们可以要孩子了。”

夏初一听得满脸通红，斜睨了陆斐然一眼，发现他的脸直接红到耳根。

她探身问：“您是说他没病？”

老头这才笑了：“有什么病啊，好得很。你们这样的小夫妻总爱一惊一乍的，其实啥事儿没有。”

夏初一松了口气，拉着陆斐然赶紧离开，害怕老头再说几句有关男科的知识她一时半会儿消化不了。等走到医院外面，夏初一这才哈哈大笑，和陆斐然说道：“什么病都没有，你别害怕啦！”

“害怕？”陆斐然皱眉，“我没害怕。”

他说得不动声色，夏初一一时愣在原地，原来他知道自己没病。

“那你为什么要提分手？”

连夕阳都消失了，天幕透着一种半黑不白的土布的颜色。

陆斐然像被人点了哑穴，什么都不说。

夏初一真想谢谢他没对自己说“不为什么”。

热爱未知，比如宇宙和清晨

和陆斐然分开后，唯一让夏初一高兴的是她可以自由飞到淮城了。

上次飞得很失败，她不得已买了晚上的高铁票才赶回去。结果这次她闭上眼睛再睁开时，人已经到了公司门口。她兴奋得噙着风一口气跑到楼上，见许慕杨还没走，大声道："我见到陆斐然了！"

许慕杨正接牧晨递给他的资料，对她嗤之以鼻："都把你甩了还那么嘚瑟。"

牧晨在一边默不作声，眉眼低垂。

夏初一拉着许慕杨往里走，咬牙切齿道："你刚在杨总面前替我说了情，我不会怪你。不过以后你要是再在其他员工面前损我，我可要报仇了。"

许慕杨比她高一头，饶有兴趣地看着她："你怎么报仇？"

夏初一捏着他胳膊上的一小块肉，狠狠拧了一圈："我会告诉全公司的人你追过尹欢歌！"

许慕杨疼得眼泪都飙出来了，忙甩掉她的手低声吼道："你疯啦！尹欢歌？多少年前的事儿啦！”

夏初一眉毛高挑：“尹欢歌可经常来江南饭庄吃饭，公司员工都认识她。要是被那些八卦的人知道你当年的事儿，你这总经理的脸就丢到姥姥家了。”

尹欢歌是当年的校花，追她本没什么丢脸的，但许慕杨做的事比较丢脸，到现在想起来夏初一还想笑。

“答应我，关于陆斐然的事，以后在公司同事面前一个字也不要提。”夏初一警告他。

许慕杨这才做乖顺状，连连点头：“好，好，好，夏初一，你真是和当年一样，伶牙俐齿。”

夏初一哈哈大笑：“承让，承让。”

许慕杨瞥了她一眼，有些吞吐：“夏初一，你最近没……”

他迟迟不说关键词，夏初一挠头：“我怎么了？”

牧晨站在他们背后准备下班回家，许慕杨单手插兜，打了个哈欠：“赶紧回家吧一二一，晚上十点还不走，不知道的以为你勾引我呢。”

夏初一皮笑肉不笑地回应他：“我勾引杨总多好，直接认你当儿子。”

直到夏初一躺在床上，才真切感受到一股巨大的疲惫感和空虚感。

夏初一没开灯，睁着眼睛盯着漆黑的天花板。她突然发现自己全身疼得厉害，从陆斐然和她说分手起，她就一直惴惴不安，往返于汉州和淮城两市，连一顿饭都没好好吃过。

有那么一瞬间觉得陆斐然不爱她了，那种恐慌让她血液上涌，神经紧绷。她一下子坐起来，一口气跑到客厅桌子前。

窗外月光朦胧，清风蝉鸣，她借着月色给自己倒了一杯水，心中默念：“如果单数口喝完，代表他还爱我。如果双数口喝完，代表他不爱我了。”

她一边喝水一边数数，直到杯子里的水下去三分之二，她心里的恐惧才稍稍清除。她又喝了两口，杯子里的水见底，此时她正好数到双数，咧嘴一笑，紧接着将剩下的水一口喝尽。

她暗暗唏嘘：“还是爱我的，对吧？”

她缓缓坐下，夜里小区偶有猫叫，此时像故意陪着她似的叫个不停。

窗外的橘色灯光照着一两枝柳条，夏初一一边听外面的声音一边下决心：“要是猫能叫十声就停，说明陆斐然还爱着我。”

她在心里说完这句话就开始数猫叫声，前八声来得很快，让她欣喜中又抱着一丝忐忑。第九声大约在半分钟后叫出来，她的心跟着悬空，希望下一声一定要叫单声，不要连着叫。

很久很久之后，院子里的猫又叫了一声。

夏初一瘫在椅子上，觉得自己幼稚且好笑，却又因为愿望成真心里慢慢安稳。即便一分钟后猫的叫声还回荡在周围，她也觉得没关系了，她已经笃定陆斐然还爱着她。只要他们还相爱，就一定不会分手。

因异地恋而分手的原因大多与时间和距离有关，但是她相信陆斐然提出分手绝不是因为这个。

三年前夏初一趁着假期坐车去汉州与陆斐然相聚，他带着她吃汉州的美食，逛汉州的老街，两人欢声笑语，形影不离。在一起的时候，她觉得异地的辛苦都值得，她可以忍受胃疼发作时身边没人，可以忍受工作出错时没有人安慰，她坚信此时的付出是为了以后更好得在一起。

而且，她和陆斐然已经习惯了在辛苦的异地恋中找一些甜蜜的事情来做。

比如一起看电影。

两个人都把电脑打开，提前下一场最想看的电影，此时都将鼠标放到最开始的位置。电话视频里她像将军发号施令一般说“开始”，两人便同时点击鼠标，播放画面完美同步，跟电影院里毫无差别。

不过就是不在身边而已，她可以不依偎着他，她有他送的抱枕靠垫就足够满足了。

有距离的恋爱比成天黏在一起的恋爱对彼此的要求要宽容得多，出现问题时能见一面就解决了，能互相抱一抱就没事儿了。倘若离得很远无法见面，那么短信里、电话里、视频里哄一哄，只要真心哄一哄，那份真心就会被这几千里的路程放大无数倍，轻易地落到对方的心尖，将话语里的在意和关心逐字解剖，甜蜜品尝。

夏初一慢慢站起身回卧室。

她想起第一次分开时，陆斐然将她送到车站。火车的汽笛呜呜作响，夏初一趴在窗口不断地向陆斐然挥手，随着火车的启动，陆斐然突然疯了似的开跑，跑起来的风鼓动着外套和背包不断击打着他的后背。

他越跑越快，拼命追赶火车，一直看着夏初一。

那一刻他就像十几岁的少年，似乎一直没有长大。他的固执和勇敢仅仅是为了多看她一眼。

火车上的夏初一哭得稀里哗啦，风中奔跑的陆斐然将背包甩到地上，加速奔跑，一直到跑到站台最边缘的位置才停下。他们越距越远，远到已经在彼此的眼中变成小小的黑影，可他还高高举着手和她道别，笑容在夕阳里干净美好。

夏初一决定和陆斐然一起吃早饭。

既然已经会飞了，嗖的一声飞到汉州根本不是难事。

陆斐然一大早在银行门口看到夏初一时太阳穴直跳。但他什么都没说，直接带着她进入银行内部的餐厅一起吃早饭。

两个人打了饭，找了空座面对面坐下，还没开吃，保洁阿姨笑嘻嘻地走过来："小陆，这是你女朋友呀？"

陆斐然笑了笑，什么都没说。夏初一反倒有些不好意思，赶紧低头吃了两口饭。

保洁阿姨收拾完隔壁餐桌再次对他们开口，一脸和蔼可亲："你们真是般配哦，阿姨祝你们小两口恩恩爱爱。"

夏初一终于憋不住哈哈大笑，刚想谢谢她，不料陆斐然突然伸手将她嘴角的一粒米抹去，堵住了她要说的话。

也不知道是谁占了谁的便宜。

眼见保洁阿姨已经走远，夏初一看向一直沉默不语的陆斐然："我下飞机那天就说要一起拜访老师，虽然没见着，不过马上就要到高中百年校庆了，你会来的吧？"

陆斐然面色松动，点了点头。

夏初一暗暗舒了口气，咧嘴笑道："你是不是后悔分手啦？我就说嘛，异地恋根本不算事儿，我可以天天来看你。"

陆斐然又扒了两口饭，然后极其认真地看着夏初一："你怎么来的？"

夏初一下意识缩了缩脖子，不过她觉得应该和他实话实说，他们之间本不该有任何秘密。

"告诉你个事，你千万别震惊啊。其实我……"夏初一顿了顿，看他目光灼灼地盯着自己，心一横道，"其实我会……"

"陆主任，原来你在这儿。业务经营分析会出了点状况，何主任让你快去。"陈清昼隔着几张桌子就冲着陆斐然大喊，像是有特别着急的事情。

夏初一赶紧闭嘴，静待陆斐然的反应。

结果陆斐然没有任何反应，即使陈清昼已经走到面前，陆斐然还有时间给夏初一剥了个茶叶蛋。

陈清昼有些尴尬，低头问：“陆主任，你看你什么时候过去？”

“吃完饭。”

声音低沉，不容置疑。陈清昼不解地看了看夏初一，最终很为难地点头离开。

只是夏初一忽地拉住陈清昼的胳膊，让她停在原地。

“马上就去，马上就去，千万别告诉何主任哈。”

夏初一站起身，催促陆斐然赶紧离开。陆斐然拍了拍手心的残渣，和夏初一道：“你找个地方等我，开完会我有事问你。”

夏初一乖乖地点点头，目送陆斐然和陈清昼走远。

餐厅门口，陈清昼转身冲她感激地一笑。

夏初一坐在空调很足的银行休息椅里发呆，手机里不停传来公司群的消息，她也懒得看。她在想等陆斐然出来，她应该如何有效率并且有技巧地问他分手原因。如果还是按照以前的方式，怕是很难问出来。

银行里的人越来越多，夏初一挨个扫过一张张陌生的脸，想象着也许这辈子和他们的唯一缘分就是在这家银行里。他们谁也不认识谁，也毫不关心各自的人生，就像走在不同的马路上，只在这一天、这一个时刻一同迈入了同一个十字路口。

夏初一忽然觉得人生十分奇妙，她甚至想或许在某一天某一个陌生的地方她还能遇到自己的妈妈。

未知会让人产生希望。

就像她走投无路时忽然来了一个让她能飞的老太太，连生活都在告诉她，你要等，等到明天就有希望。

想到这里，她高兴地笑起来，觉得分手这件事根本不重要。就算亲密无间的夫妻，一辈子也有二十多次想杀死对方的冲动，她和陆斐然长期异地，说不准那天陆斐然受了什么刺激忽然对异地恋有些厌倦，也或者出了什么状况让他心灰意冷才说分手。但是过了那天，陆斐然就后悔了，所以才会迟迟说不出原因——本身就没原因嘛，一切都是因为冲动。

她绝对不能喋喋不休地问他原因，她要学会若无其事、视而不见，她要假装从来不知道这件事。从今天吃早饭的时候她就看出来，陆斐然对她还是很好的。只要她不问，分手这件事就可以自然而然地终止了。

她正乐不可支，忽然接到牧晨的电话。许慕杨正发疯似的找她，问她什么时候可以回去。

夏初一赶紧报备，她待会就到。

已经下午两点多了，陆斐然仍然没有开完会出来。她想起早晨陈清昼惶急的表情，心知银行肯定出了什么大事需要处理，怕是陆斐然难以抽身。

她给陆斐然留了信息，告诉他自己先回去了，等忙完再来找他。

她四处瞅了瞅，找了卫生间躲进去，然后慢慢闭上眼睛。

夏初一赶到公司时满头大汗，推开门就急匆匆地问牧晨：“出什么事了？”

牧晨脸色不好，张了张嘴，一时不知道说什么。

“不是你给我打电话，说许慕杨找我吗？”夏初一觉得牧晨最近很是奇怪，有话不说，让人猜不透。

许慕杨恰好从办公室出来，皱眉看着夏初一。

“怎么了？出什么事了？”夏初一一边擦汗一边问。

“没事了。”

夏初一气得牙痒痒，虽然她会飞了，但是飞一次也挺累的，他能不耍人吗！

“跟我去趟江南饭庄。”

似乎猜出她的心思，许慕杨直接拉着她往外走。

“怎么了？”

“我跟我爸说让你过来当我秘书，我爸给我下了任务，只要提高饭庄的销售额，我就可以随意调配你。”

夏初一本能地排斥：“我为什么要当你秘书？”

许慕杨：“因为我给你涨工资。”

夏初一小跑跟上：“好的，老板。”

许慕杨开车带着夏初一，一路无话。但是夏初一总觉得他有话想对自己说，车内气氛一时别扭无比。两人下车，夏初一第一眼就看到饭庄门口的尹欢歌。

尹欢歌还是那么漂亮，长卷发，小披肩，眼睛清澈有神，笑起来像春天榴花开尽，热情张扬。

那么多年没见，许慕杨站在尹欢歌面前脸依然红得像个柿子。

夏初一忽然想到当年许慕杨追尹欢歌的糗事，一时笑得直不起腰。

无与伦比的美丽

高三那年春天，学校里举办合唱比赛，由高一、高二学生参加，分成八组，再从中选出最好的一组送省电视台。高三学生因为学习紧张没有参加名额，不过仍然阻挡不住一些“积极分子”想方设法混进高一、高二学生里。当时尹欢歌是乐队指挥，只要能混进去，就可以有足足十天和她近距离接触的机会。

许慕杨觉得，就算接触不上，能静静地看她站在那儿指挥，自己也足够幸福了。

许慕杨通过小恩小惠“贿赂”了一个高二学生，顶替他进入了八组初选队伍中的一组。夏初一记得许慕杨当时兴奋得在课堂上向温墨耕取经：“师母是怎么看上你的？”

温墨耕正讲着陶渊明的《归去来兮辞》，听他问完直接将书撂桌子上，视死如归地说：“很简单，听话。”

这句话给了许慕杨很多灵感，让他觉得这肯定是温墨耕想通过反例来点播他。女孩怎么可能会喜欢听话的书呆子，她们当然更喜欢坏坏的非主流男孩。

第二天，染着半脑袋红头发的许慕杨早早站在国旗下，等着尹欢歌过来。

晨读刚过，尹欢歌穿着校服，里面穿一件樱花色T恤，长发的发尖儿正好垂在锁骨两侧，迎着太阳，清纯婉约。她和一位年轻老师正向许慕杨的方向走来，几分钟后许慕杨扯着喉咙一脸陶醉地开唱。

天上风筝在天上飞
地上人儿在地上追
我有你的草原
hey ya~ hey ya
你形容我是这个世界上
无与伦比的美丽
hey ya~ hey ya
我知道你才是这世界上
无与伦比的美丽

整首歌一句都没在调上，儿化音更严重，基本全是由许慕杨喊出来的。此时教学楼上围观的人密密麻麻，都扶着栅栏兴致盎然地看着他，甚至还有几个兄弟鼓掌叫好，给完全没调的他打拍子。

其实根本没有这个必要。

尹欢歌一脸惊讶，倒是她身边的年轻老师很镇定。

那是负责合唱比赛的音乐老师，只见他意味深长地指点道：“第一句只有一个音高，最后一句破音了。中间有几句唱的还行，如果不带口音的话。还有，这首歌你中间唱漏了，顺序不对。”

他说完忽然想起一件事，转头看向尹欢歌：“他在咱们合唱团吗？”

尹欢歌十分尴尬地点点头。

音乐老师对着许慕杨十分温柔地笑了笑：“踢出去吧。”

八年未见，如今在江南饭庄再次遇到尹欢歌，气氛还如当年一样尴尬。

许慕杨表白失败后成为学校的笑柄，不过他丝毫不介意，依旧我行我素，插科打诨。再后来，许慕杨一声不吭地离开学校出了国，彼此再也没有见过。

尹欢歌似乎对许慕杨印象很深，看到他和夏初一时笑着打招呼："好久不见。"

许慕杨插兜上前，正好看到一个穿着西装的男人泊好车赶过来，疾步站到尹欢歌身边。

"想必你就是许总吧？听说杨总把一半产业都给了儿子，真羡慕你们这种富二代，就算不学无术也照样能继承富爹的衣钵。"

夏初一怎么听都觉得这句话像在损人。

没想到许慕杨哈哈笑了几声，特别无所谓地对那个男人说道："还不是我爹太努力，老子争气儿混蛋呗。"

男人愣了愣，动了几下嘴唇，却什么都没再说。

夏初一这一瞬间很佩服许慕杨：骂自己比别人骂得还狠，让别人无言以对。

尹欢歌向他们介绍："这是我朋友，在政府工作，过来一起吃个饭。"

许慕杨又笑了几声："叫几个最好的菜，我请。"

尹欢歌的脸一下红了一片，夏初一还以为自己看错了，等他们进去这才看向许慕杨："尹欢歌喜欢你？不会吧？"

许慕杨勾了勾嘴角："很难说。"

"哈哈哈。"夏初一像看笑话一样看着他，"也可能是她想起了当年的事，觉得太丢人了。"

许慕杨本还有些别扭的感觉被夏初一几声干笑扫荡干净，两人进入饭庄，从上到下、从前厅到后厨观察一遍。这家饭庄是这两年来本市最好的馆子，菜品正、口碑好，客流量也大，就算现在还没到饭点，人已来了不少，收入已经很稳定了，要想短时间内提高销售额还真不是易事。

夏初一也很担心，许慕杨当了总经理，搞不好销售额下降反倒是最有可能出现的情况。

许慕杨手半插着兜仰头看着饭庄的招牌，叹气道："这个行业是有多不堪才想拥有我，费尽心机让我回来赚点菜钱。"

明明是最赚钱的饭庄了，好不好！

夏初一暗暗腹诽，忽然想起一件事，连忙问道："我当你的秘书算是降级了吧？以后谁顶替我做董事长秘书？"

"牧晨。"

他淡淡的声音如惊雷一样在夏初一心底炸开。

"凭什么啊？她现在可是我的手下。"

许慕杨斜睨她："你最近老不在公司，我要是不收你，你照样降级。"

"哪有不在！只是消失一小会儿而已！"夏初一辩驳，她都会飞了，来去神速，能耽误什么事儿。

许慕杨这才转过身子正视她，小眼睛半眯着，让人看不清他的情绪。

半晌他道："你不是刚分手嘛，肯定有很多事，就跟着我干吧，我还能护着你。"

夏初一张了张嘴，这句话倒是说得很有道理。身在汉州时确实有很多事情无法及时处理，有他这么个老同学在，她多少轻松些。

"那……好吧。"夏初一撇撇嘴，还是有些不甘心，"你知道吗，当时我和牧晨竞争董事长秘书一职，我好不容易才打败她晋级的。"

许慕杨眉心一挑，忽地笑起来：“那你再打败她一次。”

“什么？”

“提高销售额啊。做这么一件大事，就算牧晨升职了，也是明升暗降，哪有你这个总经理秘书厉害。”

夏初一果然上当，若有所思：“也是哈。那我想想办法！”

许慕杨眉心又一挑，这女人真是好骗哪。

陆斐然确实被银行的事情缠住了，业务分析会的时候有一笔数据搞错了，导致他一整天都在解决善后。等他从银行出来时天已经大黑，这才看到夏初一的短信。

他打过去电话，对方一直没接，这才体会到当时夏初一给自己那么多电话而被自己故意不理睬时是怎样的心情。

夏天的夜，暑气蒸腾，带着浓浓的市井的味道。

他还是很想她，即便是自己先说的分手。

就像以前没恋爱时他偷偷地想她。在马路的路口，在下雨天，在起床刷牙的时候，在睡梦里。

夏初一在江南饭庄实地考察两天之后，给了许慕杨一个测评结果。

“不高级。”

许慕杨本还优哉游哉地坐在自己的办公室，硬生生被这三个字拽到饭庄现场。

直觉告诉他，夏初一有惊人的发现。

夏初一带着许慕杨将整个二层包间逛了一遍，最后很严肃地说道：“包间都太小了，虽然装修精致，隔音也好，但是空间不大，特色不足。”

“特色？”

夏初一点点头，带着他往里走：“在这儿搞一条通道，往里走柳暗花明。里面做一个特别大的包间，淮城虽然不大，但是有钱有势的人并不少，这样的包间就是专门为他们准备的。”

许慕杨来了兴趣：“接着说。”

夏初一思考了一会儿，道：“最大的包间要足具江南特色，通道尽头就先做个月拱门，穿过月拱门，里面是一片池塘。池塘不用太大，摆些最好看的荷花和莲叶，养一兜锦鲤进去。然后在池塘后面摆道屏风，隔开饭桌和花梨木椅。那边……”

她右手指转了个方向，继续给许慕杨讲她的构想：“饭桌右侧放个台子，专门请人弹奏音乐。然后天花板上垂些花藤柳枝下来，做得逼真些，给人返璞归真的感觉。夏天池塘外放冰，不要用空调；冬天台前落碎雪，摆白釉银边玉壶，插最好看的蜡梅。还有这个音乐台子，顶要重檐四披，攒尖宝顶，四翼角边远伸高翘，饰五彩金云龙纹。四角点缀明月星辰，覆绿色琉璃筒瓦，和那边的饭桌遥相呼应。”

许慕杨听得一脸震惊，还没回过神来便听夏初一继续说道：“桌子用八仙寿桌，正对一双金鹤，脚下铺几方白石，长年熏松竹香。桌上置珐琅墨玉盘，盛蜜果糕点，窗下一角掌明灯，铺笺纸，摆些砚墨，是不是惬意极了？”

许慕杨吸了半天凉气，重重点了点头。

“另外，得在饭桌上面搭个亭子，仿最好看的江南建筑。亭前池塘碧绿如玉，枫红如丹，天光云影，一片金灿灿的繁华。哦对，还要给亭子起个名字。”夏初一笑起来，眼睛弯成月牙，“‘流翠’怎么样。”

许慕杨变得无比认真，点头道：“不仅要给亭子起名，还要给包间起个相得益彰的好名字。”

“一期一会或者月洗高梧。”夏初一靠近他，“我早想好了，你选一个。”

许慕杨猛地觉得这些年来夏初一有了本质的变化，十分惊异，半咳道：“就一期一会吧。”

“也好。难得一面，世当珍惜。”夏初一点头，她也更喜欢“一期一会”的含义。

“夏初一，”许慕杨脸上满是欣赏的神色，“你长大了。”

夏初一好像没有发现他异样的神情，连连点头：“对，我更喜欢钱了。就这个包间，必须三千八百八十八一桌。那么精致，连屏风都得用缂丝双面绣来做，越是细节精致，越体现高级感。”

许慕杨刚刚涌起来的骄傲和欣赏瞬间熄灭。

“屏风上绣什么？”他百无聊赖地接茬。

夏初一皱眉想了想淮城这地方大部分人的喜好。

“百子图吧。”

在中文系的学习给予了夏初一开脑洞的能力，她想象的包间就像让人无意闯入桃花源，竹坞亭榭，临水照花，更重要的是营造出了一种私密感和优越感。事实证明，后来频繁进入包间的大多是些高级知识分子和一些体面的儒商，他们不喜欢高声喧哗，更享受包间里轻声细语、言笑斯文有度的氛围。仿若在尘嚣的生活中找到一隅净地，得到片刻的清宁。

那一晚夏初一再次给陆斐然打电话打不通的时候才忽然回味起许慕杨的那句“你长大了”。

八年前，她还是个什么都不懂的小丫头，八年后她已可以独当一面，成为董事长最得力的助手。她有能力、有眼光，甚至具有温柔待人的习惯，然而这些都是陆斐然在这八年里教给她的。

她能成为现在这个样子，都要感谢陆斐然。

上大一的时候，她还是学生会默默无闻的小干事，组织校园十佳歌手大赛，她跟着策划和选拔。当时请了三位有名的歌手前来做初选赛的评委，摆一条桌子，辟出一片场地，置好音响设备以及条幅就开始了。

夏初一坐在三位评委边上，拿着话筒喊“请×××上台”，等×××上来唱几句之后某个评委觉得差不多了，就会给夏初一一个眼神，这时她就拿起话筒喊“可以了”。

十分机械的工作，唯一能让她提神的是大学生的热情和各种搞笑的唱腔。因为十佳歌手初选赛的海报早就张贴和分发出去，当天下午前来参加的人很多，初选赛最吸引人的地方在于什么人都有，什么歌都能选，常常引得周围参观的人捧腹大笑。

直到有个胖胖的、长头发的女孩上台。

她唱了第一句之后整个会场鸦雀无声，实在是太难听了。

然而胖胖的女孩如入无人之境，一直在高声歌唱，毫不在意别人的看法。评委很是厌烦，皱眉向夏初一递了个不行的眼神，夏初一连忙喊道：“可以了。”

“可以了。”

“……”

夏初一喊了四五声，胖胖的女孩依然没有停止，一直在昂着头闭着眼大声歌唱，即便背景音乐都给她停了，她还在唱。

评委不停地给夏初一递眼神，夏初一哽着喉咙，不知道怎么办才好。场下的观众热切的目光都聚拢在夏初一身上，她喊停的声音也越来越大，可是没有一点作用。

就在这时，陆斐然穿过熙攘的人群上台，轻轻坐在夏初一身边，握着她的手，温热的气息从指尖传递给她。

她一瞬间明白陆斐然的意图，他要让那个女孩唱下去。

五分钟后，胖胖的女孩一曲唱完，流着眼泪向他们鞠躬说谢谢。

那是夏初一经久不忘的一幕，每每想到便热血沸腾。胖胖的女孩只是想要一个机会，然而评委甚至是自己连一个让她唱完一首歌的机会都没想给她。十佳歌手大赛的初衷并不仅仅是选拔最优秀的选手，海报上明明写着：让每个人都可以展示自我，相信歌声的力量。

夏初一的尴尬和胖女孩的勇气比起来显得那样羞怯和不堪。

也就是在那次之后，夏初一深刻地反省自己，要常常站在别人的立场考虑事情，要宽厚地对待每一个人，要做好每一件她可以做好的事情。

夜里时钟敲响，整整十二声。躺在床上的夏初一此时就像灰姑娘惊醒后仓皇逃脱时丢下的那只孤零零的水晶鞋。

异地恋真的很难熬，只能靠这些回忆来取暖。

夏初一连忙拿出手机给陆斐然发短信：“后天就是校庆了，你什么时候回来？”

几乎是在同一瞬间，陆斐然回复她：“明天傍晚。”

夏初一抱着手机卷着被子兴奋地打滚儿，再之后她连忙半跪起来，打着手电筒往墙上照。

那上面画满了“正”字，有一排是六个“正”字，有一排是十个“正”字，还有一排更长，足有三十一个“正”字。

每一横每一竖都是夏初一在计算陆斐然回来的日子。

夏初一从桌子上拿过马克笔，在最近的“正”字下面添了一个新横。

还有一天，夏初一在心里倒数。她决心忘掉他提过的“分手”两个字，想象它从未出现过，他们还会和从前一样好。她挺身吸了口气，硕大的笑容绽放在脸上。陆斐然，你终于又回来了。

来自校庆的宣判

读书的时候常常羡慕可以四处旅行的人，羡慕光鲜优渥、可以一掷千金的人，也羡慕女明星精致的妆容和聚光灯下众星捧月的生活。夏初一曾想过以后她会是什么样的人，毕业后会选择什么样的工作，拥有怎样的人生，是每天游走在5A写字楼的高级总监还是成为某家企业的大老板，带着骄傲的姿态每日奔波，风光无限，繁花似锦。

后来她发现旅行的人也会窘迫，一掷千金的人常常承袭的是父辈的资产，而这样的家庭往往有着普通人难以想象的感情割裂和心机斗争，就连一度光彩无比的女明星也会遭遇离婚和封杀，变得如履薄冰，人人喊打，世上根本没有永恒的幸福和幸运。

而她毕业后也没有当成总监或老板，不再觉得自己是天选之子，也不再幻想会拥有天上掉馅饼的优渥生活。她只能选择一种工作，将其余的一万种可能尽数泯灭，生活稳定下来，倒生了安定之心。她完成了从学生到社会人的蜕变，发现生活原来是这样的，从零到一，从一化零。

夏初一站在市第一中学的门口，脑子里忽然闪出了这样的人生感慨。

许慕杨站在她身侧，十分不耐烦地催促她：“赶紧进去吧。”

夏初一回过神，看着面前这个上学时成绩还不如自己的男人，现在却俨然成了自己的老板，心中闪过一丝感慨。

她最终十分得体地向他微笑，微微欠身：“这位家里有矿的先生，您先进去吧，我要等等男朋友。”

许慕杨撇嘴，不屑地看了她一眼：“都等一晚上了也没出现，你倒是痴情。”

夏初一哈哈笑了几声，当没听见。

陆斐然明明说昨天傍晚到，可是无论夏初一怎么联系他，都没有得到任何回复。她不放心，一大早专门跑学校门口守着。

百年校庆声势宏大，校门口的横幅明明白白写着“热烈庆祝淮城市第一中学建校一百周年”，连两侧围栏都没有放过，分别用红色横幅写着“百年华诞，桃李盈门”和“春风化雨，薪火相传”。再往里的“欢迎校友荣归母校”的条幅上签满了名字，许慕杨刚进来就迫不及待地把自己的名字写上去了，十分得意地说：“当年我爸花了那么多赞助费才把我送进来，我是为学校做过贡献的。”

“地主”家的儿子竟然那么容易快乐。夏初一心中微哂。

学校门口人流熙攘，夏初一踮着脚尖不停张望，直到看到一抹清冷的身影这才稳住心神。

她连忙跑过去，一把拽住陆斐然的胳膊笑道：“你终于来啦！”

陆斐然被夏初一环着胳膊，本还有些不适，不过看她那么高兴，终于点了点头。

校门口车水马龙，陆斐然下意识将她揽到内侧躲过行人的碰撞。他温柔的手碰触到她的胳膊，呼吸间的气息悉数萦绕在她脖颈，带着一丝清凉的感觉。夏初一有一瞬间觉得自己置身海水中，头顶灿烂的阳光透过海水射下来，那样璀璨明亮。她盯着他的眼睛，她熟悉的陆斐然终于又回来了。

夏初一出了很多汗，陆斐然将手中的水瓶盖拧开，这才递给她："其实不用等我。"

夏初一想问他昨天为什么没有出现，可是又怕让他为难，于是露出灿烂笑容，道："快进去吧，大家都在广场等着呢。"

陆斐然白白净净的一张脸变得有些皱，可他什么都没说，被夏初一拉着向里走。

一路上遇到很多当年的同学，有的身材变胖了，有的气质变好了，还有的变成了半秃。不过无一例外的，每个人都对夏初一和陆斐然报以微笑，似乎看到他们两人还在一起一点都不意外。当年陆斐然对夏初一有多好，整个学校有目共睹，即便现在走在路上也会有人在背后指着他们道："看，我们那届的第一名，为了旁边那个女的连清华都没上。"

站在陆斐然身边的夏初一有些不好意思，那些同学的视线太过炙热，让她想起上学时大家同样艳羡甚至嫉妒的目光。彼时整个学校知名度最高的两个女生，一个是尹欢歌，美得清丽脱俗；另外一个就是夏初一，仅仅是因为所有人都知道陆斐然。

她成了陆斐然的一部分。

夏初一正微微低着头想着以前的事，忽然被人推了一下，紧接着一个十分热情的男生跑到她和陆斐然面前。那个人比陆斐然矮一头，约莫刚刚大学毕业的年纪，笑眯眯的，丝毫不忸怩。只不过流了太多汗，脑门油油的，连额前的头发都打着卷儿。

"学长你好，我是比你小两届的学弟。"他自我介绍，而后直接进入正题，"我上高中的时候就特别想认识你，你高考的事在我们班传得沸沸扬扬，今天能见到你真是太高兴了！”

陆斐然客气应答：“谢谢你。”

然后握住夏初一的手准备继续往前走，不料矮个子男生丝毫没有退开的意思。

“陆学长，你当时简直是我的偶像，我连报的大学都和你一样，嘿嘿，可惜没考上。”

“还有那次升旗仪式的时候你站在最前排，特别帅，连我们班的班主任都特别喜欢你，经常让我们向你学习。”

“你这次来学校也是被邀请来的吧？”

陆斐然依旧淡淡的：“是。”

夏初一知道陆斐然很不习惯这种搭讪方式，他不常讲话，安静内敛，缺乏社交的耐心，每每遇到面前这种人都会自动避开。很显然，矮个子男生正滔滔不绝地倾诉自己的喜爱，根本没有注意到陆斐然皱眉不快的表情。

其间，几次陆斐然都想错过他的身子走开，结果都被夏初一紧紧拽住。她自然知道陆斐然不喜欢，只是男生那么热情，倘若直接走开倒显得拒人千里，不近人情——虽然他上学时常常这样。

“你那时候怎么学的啊，次次都能考第一？”

“对了，你现在在什么地方工作啊，能不能留个联系方式给我？”

“学长你一定要记住我啊，我是你的头号粉丝！”

矮个子男生很是话多，夏初一顶着大太阳直愣愣地站在原地一边听他滔滔不绝一边观察陆斐然的表情。每当陆斐然不想回答时，夏初一就赶紧替他说道：“在银行工作，很高兴认识你哈。谢谢你那么喜欢他，如果有需要可以随时联系。”

夏初一知道陆斐然耐心有限，不敢多说，尽量把时间留给面前的男生。

好在他终于说得差不多了，又被一旁人群中的惊呼吸引，连忙道别，掉转方向。临走前他看了夏初一一眼，然后用十分真诚又带着可惜的语气对陆斐然说道："学长，我真觉得你眼光不行，她根本配不上你。"

夏初一脚底像被人楔了一颗钉子，惊得一动不动。

就在矮个子男生转身时，他的胳膊被陆斐然一把抓住。

"你说错了。她晒着太阳听你说了很多废话，足够配得上任何人。"

矮个子男生脸色唰地变白，只是不自然地笑了一下，连句道歉都没有，直接转身去了人多的地方。夏初一透过他看到了尹欢歌的身影，这才明白刚才的惊呼是因为什么。

夏初一完全没被刚才的话影响，嘻嘻笑道："没事的嘛，你们这对校花校草那么出名，被人崇拜是应该的。"

陆斐然脸上没有一丝笑意，阳光在他身后勾勒出清晰的线条，只是眼神在明亮清澈之外透着一丝悲悯。是的，夏初一觉得自己没有看错，那是一个她从未见过的眼神。

广场上摆满了座位，许慕杨早就选好了位置等着夏初一过去。半分钟后，许慕杨和陆斐然见面，两人各自眯了眯眼。

许慕杨冲着陆斐然笑道："还是那么好看。"

夏初一心头一紧，觉得许慕杨在打陆斐然的主意，赶紧开口："你不要忘了Simon，他还等着你呢。"

许慕杨丢给夏初一一个白眼。

三人落座，夏初一夹在中间。她往陆斐然身边靠了靠，小声问："你待几天呀？"

"明天就走。"

"哦。"夏初一有些失落，不自然地拧着瓶盖，"银行很忙是吗？”

陆斐然没有说话。这时校长已经走到了主席台上。

“尊敬的各位来宾、亲爱的校友们、老师们、同学们：大家上午好！”

百年校庆来了很多名人，大家安静地在广场上听校长的演讲。

校长从一百年前建校讲起，历数历代优秀的教师和学生，讲师风师德，栋梁英才。夏初一坐在下面正安静地听着，许慕杨忽然拉了拉她的衣角：“你看，‘几分钟’在那边。”

“几分钟”是当年女数学老师的外号，她长得很高，微胖，戴着厚厚的眼镜，成天盘着头，一到下课的时候就说“我再讲几分钟”，于是这几分钟就变成了数学老师的专场，一直讲到下节课老师进来为止。班里的同学根本不敢反抗，因为一旦惹怒她，她骂起人来什么话都说得出口，动辄问候祖宗十八代，要么就对你进行全身各器官的侮辱。

又狠又准。无奈教得也好，打遍天下无敌手，很适合高考那一套。所以就算学生投诉，学校也睁一只眼闭一只眼，只是对她进行劝说，从未惩罚。

夏初一唏嘘：“她还是那么茁壮健康。”

她赶紧拉住陆斐然的衣服让他看，陆斐然安静地将目光转移到夏初一的脸上。

他想起有次在银行发生了一件有趣的事，他第一时间就想告诉她，可是她不在身边，开心的感觉根本无从分享。此时他静静地看着夏初一，心想在淮城的她也会有很多这样的瞬间吧，幸福无法通知，痛苦也无法通知，等到通过电话说起来的时候，已经成了一件无关痛痒的事。

夏初一忽然惊叫一声：“温墨耕！”

三个人齐齐向主席台望去。

此时校长讲话已经结束，温墨耕代表教师队伍开始讲话。他的声音还是那么儒雅，时不时穿插一些笑料，引得大家捧腹。

许慕杨很是感慨地说道："温老师都六十多岁了，是被返聘回来的，听说在学校里当心理咨询师，专门开解一些学习压力很大的学生。有政策说每个学校都要配备心理咨询师，为此温老师还有专门的办公室呢，比其他任课老师的办公室都大。"

夏初一啧啧两声："他值得！"

陆斐然轻声道："毕业那年他劝我离开你。"

夏初一暗暗改口：呸。他不配。

"他说只有我变得足够强大才可以保护你，现在还不行。"

夏初一愣了愣，呆呆地看向陆斐然。

阳光下陆斐然扬起唇角，苦涩一笑："现在想想，他说得都对。"

夏初一连忙握住他的手，出声安慰他："你做到了，我过得足够好了。我足够幸福，足够满足，足够……"

她一时词穷，但是就在这一刻，夏初一特别想抱住他，告诉他：千万别内疚，你让我变得这么好。

只是她还未说出口，温墨耕已经讲完话下了主席台，校长邀请历届学生优秀代表上去讲话。第一个喊的就是陆斐然。

夏初一根本不知道陆斐然还有上台讲话的环节，他从未说过。

在夏初一和许慕杨的注目礼下，陆斐然悠然起身，向着主席台而去。他要在几千人的目光下讲话，夏初一感到没来由的骄傲。

在陆斐然还没走到台上时，许慕杨轻声问她："这个木头什么时候擅长讲话了？"

夏初一对他龇牙："他一直都很棒。高中毕业的时候他把老师都说哭了。”

“嗯？快说说。”许慕杨对他没赶上的这一幕表示出极其浓厚的兴趣。

夏初一根本不想搭理他，一直盯着陆斐然的背影等他上台。耐不住许慕杨一直戳她，夏初一赶紧丢了两个字交差：“慎独。”

“什么玩意儿？”

许慕杨皱眉。

陆斐然走上台，对着所有人微微一笑。很浅的笑意，却如星辉一样耀眼。

“很荣幸作为学生代表站在这里讲话……”

许慕杨偷偷贴近夏初一：“你刚才说的是不是深度？审读？神都？”

夏初一向旁边动了动身子，她现在一点也不想和他说话。

陆斐然的声音还在继续，她示意许慕杨闭嘴。

“世界并不公平，银行VIP不需要排队，直升机能带你去全球任何一个地方，高级病房自动识别身份，五星级餐厅也会让你吃到最美味的食物。你要努力，才能得到想要的一切。”陆斐然的目光不知散在哪一处，倏而收回，继续道，“但是得不到，也希望你能做一个闪闪发光的人。希望你有坚强乐观的品质，希望你有健康无忧的身体，希望你学会取悦自己，照顾自己，希望你能做喜欢做的事，用明媚的笑容感染身边每一个人。希望你在为生活奔波之外还可以有无所事事的时间，打开窗子能闻到栀子花的香气，可以在院子里看蚂蚁搬家，芦苇和蜻蜓在晚风中飘荡，夕阳下野菊开满山坡。希望你见山是山，见海还是海，不贪恋世俗，不拾人涕唾。拥有坦诚的朋友和知心的恋人。不必寻求圆满，努力成功的人去做英雄，平淡知足的人收获安稳。”

陆斐然的目光穿越人群投射到夏初一的身上，四目相对，似乎在传递着什么。

许慕杨在一旁打哈欠："果然是温墨耕教出来的学生，说的这一套根本不适合现在的应试教育。"

然而夏初一心底却猛地一动，看着陆斐然意味不明的目光，解读道："你不觉得他这些话像是专门对谁说的吗？"

"对你？"许慕杨嗤之以鼻，"让你不要成功，知足常乐？"

夏初一摇头。以她对陆斐然的了解，这些话不像是他对自己说的。

两人对话的时候陆斐然已经说了结束语，鞠躬致谢。正要下台，人群中忽然传来一声挑衅。许是他太过出名，总有人想了解他到底是怎样一个人。

"你为了女人放弃好学校，值得吗？"

主席台一时静极，连校长都愣在一旁。陆斐然身子已经偏过主席台，但是声音还是通过话筒清晰地传出来。

"值得。不过，"声音有半秒的停顿，"我们已经分手了。"

似乎有一道惊雷劈在夏初一的脑袋上。校友大多向她望过来，有旧时的班长，有胖胖的邻桌，还有那个矮个子的男生和皱着眉仍一身明媚的尹欢歌，他们目光中夹杂着不解、揶揄和嘲笑，像一把把利刃穿过夏初一的胸口。

"陆斐然，我去你大爷的。"

主席台上已经开始了下一轮的讲话，回过神的许慕杨恨恨咬牙，直接开口大骂。周遭都在窃窃私语地议论夏初一这个女主角，当年她在陆斐然的保护下有多风光，现在就有多落魄。

然而夏初一迟迟没有说话，也迟迟没有任何动作。百年校庆的礼炮声轰隆隆的响起，阳光明媚，天空湛蓝，四周杨树粗茂挺拔，白鸽在头顶展翅飞过。

多么美好的一天，被当成宣判分手的日子，可惜了。

人无压力轻飘飘

毕业那天，数学老师给高三（1）班上最后一堂数学课，主要讲两道难度一般的大题，为了让学生加深记忆，先用复杂算法讲一遍，再用简便算法讲一遍。

夏初一会做这两道题，她那堂课忙着给刚刚出国的许慕杨写信，一直低着头没有看黑板。

“有的人学好了，连课都不听了。”数学老师把粉笔猛的往桌子上一摔，阴阳怪气地讽刺道，“是真学好了还是听不懂干脆放弃了？真有本事在这里待着干什么，滚回家享老子的福，看看你老子养不养得起你。”

夏初一连忙把笔丢掉，坐直身子看着黑板。然而数学老师并不罢休，直冲夏初一翻白眼。

“我当是个学习多好的人，什么都不会摆什么屁架子。老师在这儿累死累活给你们讲题，你们再考不上好大学就是活该。拿着家里的钱来学校里混，我是你妈得活活气死。”

数学老师的眼睛一直没离开夏初一，让班里所有同学都朝夏初一身上看。夏初一脸红到耳根，小声分辩：“我没有……”

“没有什么没有！”

教室太安静，数学老师的声音猛地拔高，像山洪暴发，轰地泻下来。她下了讲台，大步走到夏初一桌前，抬手将那张信纸扬给大家看，挖苦、咒骂的话像能发射针头一样劈头盖脸地刺向她：“马上就要考试了还给不三不四的人写信，真有闲工夫！你要是不想听课赶紧滚。以后毕业了你也别说我教过你，我都觉得丢人！都写的什么玩意儿，考不上大学你受苦一辈子。你是给我学的吗？不争气的人到了社会上也是个笨蛋！”

她一边说一边将信纸撕得粉碎，班里的同学吓得全体噤声，而夏初一一直垂着头，眼泪在眼眶中打转。

就在这时，夏初一身后的陆斐然缓缓站起身看着数学老师。

“教授学生知识，本身不是一件很有成就感的事情吗？”

数学老师就站在陆斐然半米开外，身体的阴影将陆斐然遮了大半。她还没说话，陆斐然接着说道：“我们一路带着很多老师的知识走到今天，以后会比你们走得更远。会有很多人超过老师的成绩考上清华北大。”

数学老师虽然一向喜欢陆斐然，但此时也很不耐烦：“你想说什么？”

陆斐然面不改色：“一个师范大学毕业的人培养出来一个清华大学的学生，应该有体面的教育方式。”

教室安静至极，数学老师盯着他看了足足一分钟。

“陆斐然，老师对你不赖吧？我把能教的都教给你了！”

“可我们最终都会走向社会。”陆斐然抿着唇角，目光清澈，“我们会成为售货员、收银员、推销员，会成为工程师、总监、经理，无论成为哪种人，都变成了和老师一样平等的成年人。一位老师为社会源源不断地输送人才，不应该只对一个人不赖。”

数学老师张了张嘴，粗重的呼吸慢慢减缓。此时她的气消了一大半，苦笑了一下，抬手示意他坐下。

她走回讲台上吸了口气，教室内空气凝滞，一片安静。最后她慢慢地说：“老师刚才太冲动，马上就要毕业了，老师希望你们都能考个好成绩。”

夏初一用脚尖轻轻搓着那些被撕碎的纸片，暗暗品味陆斐然的话。他平时话少，却不代表不会表达，她终于明白他语文成绩为什么那么好了，也终于知道当时他对法律的解读并不是信口说来，而是长久的准备和打算。

数学老师的声音再次恢复正常，将两道题全部讲完之后看了看时间，而后摘下厚厚的眼镜感叹道：“高考完你们就是大人了，再也没有人管着你们，你们自由了。”

同学们会心地笑起来。因为所有人都对未来充满了希冀。

“你们有什么想说的吗？包括对我的批评和意见，我都会听。”或许是陆斐然刚才的一番话刺激到她，她破天荒地想让同学们有自由表达的机会。

刚开始同学们都不敢说话，可耐不住她真诚的目光和反复的劝诱，班长先举起手。

“希望老师上课少骂人。”

数学老师笑时一排牙齿十分整齐：“好！”

“说下课就下课，不要再多讲几分钟啦！”

“好！下课铃一响我立刻消失。”

同学们大笑。

胖胖的邻桌站起来：“老师以后别有偏向，给我们这些差生也多讲讲题。”

“行！”数学老师点完头又补充，“我主观上没有偏向，你们不问我，我也不知道你们哪里没学会呀。”

同学们再次哄笑。

陆斐然站了起来。

他笑意半敛，白净净的皮肤下双眸明澈无比："希望以后还有像老师一样的人管着我。"

"啊？"数学老师有些不相信，"还没被我管够吗？"

陆斐然点头："每天在教室是没有孤独的时候，但以后的大部分时间都将处于孤独的状态。希望我足够幸运，还能碰到像老师一样的人。"

那时候班里的人多数都没听懂陆斐然的话，连夏初一都暗暗骂他自虐狂，马上就要自由了还盼着有人管束自己，是不是有病？

然而数学老师却听懂了他的话，像成年人彼此间的心照不宣。她转身在黑板上写下两个字：慎独。

她对着全班同学说："这是老师最后送给同学们的礼物。"

在说完这句话之后，夏初一看到一向强势无比的数学老师背过身偷偷抹眼泪。可惜那时的她并不懂。

很久很久以后，当夏初一已经经历社会的洗礼变成了一个在异地坚守爱情和足够独立的成年人时，才终于明白"慎独"两个字的意思。这个世界考验着一个人的定力、克制和自省，倘若没有这些隐忍的品质，长大后的我们就会做出很多错事，后悔莫及。学过的数理化公式在面对复杂的世界时全是没用的。很多时刻夏初一希望有人管着自己不要贪玩，不要放肆，不要懒惰，能告诉自己所有问题的答案，教自己怎样才能活得更好。

只是那时，身边已经没有老师告诉自己这些了。考完试之后，世界需要自己用血泪经历写出答案才能通关。

而这些道理，八年前的陆斐然已经懂了。

演讲完的陆斐然没有停留，直接回了汉州。

夏初一给许慕杨讲完慎独的故事之后嗓子都哑了。她眼睛里有浅浅的液体流动，只是努力没让它们滚落下来。

许慕杨卡着喉咙不知道说什么，只能语无伦次地安慰她："我说怎么没收到你的信，原来被丫给撕了……不过没想到'几分钟'还有'铁汉柔情'的时候哈……陆斐然这个人渣，公然这么伤害你，我跟他没完！还有，还有，我刚听说陆斐然为什么上去演讲，原来他所在的银行给咱们学校拨了一笔款子重建图书馆，我就说他怎么做了优秀学生代表嘛……"

夏初一抹了一把泪，环视着人群早已散去的广场，恹恹地说道："所有人都知道我们分手了。"

许慕杨顿了顿，斗志昂扬地安慰她："那正好，恭喜你再次恢复自由身。再也不用异地恋、守活寡了。"

夏初一没心思跟许慕杨斗嘴，当初她那么相信陆斐然，相信他们的感情。坚信他们可以熬过所有的落寞和困苦，坚信奢侈美好的事情总得等待后才会来到。他那么早就懂得克制的道理，为什么无法忍受异地恋、中途毁约呢？

阳光下的夏初一迷茫地看着眼前的一切。

尹欢歌不知什么时候站到了她身边，长睫下一双眼睛如清晨花瓣上的露珠。

她动了动嘴唇，最终轻轻说道："那么多人喜欢陆斐然，可他最终却喜欢了你。那么多人已经放弃了陆斐然，可他偏偏又放弃了你。初一，是不是你以为努力就能得到的情感在付出了所有之后发现还是得不到，那比你从未努力过更加痛苦？"

夏初一抬头看看尹欢歌，忽然有一种现在是她分手而不是自己分手的错觉。

"肯定不是。"许慕杨打了个哈欠，"张爱玲说过，你再怎么样差劲也会有一个人爱你。"

这次夏初一真的被气笑了。

她发现许慕杨竟然还读张爱玲，他周身都洋溢着被男人喜欢的气质，难怪那个外国帅哥Simon那么喜欢他。

夏初一还没来得及和尹欢歌多说，就被夏平的电话催回家了。自从毕业之后她就经常忙得昏天黑地，即便同在淮城也很少和爸爸见面。夏平在电话里很是小心，言辞恳切地表达他很想她，希望她回去一趟。

夏初一知道夏平肯定有事要说，心照不宣地挂了电话，即刻往家赶。

她脑子里还想着和陆斐然的事，不知道怎样和爸爸说，身子刚刚走到楼梯口就听见三楼开门的声音。

夏平穿着围裙隔着层层楼梯向下喊："我宝贝女儿是不是回来啦？"

"神了。"夏初一调整好呼吸，这才向老爸笑了两声，"爸，我有事和你说。"

"正好，我也有事。"

进了屋子，一股酒精味直扑面门。夏初一知道妈妈消失之后爸爸经常喝酒麻痹自己，只有她回家，爸爸才知道收敛一些。她不想揭穿他，故作轻松地看着满桌子的菜给了夏平大大的拥抱。

"爸，你都瘦了，以后得多吃饭。"

夏平手里还拿着铲子，兴奋得上下挥舞："你多回来两趟我比吃什么都高兴。"

夏初一闻着饭菜的香味，赶紧坐下夹了两口菜，一边吃一边问："说吧，什么事儿？"

夏平给自己倒了一小杯白酒，坐在她对面，眉眼舒展："你先吃，吃完再说。"

夏初一摆摆手：“恕你无罪。”

“那行。”夏平像被大赦一样探头讨好似的说，“你奶奶……要过八十大寿……你姑父让咱们回去商量商量怎么办……”

“我不想去。”夏初一想都没想，脱口而出。

“你这孩子……”

“我奶奶那么疼我姑和姑父，我妈消失之后不管不问，还嫌你不给我娶后妈，这些事儿我都记着呢。”

“她好歹是你奶奶。”

“我好歹是你闺女。”夏初一赌气，抬头看着夏平，“那么多年了，我奶奶丝毫不关心咱们俩，但凡她想着你，你也不会天天喝酒。八十大寿我可以去，就那一天。”

夏平叹气，虽然有心理准备，可是面对夏初一的态度他还是有些措手不及。

“爸，我想我妈了。”夏初一将冰镇可乐的盖子拧开，没有任何表情地说。

夏平心里一酸，佯装平静道：“我和你讲讲我当初是怎么追的你妈？”

夏初一连忙点头：“我也想知道你是怎么从万千追求者里胜出的。”

夏平一时没说话，喝了两口酒，慢慢咂摸出醇香的味道，这才笑了笑：“当时没人追你妈，我是第一个。”

夏初一条件反射似的向电视机的方向看去，那上面摆着妈妈的照片，眉眼清秀，温柔娴静，搁过去绝对算是美人了。

“我不信。”

“这还有假？”夏平脸上红红的，半嗔半笑道，“当时啊，你姥爷虽然就这么一个女儿，但是大家都知道你姥姥是得病去世的，死状很惨，村里人传你姥爷家祖坟风水不好，被恶鬼纠缠，都不敢上门提亲。”

这事儿夏初一倒是第一次听说，妈妈嫁给爸爸之前姥姥就去世了，所以她没有关于姥姥的任何记忆。

“什么病啊？”

“怪病。”夏平也说不上来，支支吾吾的，“那时候医疗水平不先进，谁都看不好，你姥姥就那么死了。村里人古板，都躲着你姥爷家。你老爹我可是突破重重艰难才娶到你妈，为这你奶奶才不待见这个儿媳妇儿，所以你要理解你奶奶。”

夏初一感叹姥爷家的际遇，又以崇拜似的目光看着夏平：“爸，没想到你这么勇敢，我妈真是嫁对人了。”

夏平挠了挠后脑勺，脸上一片潮红，借着酒劲扬声：“遇见喜欢的人当然要这么做。”

夏初一微微一愣，正不知道怎么开口说接下来的事情，夏平忽然出了声。

“对了，斐然快回来了吧？我记得他有年假要休来着。”

他关切地看着她，没想到刚说完就见夏初一的表情立刻大变，一副躲闪的样子。

“他怎么了？是不是死了？”夏平噌地站起来。

夏初一连咳带喘地连连摆手：“爸，陆斐然要和我分手。”

夏平的脸色一下变白，似乎这个消息比刚才的揣测更让他难以相信：“不可能吧？为什么啊？”

夏初一低头搓着手指：“我也不知道。”

“嗨。”夏平重新坐下，气息如常，“陆斐然这小子在咱家过年都好几次了，爸爸早就把他当成了自家人。他提分手你就接受啊？”

夏初一皱眉，抬头：“爸，你什么意思？”

夏平仰脖又喝了口酒，咣当把杯子砸桌子上：“人无压力轻飘飘，井无压力不喷油！你要像爸爸一样勇敢，重新把他追回来不就行了！”

情出自愿

陆斐然第一次在夏初一家过年是高三寒假他外婆生病住院，那时候妈妈还没消失，夏初一在医院碰到陆斐然，便毅然决定把他带回家。他只有外婆一个亲人，连续在病房守了五天，身上潮味儿和汗味儿混在一起，特别狼狈。夏初一像带着被遗弃的宠物一样带着陆斐然回到家里，让妈妈烧了热水，给他准备了爸爸的衣服，又让他好好睡了一觉，很自然的，那年除夕陆斐然就留在了她家。

大二那年，陆斐然的外婆去世，之后每年他都会到夏初一家里过年。刚刚异地恋的第一年，陆斐然因为银行里的事晚放假，一直到除夕那天才往淮城赶。

除夕晚上烟花灿烂，夏初一窝在沙发里，一面充着电一面戴耳机连语音，给坐在大巴车上的陆斐然口述直播春晚。

“到小品节目啦，有沈腾唉！”

“黄渤出来唱歌啦！歌唱得不错，我给你清唱两句。”

“下个节目是创意舞蹈，就是踢踏踢踏加手指动一动，脖子动一动，胳膊动一动。”

最后夏初一实在太累了，盖着毯子缩在沙发里昏昏欲睡。远在千里之外的陆斐然坐在车里看着窗外流光溢彩的街灯，听着夏初一愈来愈弱、愈来愈平稳的呼吸，心中暖流汹涌。

夏初一是被耳机里陆斐然的声音吵醒的。

醒来时蓝紫色的天空刚刚透出霞光，晨曦照在沙发角上。她不仅听到了陆斐然的声音，还听到了窗外鞭炮的声音，透过耳机噼里啪啦地传过来，带着暌违已久的热闹。

“早安，丫头。”

他的声音清冽温柔，脸上的笑像音符一样漏进声音里。

夏初一连忙穿上鞋子冲房门奔去，打开门的一刹那，金色的阳光在他身后勾勒出柔和的线条，行李箱立在墙角，陆斐然正张开怀抱等着自己。

她像小棕熊一样扑上去，高兴地在楼门口大叫。陆斐然用深吻堵住她的声音，害怕她将邻居吵醒。

异地恋将他们的拥抱和快乐无限放大，经久不灭。

夏初一回过神，发现了一件让她额外惊喜的事情。

她刚刚端着盘子，从厨房飞到了客厅。

她甚至可以穿过墙壁直接飞过去，虽然没有感觉到，但是她在眨眼之间已经到了饭桌前面。

她激动地将盘子放到桌面上，狠狠吸气，没想到她已经将超能力运用得炉火纯青，不仅在室外能飞，在室内都飞得轻松自如了。

爸爸说得没错，异地恋最大的障碍就是时间和距离，如果她将这两样轻易抹平，那么她和陆斐然之间就不会再有任何问题。

她连忙拿出手机，迅疾地将编辑好的短信发给陆斐然。

“我要重新做你女朋友。这次换我追你！”

夏初一第二天下午返回公司，还没喘口气一周一次的会议就开始了。她抱着一沓资料进入会议室，看见牧晨正坐在董事长杨瑞和旁边低着头速记一些东西，心里微微一动，随即坐到了办公桌的下首。

那个她曾经做了三年的位置从此不再属于她了。

许慕杨晃悠悠地坐到夏初一旁边，看她拿出一张白纸在列计划表。

“这是什么？”

夏初一太过投入，完全没抬头，一直在纸上写写画画。她现在所有的心思都放在追求陆斐然上，当然要做好万全的准备。

于是一整场会议在夏初一的计划表里变成了背景音，其间包括牧晨升任董事长秘书的消息，包括牧晨作为主管要管理其他行政人员的消息，也包括夏初一岗位调整以及从此被牧晨顶替的消息。

新的饭庄要开业，杨瑞和讲完话之后牧晨在会上给大家分配工作。开业活动由温凉负责邀请名流并维护秩序，刘蒙负责场地布置以及后续媒体报道，陈晓安负责主持剪彩。一通分配很是清楚干脆，牧晨神情冷肃、极具威严，最后瞥向夏初一。

“初一负责活动文案策划、海报喷绘以及宣传等工作。”

声音方歇，温凉倒先缩了缩肩膀。看来牧晨有意将最烦琐、最辛苦的工作交给夏初一，心想这应该是新官上任三把火，先给一个下马威。

然而下一秒，夏初一举手道：“我要请假。”

温凉暗暗唏嘘，狭路相逢，高手过招。

牧晨脸色有些难看，感觉整个会议室的目光都聚拢在她身上。

她抬头道：“这次活动备受重视，我不希望有人迟到早退，更不希望有人偷懒耍滑，所以我不会准许任何人请假，除非不想干了！行政部的人都要打起十二分精神来应对这次活动，力争圆满结束，让杨总和各位领导放心。”

许慕杨斜睨夏初一一眼，见她还在低着头不停写着什么，默默叹了口气。

会议室再次恢复静寂，夏初一在牧晨说完之后没再出声。温凉同情地看着她，这场没有硝烟的战争因为夏初一的怂而十分迅疾地结束。

牧晨安排完工作之后杨瑞和做最后的总结，对新饭庄寄予了美好的展望，并且针对这件事着重夸赞了许慕杨一番。

因为许慕杨对江南饭庄做了“一期一会”的改造，也因为许慕杨策划了新的包间概念之后拉来了一笔不小的投资。

这两件事让杨瑞和对许慕杨的印象大为改观，甚至欣慰自己的儿子终于长大了，兴奋地拿到董事会上强调和赞美。

许慕杨半眯着眼睛笑道：“‘一期一会’的概念是夏初一想的，我完全打配合。”

杨瑞和也笑眯眯地点头，父子俩此时的表情几乎一模一样。

“初一一直是得力助手，以后你要多多向她学习。她跟着我这几年从没出过错，相信做了你的秘书之后会干得很好。”

杨瑞和将目光转移到夏初一身上：“江南饭庄的业务你做得很好，只要工作到位，我们不会亏待任何一个人。”

夏初一与杨瑞和对视，缓缓起身：“老板，我要辞职。”

会议室再次哗然，这次连许慕杨都皱着眉看她。

杨瑞和刚刚夸奖完夏初一，不知道她为什么这样说。

“辞职做什么？”

“因为我想请假。”夏初一看向牧晨，脸上没有任何波澜。

杨瑞和最先反应过来，长久的商海浮沉让他机敏且圆滑。

他再次笑起来：“我当什么事，你且忙你的事情。你为饭庄提升了影响力和销售额，我放你三天假，这是对你的奖励。”

夏初一慢慢坐下，语气平稳，笑容利落。

“谢谢杨总。”

牧晨没有得逞，而夏初一也在散会之后大步回到自己的座位。她已经将计划表列好，再过两天就是她的生日，她要利用那天作为见陆斐然的理由。不过在生日之前她还要到汉州一趟，起码要表示一下追他的诚意。

她正在思考，许慕杨半插着兜走到她身边啧啧两声：“小瞧你了啊。”

夏初一茫然：“什么？”

“敢提辞职，万一直接准了，你不怕丢了工作吗？”

夏初一“嗨”了一声摆摆手：“当了三年董事长秘书，这点自信还是有的。再说每次开会都是杨总做最后总结，我就在那儿等着他呢，怎么会失败？”

许慕杨露出赞许的表情：“还以为你跟上学时一样蠢。”

夏初一回想起这三年自己起早贪黑、没日没夜地工作，耸了耸肩：“牧晨太想赢了，其实没必要，我又不跟她争什么。”

她刚说完，恰好看到牧晨闪出身，一双眼睛像蛇一样盯着她。

许慕杨一副看好戏的表情，自动退到半米开外。

牧晨走到夏初一身边：“三天之后见不到你，按自动辞职处理。”

夏初一点头：“行。”

她无意和牧晨争执，收拾工位准备撤退。然而下一秒牧晨忽然又提高声调：“别得意。杨总一定会明白，我比你更适合这个位置。”十足的挑衅。

牧晨居高临下地站在那儿，连许慕杨在旁边她都不在乎了，说的话像利箭一样射出去。身后仿佛燃起上千簇火苗，锋芒毕露。

夏初一放下手中的计划表，直视她：“走得就不是荆棘路，又怎么会戴上王冠呢？”

旁边的许慕杨浅浅而笑。

记忆里的小女孩早已出落成美艳动人的公主。有一瞬间，他很惋惜一直陪她长大的人不是自己。

远在汉州的陆斐然并不知道现在夏初一经历的一切。

自从他回来，繁忙的工作已经占用了他所有的时间。

何以修将陆斐然叫到办公室，笑容和蔼：“斐然啊，你坐。”

陆斐然并没坐，站在门口，面色平静地看着坐在办公桌前微微显出啤酒肚的主任。年逾五十的何以修笑起来像一头花斑豹，面部肌肉紧致地堆在一起，眼睛看似盯着你，实际却是透过你看着别处。这是他赖以生存的本领，见人说人话，见鬼说鬼话，人在他眼里分三六九等，但是你永远无法通过他的眼神判断出自己属于哪个阶层。

“这个，小孙的事情我都知道了，多亏你之前有先见之明，没给客户放款，不然咱们银行肯定会出现大面积坏账。”

陆斐然直直地站在那里，脊背挺拔，说话礼貌周到：“还是主任有远见。”

何以修呵了一声，感叹道：“我也知道咱们银行业务压力大，每个季度都有考核指标，小孙也是迫不得已才找了那个煤炭企业。这事儿从上到下都批了，就差放贷环节了，要不是电路系统忽然出现问题，导致大额支付系统出现异常，那笔款子早就出去了。”

他说完调整了一下坐姿，重新笑着看向陆斐然：“我知道你是理工科出身，就算你不说，电路系统的事儿我也知道是你做的。你做得很好，短短几天那个企业就曝出贷款逾期、董事长跑路、员工闹事的事情，要是没有你，这次放贷给咱们带来的损失不可小觑。萧副总专门在会上肯定了你之前的判断，让各部门加强对风险的评估。”

陆斐然白净的一张脸并没有因为他的褒奖出现任何变化。何以修早就摸清了陆斐然的脾气，知道他是喜怒不形于色的人，干脆不计较。

“小孙在办公室里没少说你不是，你别放心上。这件事我会给你一个交代。”

陆斐然垂眸：“谢谢，不必了。”

何以修愣了愣，欣慰道：“萧副总一直很看好你，她的眼光很好。斐然啊，你前程远大啊。”

陆斐然出了门，拽了一把领带，目光清冷。

他想起了孙康背着他说的那些话。明明帮他挽回了损失，降低了风险，然而孙康毫不领情，在办公室骂骂咧咧，张狂叫嚣。

他自然明白何以修为什么欣赏甚至高看自己一眼，因为他和何以修不一样。连何以修都受不了的话，他都能做到照单全收。他一路坐到副主任的位置不是因为天天陪人喝酒谄媚，而是不动声色地将这些功绩与恶意尽收心底，丝毫不在意。

孙康自然也是他不在意的人。他可以不计较他的叫嚣，银行却不会不计较他的失误。他不计较，只是告诉自己不必与孙康那样的人论短长。

他又想起了夏初一笑意盎然的脸。

那是她教会他的第一件事。

十七岁的夏初一因为和陆斐然坐了前后桌没少被其他女生嫉妒。虽然夏初一那时还基本没和陆斐然说过话，但同班的女生各个都很眼红她的位置。

后来有好事的人对夏初一的家庭背景大揭秘，在班里各个角落恶意传播。越来越多的人加入嘲笑她的行列，流言像滚雪球一样越滚越大。

“夏初一的爸爸是卖保险的，走街串巷给人当孙子。”

不少同学还见过夏初一跟着她爸爸到处溜达，女生们笑成一团，专门跑到夏初一桌前笑话她。

“还上什么学，跟着爸爸卖保险也不少赚钱呢吧？”

谁料夏初一听完哈哈笑了几声，随即钻进人群里得意地向他们普及保险的好处。同学们全部愣在原地。

夏初一丝毫没有畏缩的迹象，滔滔不绝，将保险的种类、价钱和区别说得头头是道。最后在她的鼓动下，还有两个女生买了她爸爸的保险。

那是陆斐然第一次注意面前这个女生，她是那么积极阳光，没有好胜心，没有嫉妒心，平庸得甚至有些可爱。

事后他第一次主动和她说话。

“你不生气吗？她们都说你不好。”

夏初一很认真地眨了眨眼：“为什么要在意她们的看法。我又不是金子，人人都喜欢。”

陆斐然瞥了一眼讲台上温墨耕亲手写的一幅字——“是金子总会发光”，很感动她的坦诚。

她嘻嘻笑起来，似乎看出了他的目的：“你要买保险吗？我给你打八折。”

一个是大海，一个是太阳

夏初一与外国帅哥Simon坐在飞往汉州的飞机上。阳光很好，恍惚回到了第一次见Simon的那天。

夏初一列的计划表上第一条就是送陆斐然一个礼物，让他知道自己完全可以做他背后的女人。

他已经那么成功，自己也不能太掉份儿。

她原本想让许慕杨出点钱，当存款存进陆斐然工作的建商银行，好给陆斐然增加业绩，没想到许慕杨直接推荐了Simon。她这才知道Simon家在国外是开银行的，连“一期一会”都是他投资的，活生生一个超级富翁坐在身边，让她大跌眼镜。

舷窗外大片的云和干净的蓝让她心情格外得好。她想这应该是个好兆头。

Simon奉许慕杨之命前往汉州建商银行存一笔款，如今挨着夏初一坐下，他依旧面带微笑。

夏初一有些好奇，问：“许慕杨到底哪里吸引了你？”

Simon大笑，栗色的头发在阳光下充满朝气。

“我们在同一所学校读书，You know，慕杨是一个很聪明的人。”Simon用一口带着美国腔的中文和夏初一解释，“没毕业之前他就自己做了公司，向我家银行贷款。当然前提是他说服了我。”

Simon回忆起许慕杨，笑得更加爽朗：“慕杨当时说，嘿，哥们儿，钻戒本来就没什么用，是广告让它们变成了婚姻的专属。车子和房子都不是婚姻的前提，是电视相亲节目和社会环境让大家觉得必须有房有车才会幸福。”

夏初一惊讶于许慕杨竟有这么犀利的想法，很是认同。

“慕杨做了个营销公司，他对营销的本质认得很清，做了很多成功的案例。他一直是个……商业奇才。”

夏初一没想到Simon对许慕杨评价这么高：“给你讲了个故事你就爱上他了？”

“No.”Simon认真地回答她，“这只能够展示他聪明的万分之一。后来他拿着钱做了代理商，与美国各大出版社合作，营销出很多天才畅销书。”

夏初一回想高中时名不见经传的许慕杨，有些难以置信：“书？他之前最不爱看书了，怎么做到的？”

Simon勾唇一笑：“在他手里那些都不是书，而是Products（产品）。”

空乘给大家上了餐具和饮品，夏初一要了杯咖啡，透过舷窗看向外面。她坐的位置正好可以看到机翼的三分之二，机翼尾端带着一抹红色，上面喷着一串数字，连副翼上带的飞行痕迹都看得一清二楚。

以前她都是坐火车前往汉州，这是第一次坐飞机去。

夏初一往窗边凑了凑，莫名觉得那些数字、红色和副翼都如此熟悉。

Simon还在赞美许慕杨，从他的口中夏初一大概了解了这八年许慕杨都在做什么。原本以为他是个不务正业、靠着家里坐吃山空的人，没想到他靠着营销的头脑和做生意的眼光直接做成了美国一家不错的版代公司。

“那他为什么回国？”夏初一越听越迷茫。

Simon摇头：“他收到父亲一封邮件，之后就决定放弃公司回来了。我为了他，也跟着来了。”

夏初一对他们的感情表示万分的钦佩。

“我没想到许慕杨这么厉害，他一向吊儿郎当的。”夏初一似乎还沉浸在以前的回忆里，那时候的许慕杨理化生的成绩烂得一塌糊涂。

“他很会算账。你知道新开的饭庄装修风格会模仿‘一期一会’吗？”Simon凑近她问。

夏初一回神：“不知道。他为什么这么做？”

Simon将欣赏的眼光散到窗外：“他知道‘一期一会’肯定会火，以后肯定有其他饭庄模仿。在这之前，他推翻了新饭庄原有的装修风格，决定沿用‘一期一会’的概念。大家并不知道江南饭庄和新饭庄是一家，但是无论最后哪个饭庄赢，钱都会落到慕杨的口袋里。”

金色的阳光落在他的眼睛里，镀上了一层温暖明媚的色泽。

夏初一低头喝了口咖啡，她自然知道最重要的能力并不是出创意，而是对创意有所判断。判断创意的价值，判断自己能不能得手。她跟着杨瑞和这几年，知道领导的每一步判断都直接影响着公司的业绩、形象和信誉，恰恰如此，才窥见判断的重要。

咖啡的香气萦绕齿间，夏初一安静地想，原来许慕杨也长大了。他褪去了年少时的轻浮和躁动，这么多年他变成了厉害的推手和商人，有了光彩，被别人喜欢和欣赏。

她正想着，Simon再次开口：“你知道我为什么投资了江南饭庄而不是新饭庄吗？”

夏初一没说话，她知道Simon肯定会忍不住继续说下去。

“Because of you.”

夏初一皱眉。

“因为他重视你，所以我就会重视你。我相信慕杨的一切判断。”

夏初一扑哧笑出声，喊出他的中文名字：“慕许，你真的那么喜欢许慕杨吗？”

Simon哈哈大笑，笃定而骄傲：“是的，就是他。我再也不会喜欢别人了。”

下午建商银行里一片混乱，哭叫声、嘶喊声此起彼伏。

起因是一个三十五岁上下、额头带疤的男人办理开户业务，但等了一上午都没排到号，到了下午又热又躁，开始对大堂经理陈清昼和柜员骂骂咧咧。他一脚踢翻了身边的垃圾桶，又开始捶打窗口玻璃，大声喊叫，扰乱秩序。保安上前调解，他趁其不备将其推倒，狠踹几脚，又抢过警棍将前台电话和物品全都砸了一遍。

此时银行里的客户都被他的举动吓得躲在一边，陈清昼害怕他伤害到其他人，一时不敢上前，而带疤男人砸完前台又开始对陈清昼侮辱咒骂，拽着她的头发威胁柜员赶紧办理。

几排休息椅被推得乱七八糟，地上撒满了各种带着银行标志的资料纸。

陈清昼在带疤男人手里哭得梨花带雨，其他人躲在角落里被男人迅疾又粗暴的动作吓得不知道怎么办。

带疤男人将警棍伸到营业窗口后面一顿乱搅，而柜员只知呆在原地浑身冒冷汗。明明一分钟之前还井然有序的银行在他的蛮横打砸下变得一片狼藉。

陆斐然走进喧闹的大厅，拔腿跑向保安。他扬手脱掉制服外套，随即将躺在地上的保安的上衣脱下来穿在自己身上。

“你冷静，冷……啊！”

陈清昼试图劝解，只是刚说了几个字，带疤男人直接甩了她一个耳光。陈清昼还没睁开眼，下一秒就感觉自己腾空了，完全脱离了带疤男人身边。而刚刚拽着她的带疤男人直接将警棍抡在了陆斐然身上。

陆斐然卷起袖口，一手夺过警棍，抬腿照着他心口直直踹了一脚。带疤男人还没站稳，陆斐然又一个曲腿转身，直接将他过肩摔到休息椅上。砰的一声，带疤男人后脑勺垫到椅背，疼得龇牙咧嘴。

陆斐然手拿着警棍抵在男人身上，镇定地问陈清昼：“到底怎么回事？”

陈清昼被他刚刚一连串行云流水的动作惊呆，结结巴巴道：“办理公司……公司开户手续，等得不……不耐烦了。”

“办到哪一步了？”

陈清昼瞅了瞅休息椅上的带疤男人，干脆走近陆斐然，贴在他耳边和他说了几句。

陆斐然了解了大概，转头向柜员条理清晰地说道：“第一，审核营业执照、法人身份证是否有误；第二，加快后台跟人民银行的系统对接；第三，尽快给法人打核实电话。”

见柜员还愣在原地，他轻声安抚道：“别怕，按正常流程给他办完。”

柜员看带疤男人躺在休息椅上一动不动，连连点头，赶紧收拾资料给他办理。

陆斐然在一边抬手看表，眉目清冷。警棍下面的男人停了一会儿又开始大叫：“我要投诉你！投诉你打客户！”

陆斐然看着自己身上穿的保安服冷冷一笑：“好。和保安队长投诉我的过失，另外也要全额赔偿银行损失。如果你还有异议，我立刻打电话报警。”

带疤男人闭嘴。

陆斐然最终放了他，让他坐在休息椅上。时间一分一秒流逝，陆斐然看着手表，眉头越皱越深。

正在此时，柜员突然急急道：“印油刚才被砸了，等我几分钟，我去拿一下。”

“不用了。”陆斐然知道来不及了，随手将一直放在口袋里的口红拿出来丢给她，“用这个。”

柜员看口红是个大牌子，笑了笑，赶紧让带疤男人签字盖章。

陈清昼看流程走得差不多了，给陆斐然递了杯水：“刚才真的太谢谢你了。”

“怎么谢？”

他连水都没接就直接问。陈清昼目光茫然，没想到陆斐然早就想好了想要的谢礼。

西柚味的黄昏

夏初一带着Simon进入建商银行大厅时，带疤男人刚刚离开。

银行内还有一些角落没有清理，三五个人围在一起讨论刚才的场面，夏初一听了个大概，暗暗为陆斐然捏了把汗。

她赶紧带着Simon往里走，只是还没走到拐弯的地方，就一眼看见陈清昼正帮陆斐然擦汗。她笑得又甜又满足，而陆斐然则低头看着她，眼睛里闪现晶亮的光。只见陈清昼给陆斐然擦完汗之后很自然地抱住他一侧的胳膊，撒娇似的瘫在他肩膀上调皮地笑。陆斐然不仅没躲，反而低头在她耳边细细说着什么，说了很多话，陈清昼笑个不停。

夏初一下意识拽住Simon的胳膊，就在同一瞬间，陆斐然抬头恰好撞上夏初一的目光。

Simon愣在一旁，嘴巴紧紧闭着。

夏初一拉Simon没拉动，转头喊他："走呀。"

Simon皱眉："He had a new girlfriend already.（他已经有了新的女朋友。）"

"No，no，no."夏初一像拨浪鼓一样摇头，"你知道陆斐然这个冰山什么时候话多吗？”

“嗯？”

“生气的时候，还有紧张的时候。”夏初一冲着陆斐然咧嘴大笑，笃定地相信他和陈清昼毫无关系，“除此之外，陆斐然大概一天就能说十句话。他刚才话太多了，明显是因为见到我太紧张。”

Simon不得不佩服夏初一对陆斐然的了解，但是他仍然站在原地没动，表情变幻莫测。

“You know，他有一双特别……明亮……美丽……无与伦比又如此诱惑的眼睛。”Simon的语调很低，想尽可能描述出陆斐然给他的感觉，“他真的还喜欢你吗？毕竟他的眼睛太……太……”

Simon语无伦次地强调，眼下只恨词汇量太少。夏初一只顾盯着陆斐然，没注意到Simon的表情，接茬道：“眼睛里有光，像装着云海日月，万丈星空。”

Simon呼出一口气：“是的。”

夏初一随即拉着他上前，大步走到陆斐然身边笑道：“和你发短信说我要来，久等了吧。”

陈清昼的手还放在陆斐然的胳膊上，见夏初一笑得像个向日葵，为难地愣在原地。

刚刚陆斐然让她假扮自己的女朋友，看来这招不管用呀。

夏初一拍了拍陈清昼的肩膀，硬生生将她的手从陆斐然胳膊上拉下来，攥在手心里道：“我和斐然认识多少年了，我相信他。”

陈清昼张了张嘴：“相信什么？”

“他的眼光啊，他不喜欢你这种长相的女孩。”夏初一嘻嘻笑，“他喜欢柳眉杏眼，眼珠又黑又亮，长头发，鼻梁略高，下巴略尖，笑起来露出一排白白的牙齿，又清秀又可爱的女孩。”

陈清昼唇角不自然抖动：“那不就是你吗？”

虽然就是照着自己描述的，不过夏初一还是被她的话感动了，再次轻轻拍了拍她的肩膀，语重心长道："你那么聪明，肯定会找到男朋友的。"

陆斐然打断夏初一的调侃，直视她："你来做什么？"

他早就知道她要来，只是话一出口就带着疏离，连陈清昼都皱了皱眉。

夏初一不怒反笑，贴近他："给我机会嘛，我这次是来支持你事业的。"

陆斐然看到她额角渗出密密的汗，知道她一路辛苦，有些不忍："你什么都不必做。"

他从看到她的信息时就一直在等待，但这种等待让他如坐针毡。他企望不要再见她，不要再有伤害她的机会，也不要再有给她希望的机会。他时时看表，就是担心她的到来会让他五心不定，无法做出下一步决定。

夏初一愣了愣，连忙扯住Simon的胳膊。此时的Simon呆若木鸡，比夏初一还懵。

夏初一见他不说话，咳了咳，挺直身子看向陆斐然："我是来办业务的，要在你们银行存笔款。"

陆斐然："多少？"

夏初一见Simon还没有要说话的意思，挠了挠头："二……二十……"

"二百万。"

Simon突然打断夏初一，接茬道。

"啊？"

不仅仅是陆斐然和陈清昼惊讶，就连夏初一这个当事人都跟被雷劈了似的呆在原地。来之前明明说好的，她存二十万也算是个不小的客户了，足够引起陆斐然重视，没想到Simon突然变卦，打得她措手不及。

她赶紧将Simon拉到一边，又感激又心虚地对他说："别……别这样，二百万我还不起的……"

Simon就像被点了哑穴，再次不发一语，像是铁了心这么做。陈清昼赶紧开通特殊通道让两个人填表签字，而陆斐然默默地跟在夏初一身边，目光如炬。

当二百万打入建商银行时，陈清昼特地给两人倒了好茶，并且笑意盈盈地将银行纪念币礼品送给夏初一。

"您是我们的高净值客户，以后有什么事可以第一时间和陆主任联系。"

Simon递给夏初一一个眼色，让她收下。

陆斐然斜倚在墙边，看着他们两个，白净的一张脸再次皱了皱。

夏初一像被逮了个正着的小偷，连忙站起身慌张地解释："我和Simon是……是好朋友，他……他不喜欢女……"

她还没说完，Simon也站起来，以从未有过的认真语气对夏初一说道："我要回去。"

Simon走得如此突然，甚至不是回淮城，而是回美国。

机场里，夏初一拉住Simon，希望他给自己说明白。

此时的Simon背着简单的背包，再次冲夏初一笑了笑。他有白白的皮肤，宝蓝色的眼睛，栗色的头发肆意张扬，鬓边的绒毛清晰可见。

他长吁一口气："我和你一起进入建商银行，当陆斐然抬头和你对视时，我……"

他停了停，不知道如何描述那种感觉，干脆向夏初一坦白："我被爱情击中了。"

有一瞬间夏初一以为自己耳朵出了毛病。

“谁？谁击中你了？”

Simon静静地看着她，带着一些愧疚和无奈：“斐然很棒。”

夏初一吓得狠狠吸了口气：“你不是说你喜欢许慕杨吗，再也不会喜欢别人了？！”

Simon摊手：“爱情猝不及防，就像龙卷风。”

“可是陆斐然都没和你说话，他什么都没做，怎么就击中你了？”

“他长得太好看了。”Simon很诚实，双手插兜，笑，“慕杨很有才华，可陆斐然什么都不需要做，我看见他就心动了。”

夏初一终于知道在银行时他为什么不说话了，原来他是羞涩，不好意思说话，像个小媳妇儿！

她将目光散到他身后的安检口，咬牙点了点头，赶紧推着他往里走。

“你说得没错，你应该立刻回美国。我还没挽回陆斐然呢，平白多了个竞争对手。”

“哈，哈，哈。”Simon投降，“初一，你是好女孩，我不会跟你抢的。之所以决定现在回去，就是因为我发现陆斐然根本没有放下你，他不会喜欢任何人，他的眼睛里只有你。”

夏初一停在原地：“真的？”

阳光透过机场上空硕大的圆形罩子打在他们身上，Simon唇角一勾，琥珀色光影均匀地遍布全身。

“我根本不是你的对手，我退出。”

夏初一回到汉州市里时已是傍晚，天边泛着微醺的紫色，风凉凉的，吹在脸上有些痒。

余晖为她镀上一层橙色的光芒，夏初一万分感慨，暗道Simon真是没眼光，竟然喜欢许慕杨的才华和陆斐然的颜值。明明该反过来呀，是陆斐然更有才华才对。

建商银行已经下班关门，陆斐然在树荫下等着夏初一，唇角带着一抹含义不明的笑。

夏初一连忙上前，气喘吁吁道："Simon走了。"

陆斐然点点头，手里拿着那套纪念币，红色的绳子缠绕在他指尖。

路边摊的阿姨打着扇子卖水果，有西瓜、火龙果、桃子和草莓。夏初一拉着陆斐然走到摊前用力嗅了嗅，还闻到了西柚味。

往远一看才发现阿姨的孙子正趴在小桌上一边吃柚子一边写作业。旁边拴着一条小狗，前爪正摆弄着丢掉的柚子皮。

黄昏的风吹动浓绿的树叶在两人头顶哗哗作响。陆斐然的衬衫被风吹得鼓鼓的，衣角碰到夏初一的T恤，暧昧到心动。

陆斐然低头，退开半米，离她稍远一点。

夏初一假装没看到，声音清脆："我想买西瓜。"

"好。"

"你过来帮我挑挑嘛。"

"……好吧。"

陆斐然和夏初一望着一车西瓜，一时不知道怎么挑出又沙又甜的。

陆斐然向她那个方向指了指："那个怎么样？"

夏初一拍了拍瓜肚，听声音闷闷的："可能不甜。"

"最上面的呢？"

夏初一翻过来看了看瓜蒂："老了。"

"这个呢？"

正对着陆斐然的一个西瓜条纹清晰，个头很大，陆斐然伸手去拿，哪知和夏初一同时碰到。他温凉的手掌直接覆在她手背上。

他们被孩子、水果、小狗和绿树叶环绕着，街边像无数个盛夏傍晚一样温馨热闹。可夏初一知道今天不一样，异地恋那么长时间，她孤独了那么久，就在他碰触到自己手心时她恍然察觉，这样普通的一个黄昏于他们两个人来说是多么奢侈和少见。

“你知道，Simon喜欢我，但是他发现我那么爱你就气冲冲地走了。他决定退出，所以连宾馆都没给我预订。”夏初一信口胡诌，眼睛盯着陆斐然试探地问，“今天，我可不可以住你家？”

陆斐然将手撤回来。

他抬头看布满晚霞的天空，最后一缕阳光即将消逝在云层背后。

陆斐然抱起西瓜看着夏初一，眼睛纯澈：“你可以多住几天。”

和你在一起要做的一百件小事

陆斐然的公寓在三层，一看就是知识分子住的小区，不仅干净而且厚重，连墙面都是用青砖砌的。小区内绿荫环绕，十分幽静，出门一拐就是汉州最好的大学，沿袭了高等学府的书香和气派。

两人用过餐之后步行回家，路灯将他们的影子交叠在一起。夏初一喝着汽水踢踢踏踏跟在陆斐然身后，像头快乐的小鹿。

上了三层，陆斐然面色平静地打开门，一股清新的香皂味直扑而来。

夏初一啧啧感叹，这个味道和他衣服上的味道如出一辙，是她最喜欢的味道。

两人在玄关处换了鞋子，进入客厅之前先看到了书房。夏初一瞅了瞅，似乎都是些专业书，立刻觉得陆斐然实在无趣。

长指按了电灯开关，陆斐然将西瓜放进厨房。夏初一站在客厅里，发现桌子上铺了一张报纸，上面散着两支钢笔和几张纸签。她走过去细看，一张纸签上写着好看的钢笔字：惜取此时心。

说起来，陆斐然的字一向很好，上高中时班里的黑板报都是由他主办的。夏初一如今为数不多的几个优点里，有一半以上都是拜陆斐然所赐。大学时陆斐然教她写毛笔字，笔画丰腴如玉筋，枝干挺直而不屈曲，藏锋包其气，露锋纵其神，到现在她还能背得出来他教给她的口诀。只不过她顶多学了个皮毛，远没有陆斐然的意法韵势。

她见“惜取此时心”几个字写得极好，忍不住偷拿起来藏到自己的裤兜里，再抬头时见陆斐然端着一盘西瓜正饶有趣味地盯着她。

夏初一握拳干咳，哈哈大笑：“这西瓜不错啊，一看就甜。”

陆斐然将盘子放到窗边小圆桌上，又给她支好垃圾桶，打开电视，这才轻声道：“我还有些业务要处理，你吃完可以去洗澡。”

他说后面两个字时有些含糊不清，却让夏初一的脸比西瓜瓤还红。

她乖乖点头：“你忙，我不会打扰你的。”

电视机里是某台正在播的肥皂剧，夏初一像想到了什么似的，在陆斐然还没转身时起先站起来，拉着他坐到沙发上。

两个人身子陷在一处，胳膊紧紧挨着。

陆斐然不明所以，夏初一拿起遥控器随便换了个台，这才笑道：“可以啦。”

“什么？”

“异地后我列了个单子，要和你一起做一百件小事。第一项就是一起看电视。”夏初一顿了顿，再次笑起来，“准确地说，是你看电视，我躺在你腿上看书。不过现在就很好啦，可以在单子上划掉这一项了。”

陆斐然抬了抬眉毛，很想告诉她他们已经分手了，可是话到嘴边却突然变成了别的。

“单子上还有什么事？”

“一起吃冰激凌，一起去海洋馆，一起逛超市，一起看音乐剧，还有一起骑车，一起看电影，一起打雪仗……”

夏初一想起来当时列打雪仗这一项的时候，她想来日方长，她要和他异地那么久，总会有来汉州和他打雪仗的机会。没想到还没实现这个愿望，她就变成了单身，现在反而成了一件不可能完成的事。

陆斐然轻轻站起身，丢给她一个孤清的背影。

“我要忙到很晚，你先睡吧。”

夏初一有点后悔，明明是自己要主动追求陆斐然的，干吗说些拆台的话呢？她将一半西瓜吃了个精光，抹了抹嘴，眼珠滴溜溜地转。

她起身悄悄摸到书房门口，见他坐姿端正，正低头整理数据，随即叹了口气，只能听话先洗澡了。

浴室里传来哗哗的水声，陆斐然耳朵动了动，继续翻书。

水声越来越大，陆斐然心口痒痒的，继续翻书。

他想起夏初一最喜欢湿着头发散步，让风从每一根发丝之间穿过，带着柔顺的香味四散空中。夏天的阳光穿透树梢打在她的肩膀上，她奔跑起来带着风，穿过好几个教学楼给实验室里的他送晚饭。

浴室里的水声还在继续，一下又一下挠着他的耳朵。似乎里面的水汽全部飘散出来，凝结成滴滴水珠贴着他的下颌线滑到心窝的位置。

陆斐然嗓子冒火，终于忍不住站起身，冲向书房门口将门反锁。

夏初一洗完澡套了件宽大的白T恤，下面穿着短裤，露出细长的小腿。T恤是陆斐然的，还带着清爽的气味，夏初一歪头细闻了闻，镜子里面的她像个贪婪的小狗。

她笑嘻嘻地准备进入书房，哪知推了几次门都推不动。

从里面锁住了。

夏初一噘嘴，暗想陆斐然真是费尽心机，趁着她洗澡竟然完全把自己隔绝起来，他是有多不想看见她？！

夏初一将头发扎成丸子形状，气鼓鼓地把电视关掉，然后翻箱倒柜，终于在电视底下的抽屉里找到了毛笔和一盒墨汁。

她将桌子上面的纸签和钢笔拿开，又铺了一张宣纸上去，窗户外面的蝉鸣和蛐蛐声配合着她起笔落笔的动作。

虽然没有陆斐然写的字好看，但她好歹由他手把手教了几年，写几行正楷不成问题。

陆斐然从书房出来时发现客厅地上扔满了纸团。

他信步走到桌子前，双目圆睁地看着还在写字的夏初一。只不过如今她满头是汗，手指尖已经险险握不住笔杆，字写得歪歪扭扭，像上气不接下气的晚期病人。

夏初一抬了抬胳膊，酸痛感瞬间袭来。好在最后一个字即将完成，这次无论如何她都不会再团成一团扔掉了。

实在是没力气了。而且，越写越烂。

见陆斐然站在桌前看着自己，夏初一不好意思地笑了笑："我送你幅字。"

陆斐然抿着嘴唇，弯身将地面上的纸团挨个捡起来。垃圾桶还在窗户边，他不得已先将所有的纸团揣在怀里抱着。

他在书房里换了一件棉质短袖和到膝盖的短裤，白瓷般的皮肤和乌黑的眼珠让他在灯光下显得更加年轻。仿佛一瞬间回到了大学，他还是二十岁出头的样子，疏朗而清隽，窗外夜色正浓，密密的梧桐叶盖住了半个窗子及窗下的书和西瓜，瓶瓶罐罐。

夏初一觉得这就是家的样子。

她抬头看看抱着纸团的陆斐然，笑着出声："你知道，古代人也有谈异地恋的呢。"

陆斐然愣在原地："什么？"

"比如李之仪的'我住长江头，君住长江尾。日日思君不见君，共饮长江水'，卓文君的'一别之后，两地相思，只道是三四月，又谁知五六年'，还有李白的'入我相思门，知我相思苦'，这些都是写恋人见不到面的诗句啊。"夏初一放下笔，写字消耗了刚刚的火气，声音变得又清澈又诚挚，"他们那时候没有火车，没有电话，思念一个人的时候只能写诗写信。可就算是这样他们也熬过来了，为什么现在异地恋的人就不能做到呢？"

陆斐然抱着纸团一时不知道如何回答。

夏初一将自己刚写好的毛笔字拿起来，举给他看："两情若是久长时，又岂在朝朝暮暮。"

虽然字写得不够整齐，但是看得出每一笔每一画都是用心写上去的。陆斐然看着那幅字心底涌出一股股暖流，可是他到底什么都没说。风从窗外飘进来，他低着头，像个做错事不知所措的小孩子。

只是再抬头时，夏初一已然站在他面前，湿漉漉的头发和清香的沐浴露的味道萦绕鼻尖。

紧接着，她的唇直接覆上他的唇角，清凉的空气瞬间变得湿润软糯。唇瓣互相索取，像丝绸一样滚进口腔。夏初一的心脏疯狂地跳动，带着金属一般的回响。她不顾陆斐然的阻挡横冲直撞地上前，用力地贴近，弥漫在两人之间的气息干燥而又炙热，喘息声越来越重。

捧在怀中的纸团再次撒落一地，陆斐然再也无法抵抗，单手扶住夏初一的头将她拉向自己。她的身体融进他的胸膛，灼热的吻裹着混乱的呼吸。他们互相拥抱，脸颊通红，耳根潮热，紧贴的身体因摩擦发出更大的热量。

"不，不行。"

陆斐然颤抖不止，骤然别过头，推开夏初一。

夏初一眼眶湿热，愣愣地呆在原地。空气中的温度骤然下降，陆斐然终于直起身子，愧疚地看着她。

“我……”

还没说完，陆斐然的手机忽然响了。他眼光闪烁，转身按了接听，不到三秒就奔向门口。

“你先睡吧，银行出了事，我去解决一下。”

挫败感袭涌全身，夏初一看着空荡荡的客厅好一会儿才回神。

还是有机会的吧……她暗自安慰自己，可能是她太着急了。

她将纸团全部扫进垃圾桶，里面的每一个字都是她想对他说的话，可是都太啰唆了，写到最后都不能完全表达出她的意思。她看向桌子上的毛笔字，转身拿来胶水涂在那幅字的后面。

她将字粘在了白墙上，正对着客厅，以后陆斐然但凡在这张桌子上吃饭就会看见。

窗外的风声停歇了，夜色如墨。夏初一站在桌前抬头，眸中笑意再次盛开。

字写得也不错，歪歪扭扭的，显得稚嫩和可爱。最后一笔因为没有力气画出去了，停在宣纸的边缘像没写完似的，又像在告诉别人，纸外还有更多的情感比纸上的话更加浓烈。

她轻念出声，灯光映着她的笑：“两情若是久长时，又岂在朝朝暮暮。”

未完待续的少女

夏初一窝在沙发上睡了一夜，醒来时外面小雨淅淅沥沥，枝梢清新繁茂。

手机屏幕显示八点刚过，夏初一给陆斐然发短信问他在哪，陆斐然很快回复他在银行。

一夜未归，想必工作异常辛苦。夏初一还没从睡意中完全清醒，手机又来了一条短信。

许慕杨活脱潇洒的声音像穿过了屏幕落在她耳边："怎么样了我的大秘书，拿下了吗？"

夏初一哼哼，回复："革命就是要打持久战。"

许慕杨啧啧："哟，加油啊。早日凯旋，我在淮城的阳光下迎接你。"

夏初一揉了揉眼睛，输入一句话准备给他打过去，可想了想又删掉了。

她想告诉他：汉州在下雨。

可是这句话，其实应该告诉陆斐然更好。

异地的时候，夏初一在淮城经常忘记拿伞，下雨的时候只能淋着回家。以至于陆斐然几乎每一个电话都嘱咐她记得带伞，可是晴天哪里需要伞，而下雨天比起雨伞，她更需要他。

陆斐然给夏初一打来电话，告诉她冰箱里有牛奶、蛋糕和面包，让她好好吃早饭。中午他会回家，到时候再带着她出去吃。

夏初一挂了电话，脑子一转，躺在沙发上哈哈大笑。

下雨天当然在家吃饭更舒服。

她起身收拾，洗漱后简单吃了点东西随即出门。空气中沾染着泥土的芬芳，一切都清爽纯澈。汉州没有江南的湿度，下雨的时候却自带一种快意利落，仿佛一切都没有杂质。河堤干净，雨丝在河面跳跃，栅栏外的蔷薇花葳蕤茂盛，燕子低飞，一汀烟雨。夏初一打着伞跳过坑洼的地方，一路上笑意都没断。

这是她贪求的一顿饭。三年来的异地恋让她对不一样的天气都充满感恩。

再想想明天就是自己的生日，她借机再向陆斐然表白的话，陆斐然应该不会拒绝。不看僧面看佛面嘛，一年才有一次生日唉。

夏初一哼着小调进入菜市场，买了排骨、茼蒿、芋头、冬瓜、鸡翅等，最后抱着一个巨大的塑料袋回家。

她给陆斐然发短信问他中午几点回家，陆斐然很快回复：十二点。

夏初一看了一眼现在的时间，刚刚十点半，离做饭还早。索性架了一把懒人椅放到阳台，赤脚坐在椅子里，自得惬意地听雨。

夏初一是被一阵菜香诱醒的。

她穿鞋跑进客厅，发现饭桌上已经摆满了菜。可乐鸡翅，玉带虾仁，豆瓣鲫鱼，香芋卷，冬瓜玉米排骨汤，正看着愣神儿，陆斐然端着一盘口袋豆腐从厨房里出来。

夏初一吓了一跳："我还以为家里有田螺姑娘。"

陆斐然脸色一垮："看你睡得沉，没喊你。"

夏初一见他身上还裹着围裙，笑嘻嘻赶紧上前为他解开。她的手自然地环在他的腰上，又拽着围裙带子抽出来，半路看见陆斐然耳根正可疑地发红。

她看了一眼时间，已经十二点半了，有些沮丧，声音很小地辩解："我原来是想给你做饭的。"

陆斐然抽了一双筷子给她："我请了假。外面的雨停了，下午带你出去。"

"嗯？去哪？"

陆斐然先夹了一只鸡翅放在她碗里，秀而长的眉微微一挑："海洋馆吧。"

夏初一一边吃饭一边哈哈大笑，笑声落在陆斐然耳朵里格外诡异。

他很久没见她这么开心了。

只见夏初一笑完又扒了几口饭，这才小心翼翼地，试探性地向陆斐然问道："晚上再去看音乐剧吧，这样一百件小事的单子上又可以划掉两项。"

陆斐然没说话。

夏初一当他默认了，更加兴奋："可以骑车去，一边骑车一边吃冰激凌，这样可以划掉四项。"

夏初一的喋喋不休让陆斐然停下筷子，专注地看着她。她说了一大堆下午要做的事情，这才察觉到他沉静的目光，后脊一凉。饭桌上像突然出现了一道界河将两人完全隔开，似乎只要她再多说一个字，陆斐然就会立刻消失。

她默默夹了一块鱼肉放嘴里，见陆斐然仍然没有继续吃饭的意思，连忙开口找话题："花椒放多了。"

陆斐然皱眉，抬手夹了块鱼肉放嘴里尝了半天：“没有啊？”

夏初一大笑，陆斐然这才知道自己上当了，摇摇头继续吃饭。

夏初一经常利用他的笨闹出一些笑料，屡试不爽。陆斐然就像海里的笨鱼，总是挑同一个饵上钩。她心里甜滋滋的，多吃了几口饭，想到陆斐然毕业后这几年一点都没变，觉得心安。没变就好，她也没变，一切都还是原来的样子，不是吗？

雨后的汉州凉爽湿润，陆斐然换了T恤和休闲裤，带着夏初一到了海洋馆。

陆斐然排队买票的时候，夏初一在一旁系鞋带，一个四五岁的小男孩走过来瞪着小眼看着她。

他奶声奶气地问：“你在干什么？”

夏初一友好地回答：“我在系鞋带。”

她系完一只想系另一只，手还没抬起来，就见小男孩伸出自己的脚给她：“给我也系上。”

夏初一偷偷翻了个白眼，心想被这小子暗算了，出口道：“哈哈哈好，马上给你寄。”

她熟练地给小男孩系好鞋带，陆斐然刚好赶过来。夏初一站起身迎接他，忽然听见小男孩兴奋地喊：“哥哥你的眼睛好好看，快给这位阿姨看看。”

夏初一扭了扭头：“谁？谁是阿姨？”

陆斐然笑了，蹲下身给夏初一系另外一只鞋的带子，修长的手指绕在鞋面上打结，温柔地对小男孩说道：“她不是阿姨，她是哥哥的女朋友。”

夏初一的心像被啄木鸟啄了一下，此刻很想紧紧抱住陆斐然，又想踢飞那个小男孩，一时极其纠结。

好在小男孩的妈妈赶过来，拉着他向里走。小男孩和他们说再见，小手在半空挥来挥去，“哥哥，阿姨再见，祝你们白头偕老。”

夏初一笑着更正：“喊小姐姐。”

小男孩认真地点头，背影随着人流逐渐消失：“小……姐，小姐。”

陆斐然起身时看到夏初一错综复杂的目光，像在喷着火焰：“去你大爷的小姐，还不如喊我阿姨！”

对于汉州人民的“不热情”，夏初一有几分不爽快。不过甫一进入海洋馆，她的心情即刻恢复，头顶的星空被点亮，鱼成群结队地游向她和陆斐然。一簇一簇聚拢，又一簇一簇散开。

夏初一光明正大地圈住陆斐然的胳膊，沉浸在他刚刚的女朋友的认证里。

这是不是意味着他们恢复情侣身份了？！夏初一得意扬扬地笑，追求陆斐然的大计马上就要成功了！

陆斐然没有拒绝夏初一的亲近，他帮夏初一背着挎包，手里拿着刚刚给她买的冰激凌，很顺从地跟着她四处转悠。

他们透过玻璃看了七彩神仙鱼，看了蓝纹蝴蝶，看了黄高鳍刺尾鱼、小丑鱼和牛角鱼。夏初一蹦蹦跳跳地一会儿喊这个这个，一会喊那个那个，陆斐然只能羞赧地向路人报以温柔的笑。

等他们看过了海豚转到外区，一整片玻璃墙背后都是穿梭游弋、多如繁星的锦鲤。夏初一极其兴奋，牵着陆斐然贴近玻璃。她的眼睛放光，完全没看到陆斐然正愣愣地看着自己被她牵着的手。

他们已经有一百二十六天没有牵过手了。

夏初一自顾自地看如云的鱼群，眼睛扫向水面：“丹顶锦鲤是不是很好看，头顶的红色就像红宝石一样。黄金锦鲤也很好，我觉得它们是所有鱼里面最有钱的鱼！还有那个五色龙凤，又叫五福临门哎，九纹龙也不错，寓意逢凶化吉。”

她转过头，扯着陆斐然笑道：“对着锦鲤许愿吧，肯定可以满足愿望。”

陆斐然见她认真得有点可爱的样子，点了点头。

他靠近玻璃墙，目光平视，找了一条最大的锦鲤缓缓闭上眼睛。

夏初一这才意识到自己还握着他的手心，脸倏地一红，好像这短暂的幸福是偷来的。

她正贪恋他手心的温度，陆斐然已经睁开眼睛，很自然地松开她，轻声道：“你也许愿吧。”

夏初一想到明天就是自己的生日，愿望应该留在明天许，于是笑问：“你许的什么愿望啊？”

陆斐然没有回答。夏初一撇嘴腹诽，现在这个机会不正是哄女朋友的好时机吗！陆斐然真是脑子不转弯，轴得像根直通通的擀面杖！

两人最后转到电鳐鱼的区域，看着水里面背腹扁平，头和胸部连在一起的生物，夏初一觉得电鳐鱼长得特别像把扇子。

“你说它们在聊什么？”

陆斐然懵怔：“它们在聊天吗？”

夏初一很肯定地点头，指给他看：“这只一定在说‘你长得可真不一样啊’，另外一只在说‘那也比你好看’。这只说‘小心我电你哦’。那只就气鼓鼓地游来游去，‘你就是和别人不一样，我们长得像团扇，你长得像蒲扇’。”

陆斐然勉强笑了笑，很认真地和她说：“它们不会说话，最多靠压迫鱼鳔振动肌肉发出共鸣。”

夏初一扶额：“无趣，你真是一个无趣的人。”

陆斐然不置可否。

夏初一在电鳐鱼前转来转去，忽然看向他。

“斐然，斐然，你给我拍张照片吧。”

她很想和他拍合照，可是这个区域人很少，只能先让他给自己拍一张。

陆斐然拿着手机站在离夏初一一米开外的地方，顿了顿，对夏初一道：“你笑一笑。”

“好嘞。”夏初一贴着玻璃，电鳐鱼四散在她周身不停地放电。

咔嚓一声，夏初一被定格了。

她蹦蹦跳跳来到陆斐然身边，期待地拿过手机。见陆斐然没有动静，她一边打开相册一边问：“是不是很好看？被我的天生丽质惊呆了？”

陆斐然很艰难地摇头。

海洋馆光线本来就暗，陆斐然没有拍照的经验，光线一片漆黑。手机屏里夏初一整个身子湮没在黑影里，只有一排白牙露出来，她身后的电鳐鱼也全没有现身，只有一双双放着电的眼睛围绕在夏初一身边。无数光点配着白牙像极了鬼屋里的妖怪，让人毛骨悚然。

可她明明笑得特别开心。

呵呵。夏初一打算给自己这张照片配行字：We are coming!

从海洋馆出来已经下午五点多，陆斐然打算先带着夏初一去吃饭，可是夏初一还想听音乐会，开场时间在下午七点钟。

汉州音乐厅离海洋馆有段距离，陆斐然拗不过她，奔着音乐厅而去。到达时正好开始，室内灯已经全部关掉，两个人悄悄坐到自己的位置上，听主持人介绍下一个出场的演员。

舞台两侧垂吊着几排长笛和短笛，天花板上挂着硕大立体的五线谱，让整个会场看起来文艺静穆。歌唱演员不用话筒，凭借自己得天独厚的嗓音唱出美妙的歌声，时而高亢大气，时而婉转悠扬。

可能刚才跑得太着急，也可能来汉州水土不服，这两天夏初一总有些贪睡。她觉得脑袋昏昏沉沉，坐在椅子上睡了过去。睡前还紧紧握着陆斐然的手，感觉温热又踏实。

等夏初一醒过来时，舞台上唱着最后一首歌：《难忘今宵》。

夏初一伸了个懒腰，随即趴在陆斐然的肩头轻声道："又可以划掉一项了。"

陆斐然心跳如鼓，她的头发抵在自己的脸颊边上，很痒。她的气息萦绕着自己，有些淡淡的奶香味。

陆斐然微微偏了偏头，没想到夏初一顺势又贴了上来。

她的长睫毛落在陆斐然太阳穴旁边，樱桃嘴巴咬着他的耳垂怯怯地笑："做完一百件小事你就娶我吧。"

陆斐然手心冒汗，整个身子僵在原地。

"做不完呢？"他很想知道做不完又该怎么办。

音乐会结束，观众给予热烈的掌声。夏初一的声音在如雷的掌声中清晰可辨，直接从耳朵里灌到他的心尖。

"做不完，我就娶你。"

回来时已经夜里十点，两个人没有吃饭，夏初一实在走不动了，陆斐然干脆背着她进入小区。

陆斐然一向瘦削，可后背宽阔结实，夏初一双手勾着他的脖颈趴在上面，特别有安全感。小区树影重叠，虫声唧唧，锻炼完的老人带着吵闹的孩子都回家了，这会儿很是安静。

陆斐然弯着腰一步步走得格外小心，夏初一将头垂在他肩膀上，时不时问他累不累。陆斐然总说不累。

他想回家给她煮碗面，还没开口，夏初一的胳膊就张牙舞爪地挥起来。

深蓝色宁静的天空悬着一轮明月，夏初一让陆斐然抬头看，月亮很圆，光华皎洁。

明天是农历十五，月亮差一点点就圆满了。

夏初一贪恋陆斐然身上的温度，抬了一会儿头就又垂下了。她的气息越来越平稳，像是要睡着了。

一排排姜黄色的路灯将他们的影子一时拉长一时缩短，彼此递交。夏初一一直在微笑，嘴角向上勾出十分好看的弧度。

陆斐然庆幸她没睡，刚刚一直担心夜里凉她会感冒。心下刚松了口气，夏初一软糯的声音就穿过脖颈递到了他的耳边。

“但愿人长久。”

她的声音很轻，似乎生怕吵到了身旁的树干和蚊虫，怕吵到挂在天边的月亮。圆月轻盈，夜空如洗，周身疏影横斜的景致被照得清楚分明。

陆斐然指尖微蜷，更加用力地拢住她。

他想起下午自己对锦鲤许的愿望也是这一句。那时他走近成群的游鱼，玻璃墙反射出他和夏初一的身影，他们离得那么近，明明他和她并排站着，可她明媚灿烂的笑毫不意外地透过玻璃墙映到他的眼中。

他期冀她能永远有这样的笑，像乌云背后的阳光一样给人希望。他缓缓闭上眼睛，心里念道：明朝即长路，但愿人长久。

即便我们终将分别，也希望你能平安长久。

夏初一已经睡着了，温热的气息环绕在他周身。陆斐然停下步子，抬头看着远处的月亮，眉眼中露出细碎的笑意。至少这一刻，他们拥有着分别以来从不曾拥有的幸福。

生日大作战

夏初一醒来时脑袋有些痛，半晌才发现自己睡在陆斐然的卧室里。晴日夏深，阳光透过窗帘打在一对枕头上，她脸一红，难道昨晚发生了什么刺激的事情？

她起床进入客厅，发现浴室有水声，猜是陆斐然在洗澡。桌子上方还贴着她的“墨宝”，她嘿嘿一笑，想到今天是自己的生日，不知道陆斐然会怎么为她庆祝。

正沉浸在自己的假想里，浴室的门忽然打开。陆斐然湿着头发，穿着一身贴身的棉质睡衣站在她面前。

青松玉立，清举瘦削。夏初一一双眼睛像长在了他身上，让他脸色蓦地一红。

“今天会很忙，中午不回来了。”陆斐然嘱咐她，“午饭已经做好放厨房了，你待在家里照顾好自己。”

他去卧室换了一件黑色丝绸衬衫和一件格子西装，笔挺的西装裤衬出修长的腿形。夏初一一直等着他说那句生日快乐，可是，直到他要出门了都没等来。

“中午……真的不回来了吗？”

夏初一想掩饰自己的企盼，眼睛瞥向卧室里的一对枕头，反而加重了局促的感觉。

陆斐然愣了愣，像读懂了她的心思似的："昨晚你睡得不踏实，梦里都吵着头痛，所以给你多垫了一个枕头。半夜见你睡熟了又拿下来，怕你睡得不舒服。"

夏初一撇嘴，她哪里需要这个解释！难道她的生日他都忘了吗？

只是还没发作，门已经咣当关上，陆斐然再无踪影。

夏初一泄气似的坐在沙发里，转头看见圆桌上放着松饼和鸡丝粥，瓷碗底下压着一张纸条。

夏初一眼睛一亮，兴冲冲翻开，期待他留下了什么惊喜。只是纸条上的字很简单，甚至让她失望。

"给你买了回去的飞机票。晚七点出发。"

她气得噌地站起身，准备找陆斐然要个说法。

一天都不回家，下午还要送她走，陆斐然真是打得一手好算盘！

她还盼着过生日的时候向他表白，成功挽回他的心呢。他这么做让她还怎么实施计划？！

夏初一气呼呼地关上门直奔建商银行而去。

直到银行里空调的风吹在她的脸上，她才稍稍稳定情绪。她打算直接向陆斐然说明白，如果他忘记了自己的生日，那她就亲口告诉他今天是五月十五，让他想起来。

陈清昼早已认识夏初一，见她脸色不太好，便问她是不是不舒服。夏初一哪里敢说是被气的，前天还信誓旦旦地说陆斐然只喜欢她，如今总不能向陈清昼坦白陆斐然忘记她生日的事情吧，多丢脸。

夏初一直接开口："我找斐然。"

陈清昼有些为难："业务部一早就在开会，老大来了，估计一时半会儿进不去。"

夏初一皱眉："那我什么时候才能见到他？"

"那要看会议开到什么时候。"

夏初一心里不爽快，绞尽脑汁地想怎么才能尽快和陆斐然见面。

陈清昼忙着接待客户，夏初一抿了抿唇，灵机一动。

她喊住陈清昼，清了清嗓子："我要取钱。"

陈清昼知道她存款的事情，笑道："取多少？"

夏初一想那些钱早晚是要还给Simon的，择日不如撞日："二百万。"

陈清昼面露难色："大额取款是要提前预约的。"

"啊？"夏初一没经手过那么多钱，倒把这茬忘了，"那我今天能取多少？"

"最多五万。"

"把陆斐然喊出来能多取一点吗？"

陈清昼摇头："如果你想都取出来，我给你拿个表你填一下，明天就可以直接取了。"

夏初一哪里等得到明天，再说明天也不是自己生日了。

她挠了挠头，贴近陈清昼："我都是你们银行高净值客户了，就不能随时召见陆斐然吗？"

陈清昼给她一个银行大堂经理标准的笑容："您可以随时召见我。"

夏初一百无聊赖地坐在休息椅上等待业务部会议结束。

她越想越委屈，不知道陆斐然到底在搞什么鬼，明明昨天还那么幸福。在她的想象里，陆斐然今天该给她一个惊喜才对，没想到从早上开始一切都没按正常的轨迹发展。

手机里许慕杨给她来了一条短信，打断她的魂游。

“生日快乐，回来给你加鸡腿。”

夏初一心里酸酸的，回复：“我和陆斐然吵架了。”

虽然还没见到面，但是她预感到了不开心。就算见到陆斐然也免不了要和他发泄心中的委屈和愤懑。

她嘴角不可控制地下垂，一副泫然欲泣的样子。只是许慕杨转瞬发来的一条短信马上就逗乐了她。

“陆斐然应该很高兴你和他吵架。要是你跟隔壁老王吵，他就麻烦了。”

夏初一把手机放回口袋，许慕杨还和原来一样没个正形。

她挺身呼了口气，胸腔里的气浪瞬间被打散。正当要换个姿势继续等待的时候，她眼角余光忽然瞥见陆斐然从侧门进入走廊的身影。

她立刻站起身，目光越过熙攘的人群，大声喊：“陆斐然！陆斐然！”

可是那个格子西装的身影没有丝毫的停顿，径直向业务部走去。夏初一的声音淹没在银行嘈杂的叫号声和喧嚣声中，没有激起一丝波澜。

夏初一连忙向他的方向跑过去，只是人太多，每走一步就会被撞到头和肩膀。她一边拨开拥挤的人流一边喊陆斐然的名字，像失散后的重聚。

她寻着他的身影跑到行政厅，还没踏进半步就被保安拦得死死的。

“我……我找人。”

保安十分严肃：“你不能进。”

“我找里面的人！”

“有重要的会议。不可以。”

保安神色严肃地拒绝。反复了几次后夏初一彻底没辙，沮丧地掉头，重新坐回原来的位置。刚刚陆斐然显然是从外面回来，他没在开会，到底干吗去了？

她又起身，扯住陈清昼问：“陆斐然到底在哪？”

陈清昼一脸迷茫：“业务部从早上到现在一直在开会，那么重要的会，他应该在的呀。”

夏初一松开手，颓然地跌坐在休息椅上。她的脑袋快要爆炸了，现在有上百个问号不断涌出来，连带得嗓子又胀又涩。

一直到下午一点钟，浑身乏力的夏初一默然地低着头，还在等陆斐然出来。

陈清昼不忍，对她道：“会议开完了，或许在吃饭。”

夏初一眼睛通红，猛地看向她：“我借你饭卡用一下。”

她拿着陈清昼的工作牌和饭卡直接闯入银行食堂，人已经不多了，她甫一进来就看见了陆斐然。

坐在他对面的女人正好拿着餐盘起身离开，一身黑色制服，肌肤如雪，腰身纤细，单看背影就知道该是怎样的风情万种。而陆斐然唇角的笑意还没消失，留在眼睛里像碎钻一样闪闪发光。

她等了他那么久，而他竟然在和女同事一起吃饭？！

夏初一满腔怒火，心里却还抱有万分之一的希望，希望这一切都是陆斐然故意为之，专门气她，然后再给她一个超级惊喜。

她慢慢上前，心中忐忑，不知道迎接她的到底是什么。

直到她走近他，看见保洁阿姨对着陆斐然恭维地笑，嘴里说着莫名其妙的话。

“般配哦，阿姨祝你们小两口恩恩爱爱。”

她记得这句话。上次陆斐然带她来食堂吃饭，保洁阿姨就对着他们说过一模一样的祝福。难怪当时陆斐然表现冷淡，原来是这阿姨眼神不好，对谁都是这一套。

夏初一咬牙上前，想告诉她到底谁才是陆斐然的正牌女友。只是太激动了，脚下不稳，居然撞到她，保洁阿姨手里的盘子和碗哗啦啦掉了一地，滚得很远，摔得粉碎。

所有人都朝他们看过来，食堂里一时安静至极。

夏初一看到了陆斐然眼神里的吃惊，心想终于有机会告诉他今天是自己生日的事情。她胸腔上下起伏，想将所有的疑问问出来，想告诉他她爱他，想借机要生日礼物，让他答应她的告白，让他知道她不在乎异地遥远，她就是要做他女朋友。

众目睽睽之下，夏初一唇角极速抖动，不可自抑地张口。

“哇！”

她半弓着身子吐了一地，剧烈的呕吐让她冷汗涔涔，脑袋像被上万只虫子噬咬般疼痛。

她从早上到现在一直没进食，吐的全是黄水。夏初一倒在陆斐然的怀里，她还什么都没来得及问就昏了过去。

在医院检查了一圈，最后她竟然很丢脸地被送入耳鼻喉科。

一身白大褂的医生晃着夏初一的脑袋问：“还晕吗？还疼吗？”

夏初一左右摇晃了一下，闷闷地说：“还有一点。”

医生继续抱着她的脑袋晃来晃去，夏初一被他随意摆布，一点脾气都没有。

陆斐然站在科室外面打电话，夏初一斜睨着他，格子西服的背影在阳光里雅致而温润。

“跳一跳，跳两下。”医生鼓舞她，“耳石症就这样，跳完我再给你晃一晃就好了。”

夏初一乖乖地在原地蹦蹦跳跳，像个智商不及格的傻子。谁能想到她这两天又嗜睡又头晕又呕吐，是因为得了耳石症？

简单来说就是耳石错位，导致眩晕和眼震。而且这种病根本不用打针吃药，蹦一蹦或者坐车被颠一下就能好，真是命运弄人。

她正服从安排摇头晃脑，医生忽然有些奇怪，问她最近是不是太累了。

她想起最初会飞的时候经常感觉很疲惫，不过现在基本没有问题了，于是很笃定地道：“没有，休息得很好。”

只是后面医生说的话她一个字也听不见了，周遭的一切都成了心跳如鼓的背景音。

她的脑袋再次被医生抱着左摇右晃，但是眼睛真切地看到了科室外那个女人的身影。中午和陆斐然在一起吃饭的女人，如今换了红色雪纺衬衫和束腰裙款款走到陆斐然面前。他们贴得很近，她的正脸鲜妍明媚，眉毛秀丽细长，鼻梁高挺，唇色诱人，很年轻，很有气场，却在陆斐然面前多了一分娇羞。

那个女人和陆斐然说了几句话后朝夏初一的方向看，见她的脑袋正被医生晃着，更近陆斐然一步。

从夏初一的视角看，两人脸对着脸不知在说些什么。之后女人微微一笑，抬手给陆斐然系上衬衫的扣子，扣到最顶端抵着喉咙的地方指尖微顿，脸颊潮红。

有一瞬间夏初一听到自己心裂成无数碎片的声音。她有一种强烈的直觉，那个女人已经和陆斐然在一起了。

她从不相信陆斐然会喜欢上别的女人，即便他曾与陈清昼逢场作戏也被她一眼识破。可如今夏初一浑身发冷，她透过医生的胳膊看陆斐然的样子，知道他们早已亲近很久。

原来这就是他忘记自己生日的理由，原来这就是他要和自己分手的理由。

恋爱那么久，她无论如何都没想到，让陆斐然与她分开的原因竟然是第三者。

医生将她的头扶正，盯着她的眼睛看了看，笑道："不晕了吧？你没事了。"

夏初一眼里闪着泪星，吸了吸鼻子小声问："我可以去帘子后面单独待一会儿吗？"

医生以为她太累了，连说好。

夏初一失魂落魄地拉开帘子坐在轮床上，泪水涌出。

外面传来陆斐然和医生说话的声音，他说要出去几分钟，待会儿过来接她。

夏初一咬着嘴唇，手指紧攥成拳，指甲陷进掌心里都毫未察觉。

有那么一刻她真感谢自己会飞，可以瞬间飞回淮城。

毕竟汉州这个地方，她多待一秒钟都会难过得死掉。

她吸了口气，缓缓闭上眼睛。再睁开时，淮城的风吹在她的眼泪上，一片潮湿。

陆斐然赶回来时已经寻不见夏初一的身影。手机铃声惶急地响着，他快速按了接听。

浓重的口音落在耳边。

"是陆斐然不？我是快递员，现在你家门口呢，一直敲门也没人应，到底有人在家没？"

陆斐然想了想："应该没有。"

"那这蛋糕放哪呢？"

"扔了吧。"

"啥？"快递员有点不敢确认，毕竟是一路从蛋糕店专人专送到家的。

陆斐然声音清冷，没有半点迟疑："扔了。"

快递员啪的挂上电话，气得眉毛挤在一起："敲半小时门没人开，现在又让扔了，耍我呢！"

他带着蛋糕盒子走到楼下顺手丢进垃圾桶里，为了能让客户看见自己的确是扔了，还专门把彩带拆开，露出里面精美的蛋糕。

蛋糕是DIY制作的，上面写着一行漂亮的字："但愿人长久。"

那是陆斐然缺席会议专门跑到蛋糕店亲手写上去的，如今却被狼狈地丢在垃圾桶里，五个字各自碎裂开来。

可惜她看不到了。

幸好她看不到了。

光速一样飞向你

回到淮城时，夏初一只有一个念想，她要好好工作，千万不能再把工作丢了。

当她风风火火到达办公室时，牧晨正和许慕杨交头接耳说着什么。见她进来，牧晨嘴巴张得巨大。

夏初一想起来自己只有三天假的事情，悲喜交加道：“没想到吧，我提前回来了。”

牧晨刚想说话，被许慕杨扯住衣角。紧接着许慕杨弯身看夏初一的眼睛，皱眉道：“哭了？”

夏初一撇过头，嘴唇抿得紧紧的。

许慕杨递给牧晨一个眼神，带着夏初一进入自己的办公室。

夏初一知道他会问，率先开口：“你小子算计我。专门让Simon跟着我去汉州，算准了他会喜欢陆斐然。”

许慕杨得意一笑：“陆斐然长得太好看了，Simon肯定会心动。”

夏初一接上他的话：“所以你提前办好签证买好机票，就等着送Simon走？”

许慕杨给她倒了一杯咖啡，缓缓递过去。夏初一没接，他随手放在桌角。热气氤氲在两人之间，让她视线有些模糊，看不清隐在他眼底的异样。

他敛了笑："Simon帮过我很多，即便回去也不会怪我。他人很好，知道我的心思。"

"什么心思？"

"我的性取向啊。"他翻个白眼给她，"老子喜欢女人。"

夏初一咧了咧嘴，可是心底仍在抽痛，笑容还没到达眼睛就消失了。

她拿起咖啡杯在掌心摩挲，嗓子像被鱼刺卡着，反复吞咽了几回才缓缓道："陆斐然喜欢别人了。"

"不可能吧？！"

夏初一见许慕杨脸上震惊的神色毫不亚于当时的自己，苦笑了一下，喑哑出声："我从来没往这个方向想过，从来没有。我坚信陆斐然喜欢我，坚信我完全了解他……现在看来，我的自信和自尊都是那么可笑，现实狠狠甩了我一巴掌。"

她想起陆斐然从一开始那么决绝地和她分手，那时她百思不得其解。可面对如今的局面，他们分手竟是这样一蹴而就，顺其自然。

反倒是许慕杨吸了口凉气，直视夏初一的眼睛："我不相信。你真的没看错吗？"

晚上，躺在床上的夏初一翻来覆去睡不着。她一直在回味许慕杨的话。

连一个旁观者都那么相信陆斐然，她又怎么会没动摇过？可那个女人对陆斐然做的一切历历在目，让她不得不想到陆斐然已经变心。

深夜万物安静，只有夏初一越来越重的呼吸声在空荡的屋子里围着耳朵作祟。

她不相信。

夏初一半坐起身子，脑海里闪过陆斐然与她在一起的一幕幕。他触摸自己头发时温暖的手，离别时轻轻吻她的额头，过马路护着她的身体，吃她不喜欢吃的饭，永远用微笑回应她的任性和无理取闹，那么多年陆斐然都将她当宝贝一样护着，又怎么会变心呢？

明明前一天他还在和小男孩说“她是哥哥的女朋友”。

蜜色的月亮挂在窗子一角，黑暗中夏初一能透过窗玻璃看到枝繁叶茂的大树沉静地伫立在那儿，荫蔽着根部的树苗。就在这一刻，夏初一特别想她的妈妈。想抱着妈妈，头抵在她的怀里号啕大哭。

她想知道为什么。想知道妈妈为什么离家出走，想知道自己到底做错了什么，想知道陆斐然为什么会喜欢别人，她想要一个答案。

阳光晴好的第二天上午，夏初一站在建商银行门口，脑子迷糊起来。她一夜没睡，上班的时候心不在焉，这次都没走进卫生间就已经在眨眼之间飞到了汉州。

想得到答案的心情太迫切，连潜意识都不由自主地调动全身细胞让她前一秒还在淮城的公司，后一秒就来到了汉州的银行。

北方的六月又闷又燥，热气从地面升腾到半空，汗珠落在地上倏忽就会蒸发不见。

夏初一没着急进去，她有些不敢见他。旧地重游，她闪过的第一个念头竟然是：她和陆斐然到底是什么时候开始在一起的呢？

夏初一记得大一甫入学陆斐然就被提干，选拔为学生会的纪律委员。一众干事浩浩荡荡穿梭在课堂上抽查纪律和考勤，又威风又神气。

那时陆斐然虽然和她报考了同一所学校，但是一直没有和她表白。夏初一每天都像小跟班一样跟在他身后，生怕别的女孩子喜欢他。直到那天上午陆斐然带着其他纪检部的成员抽查到汉语言文学系的教室，开始点名，统计出勤率。

彼时大一的学生还没有完全放飞自我，尚带着高中时期的自律和顺从，不敢无故缺课，所以整个教室只有一个学生没来，就是夏初一。

那时的夏初一正在图书馆翻资料，准备给陆斐然写个情书。在别的女孩子还没追上陆斐然的时候，夏初一打算写一封文采卓然的情书交给他。她要让他看到自己的才华、热情和勇气，足够甩别人十八条街。

所以当教室里纪检部成员反复几次念夏初一的名字而没人回答时，向纪律委员陆斐然报告，实到四十九人，缺席一人，缺席者夏初一。

本以为就会这样结束的一次抽查，被陆斐然的一句话而骤然打断。

“她在这儿。”

陆斐然对着纪检部的人说。

纪检部的人皱眉，又看向一众大一学生，确认道：“没有啊？”

寡言少语的陆斐然站在讲台上郑重其事地点了点自己的心口，说：“她在这儿。”

全班哗然，几秒后好事的人开始吹口哨和热烈鼓掌。

纪检部的人也笑，半生气半妥协：“行，行，在这儿。”

说完随即低头将夏初一的名字勾去，在花名册的右上角写上“缺勤0”的字样。

那天上午之后，整个大一都传着陆斐然和夏初一的趣事，被很多人羡慕。

可那样经典的场面夏初一并不在场。无论别人添油加醋说得多么精彩，多么生动，夏初一都不能知道当时陆斐然到底是什么样子。她很想亲眼看到，想面对面地感受，想看到他说“她在这儿”时有没有脸红。

幸好陆斐然很快给了她这个机会。

就在那天下午，夏初一气喘吁吁地问他事情的始末时，陆斐然什么都没说，而是带着她去了学校后面的公园。

公园树多虫密，夏天时很多学生都不愿意在林子里转，而是去“情侣坡”上看风景。幸运的是那天阴天，不是特别热，陆斐然带着夏初一在林子里转来转去，夏初一只闻到了他身上的皂香味和空气里叶子的清香。

天越来越阴沉，树木哗哗作响，黄昏时大雨欲来，可陆斐然还是什么都没说。

夏初一就这么等着，挨着他的胳膊逛了一圈又一圈。直到天完全黑下来，林子里一个人都没有，四处透着摄人心魄的沉静，像一头巨大的兽。

夏初一心尖紧了紧，想告诉他不说也没关系，她可以等。

就在这时，陆斐然拉着她坐到一处长椅上。

他转头看着她的眉眼，轻轻地倒数：“三，二，一。”

周身瞬间被点亮。

夏初一这才看到每棵树上都挂着小彩灯，乍然亮起时犹如火树银花，将他们两个紧紧圈住。与此同时，天公像嫉妒他们似的开始落雨，雨点有些密，似被裹了一下午终于兴冲冲地掉下来。夏初一咧嘴笑，虽然知道这些灯是公园的设施，亮灯的时间也是公园设定的，可被陆斐然拿来专门给她看，她就像在蜜糖罐里滚了一圈，觉得幸福无比。

陆斐然贴近她，抬头看着那些灯，唇角微扬，声音如朝露荡叶："无论你向着光跑还是逆着光跑，光子永远以30万km/s的速度接近你。即便你与光子同速飞行，你看光子的速度仍然是光速。"

雨点跳跃在眼前，夏初一呆呆地看着他。

他转头对上她的视线，笑容赤诚："你不必一直围在我身边，就算你背着我向反方向跑，我还是能够接近你，追上你。我永远比你爱我还要多爱你一点。"

即便雨丝如帘，夏初一还是看到了他清澈的眼神、微笑的唇角和白净脸上的温柔与深情。

陆斐然说完伸出手，第一次握起她的手。刚开始有点凉，转瞬变得温热。

十指相扣，刹那间夏初一的心头涌起战栗和热流。紧接着热流从心脏的位置直冲头顶，让她脸颊通红。她已经十九岁了，第一次和男孩子牵手，这才知道酥痒的感觉是从他的指尖传递到自己的指尖，路过心脏，再从脖子、嘴巴和眼睛里涌出来。

两个人都是第一次，双手交握的时候脊背挺直，谁也没有再说话。

雨点变成了一束又一束雨线，四周草木摇荡，爽气阵阵扑来，夏初一的笑痕融化在四周的雨里。她偷偷斜睨陆斐然，见他也是又紧张又害羞的样子。谁也不敢动，就这样淋着雨紧紧握着彼此的手，生怕动一动就握不上了。

雨势如瀑，最后兜头浇在他们身上。

公园看门大爷疾跑避雨，路过长椅看见两个木头人一样的背影大骇，赶紧拿起电话打给保安：进来了两个神经病，快快清出去！

炙热的阳光让夏初一出了不少汗，不过是回忆了一些旧事，就已经被烤得面皮发烫。

她叹了口气，收起那些甜蜜的记忆，最终推开建商银行的门迈了进去。

正值中午，银行人不多，陈清昼正站在柜台前打电话，见夏初一来了，和电话里面的人简单交代了几句就挂了。她错过柜台和夏初一打招呼，刚想去喊陆斐然，却被夏初一紧紧拽住。

“我……我不见他。”

陈清昼有些奇怪，站在原地。

夏初一抿了抿嘴唇，想打听和陆斐然在一起的女人，吞吞吐吐道：“你们银行有没有……长得挺高，盘着头，很好看，很有气场的女同事？”

陈清昼眉头紧蹙：“很多，你找哪一个？”

夏初一没办法回答，她就是想知道那个女人到底是谁。

正沉默地对峙着，夏初一忽然看见陆斐然的身影，吓得赶紧躲到陈清昼身后，一边绕圈一边偷窥远处的陆斐然。

陈清昼不明所以，见夏初一步子向前向后地磨蹭，轻轻问她：“你要给陆斐然一个惊喜吗？”

“不，不，不，”夏初一赶紧摇头，眼看陆斐然朝着陈清昼的方向过来，赶紧缩身躲到柜台后面，急急嘱咐道，“千万别告诉陆斐然我来了，求你。”

陆斐然走到了大厅打印机的位置，看向陈清昼：“没墨了。”

陈清昼心领神会：“马上换墨盒。”

她在柜子里找新墨盒时还将夏初一的衣服往里塞了塞，十分配合。夏初一对她很是感激，鼻头微微一酸。

打印完资料的陆斐然最终还是走到了柜台前面，将手中文件全部交给陈清昼。陈清昼一面微笑一面记下他的所有要求，然而陆斐然忽然不出声了。

“怎么了？”陈清昼问。

陆斐然略略失神："这里的味道有些熟悉。"

他边说边向柜台内侧走，陈清昼赶紧挡在他面前，提高声调道："我……我换了个香水。"

陆斐然揉了揉眉心，也觉得自己疑神疑鬼，最近确实很累。

"下午要开银行内部会议，萧总来了你知会我一声。"

陈清昼连连答应。

"搞定了集团内部的账，明天就可以放贷。"

说话间一个女人风风火火从门口进来，在两人面前站定。从夏初一的角度只能看到她光滑的小腿和一双CHANEL的高跟鞋，看不到她的脸。

陆斐然向里走了走，为她腾出更多的地方："内部审批流程也走完了，我立刻执行。"

那女人声音镇静，甚至有些清冷："注意和何主任说明情况，毕竟是他的单子。"

陆斐然点头，信手将她拿出来的合同交给陈清昼复印。他交代事项时已经站到了柜台内侧，只要一低头就能看见夏初一。夏初一屏气凝神，一动都不敢动。在陆斐然还没发现她的时候，她的眼眶忽地模糊了。

她看到陆斐然穿的皮鞋也是CHANEL款，做了几年杨总的秘书让她对这些牌子很清楚，国内根本没有这种款式的男鞋，一定是从国外买的。

他和那个女人穿了一个牌子的皮鞋，一定不是巧合。即便他们在工作场合这么客气疏淡，私下里肯定有人前不知的亲密。互诉衷肠，互赠礼物，互相守护着彼此的小秘密，互相欢喜，又要在人前装作不熟，很多话只能在下班后拥抱着讲出来。

夏初一恍恍惚惚地愣神，陈清昼弯腰扯了扯她的衣袖。

"都走远了，快出来吧。"

夏初一抹了一把泪，站起身时恰好看见陆斐然和那个女人一起离开的背影。果然还是那个腰肢纤细的背影，她没猜错。

夏初一激动到连咳带喘，拽住陈清昼连珠炮似的问："她是谁？她叫什么名字？那个女人，陆斐然身边的女人。"

陈清昼面色一怔，语气平缓，似乎没察觉出任何不对。

"是我们银行的副总，一人之下万人之上的萧意映。"

乌云遮不住太阳

夏初一很快拿到了萧意映所有的资料，多亏陈清昼神经大条，完全不设防地对她袒露心扉。

春风得意，年轻有为，不到三十岁已经是副总，不知家世怎样显赫富贵！靠着人脉资源一路向上，又靠着拼劲闯劲站稳脚跟，做事雷厉风行，连银行老总都赞叹佩服。银行那么多员工，心怀鬼胎也好，八面玲珑也罢，都能被萧意映收拾得服服帖帖，包括识时务的何以修，俨然是萧意映战队的中坚力量，甘愿为她效犬马之劳。

陆斐然在何以修手下做事，不可能不为萧意映所用。可他们是怎么在一起的呢？夏初一想不明白，陆斐然明明是为她才选择在银行工作，可为什么又为了银行的工作抛弃了她呢。

她收起自己的胡思乱想，暗骂自己糟践了陆斐然。他不可能是为了上位而喜欢女上司的男人，绝不可能！

从银行出来时已经下午了，夏初一闭上眼睛飞回淮城。

下午四点钟，许慕杨带着还没喘几口气的夏初一前往江南饭庄。“一期一会”已经装修完毕，他带着她去考察参观。

路上有点堵，车里空气不流通，让气氛有些闷。

许慕杨很久没说话，在红灯时终于问道：“你干吗去了？”

夏初一还沉浸在萧意映的事情中，没注意到他声音的变化。直到他再次出声，才将夏初一涣散的神经拉回来。她想了想，上午自己是十一点多消失的，下午三点多就回来了，也没旷工多久啊，怎么看他脸色那么不好。

“我出去透了透风。”她随意胡扯，“心情不好，耽误的时间你扣我工资就行。”

许慕杨张了张嘴还想说话，前方红灯已经变成绿灯，干脆加了一脚油门扬长而去。

夏初一想起上次来江南饭庄就是他开车带自己来的，当时车里气氛就隐隐不对，这次也一样。

更巧的是，在江南饭庄门口他们再次遇到了尹欢歌和上次嘲笑许慕杨的那个男人。

夏初一在心中感叹：“不是冤家不聚头啊。”

尹欢歌依旧笑着和他们打招呼。夏初一有些奇怪，按说这个点就开始吃晚饭有点早了。

她见许慕杨杵在那并不想说话，干脆找话题回应：“你们是来订位子么？”

尹欢歌摇了摇头，声音又甜又糯：“中午吃饭时落下了钱包，刚从里面取出来。”

夏初一点头，顺便夸了一下饭庄服务员都是被培训过的，不会拿群众一针一线。许慕杨站在夏初一身边，双手插兜，一副慵懒的样子。

倒是尹欢歌身边的男人再次开口，依旧冷嘲热讽似的笑：“中午和欢歌吃饭时看见包间墙上挂着《清明上河图》的汴绣，你们饭庄真是下了血本，光在装饰品上花的功夫就可见一斑。”

夏初一抬头瞅了瞅许慕杨，见他还是没有要说话的意思，怕气氛太尴尬，索性接茬道：“我们饭庄就是通过这些细节营造用餐的氛围，给客户一个更加舒适的环境。”

那男人勾着唇角不看夏初一，紧紧盯着许慕杨：“那也得有钱营造才行，还不是老子出的力。要是没有老子撑腰，饭庄想做大太难。”

他说完冷冷地笑，像雪天的淡日：“要我说就别挂劳的图了，挂上老子的相片才对得起饭庄的招牌。”

尹欢歌暗暗扯了扯男人的衣角，连夏初一都觉得这话难听极了，比起上次听他说话还要生气。不知道许慕杨怎么惹着这男人了，老和他作对。

没成想一直没开口的许慕杨忽然哈哈大笑，很不在意地回他：“有道理，你给的建议实在是太妙了。我这就将《清明上河图》的汴绣摘下来给你当谢礼，然后挂上我爹的照片，保准下次你吃饭的时候能看见他。”

夏初一呆呆地看着许慕杨，别说刚刚被男人讽刺一顿，单《清明上河图》的汴绣就好几万呢，这说送人就送人了？她唏嘘一声，家里有矿就是出手大方。

男人没想到许慕杨这么好脾气，战斗欲顿时萎靡，不再和他说话。

许慕杨果然说到做到，在男人启动车子时就已经让人把两米长的《清明上河图》汴绣卷起来放到了他的车上。

夏初一啧啧称奇，想起Simon夸赞许慕杨的才华，这才真正感受到了几分。

忍别人之不能忍，真是做生意的料啊。

“一期一会”完全按照夏初一的设想装修出来，既有雅趣又有古韵，连许慕杨都很满意，转手给了夏初一一个黑色描金花纹的长方形贺卡。

夏初一打开贺卡，看见里面是两张游轮票，愣了愣：“这是干什么？”

许慕杨白了她一眼：“真是没见过世面，等会儿带你去游轮参加晚宴，见几个重要的客户。”

夏初一皱了皱眉，心事重重的样子。她很想再和陆斐然面对面谈一次，想让他当面告诉自己分手的理由。那个说永远爱着自己的陆斐然，怎么转头就和萧意映在一起了？

“哎，”夏初一抬头看他，“假如一个女人特别优秀，是不是就会让所有男人都喜欢她？”

许慕杨垂眸看着她，眼睛中露出明亮的光。

“或许吧。”

夏初一奇怪：“或许？是还是不是？”

他敛了笑，认真甚至带着一丝悲悯地对她说道：“我只知道如果一个人不喜欢你，无论你做什么，都是不喜欢。”

他们下午五点半登上游轮，夕阳在海面上投射出璀璨和温柔的影子。阳光像碎钻一样洒在海水里，闪闪发光。

许慕杨早就给夏初一准备了一套专门参加晚宴的衣服，淡紫色齐肩束腰长裙，胳膊两侧设计了泡泡袖，点缀花瓣，衬出一字形锁骨。薄裙长及脚踝，环绕腰间向下垂坠数条浅紫藤蔓，配上欧根纱的质感，又美又仙。

许慕杨换了一套西装，夏初一挽着他的胳膊站在观光区看着马上就要落下去的太阳。

观光区的人基本都是成对出现，夏初一和他们一一打过招呼，忽然看到牧晨也穿着小礼服挽着杨瑞和的胳膊在不远处与人交谈。

许慕杨同她解释："我爸一会儿就走，晚上的时间需要你配合我。"

夏初一没回答他。她看着牧晨如今穿着小礼服、化着精致的妆，意气风发的样子竟有几分与萧意映相似。

她正愣神，杨瑞和与牧晨已经走到两人面前。许慕杨将晚上要见的人一一和杨瑞和说了一遍，杨瑞和很满意。

反倒是在杨瑞和身边的牧晨一副趾高气扬的样子，她盘了头发，眉梢高挑，比起原来做夏初一下属时不知得意多少。

如今夏初一比她低一个等级，主动和她问了声好，没想到牧晨不仅没应，反而一面假笑一面奚落道："好久没见你了，怎么，一个总经理秘书比董事长秘书还忙呢？"

夏初一暗想自己也没耽误工作，如今牧晨当着杨瑞和的面告自己状，还真是没安好心。

许慕杨笑笑，亲昵地对牧晨道："夏秘书确实忙得很，没办法，谁让她聪明能干呢，能力大的人就是比较忙。"

夏初一连忙点头，面对牧晨的挑衅，反而看向杨瑞和道："杨总见的人多，肯定也知道小人得志什么样子。钱钟书说一个人的缺点正像猴子的尾巴，猴子蹲在地面的时候尾巴是看不见的，直到他向树上爬，就把后部供给大众瞻仰，可是这红臀长尾巴本来就有，并非爬高了的新标志。"

没等杨瑞和说话，许慕杨率先哈哈大笑，笑得上气不接下气，直佩服夏初一牙尖嘴利。没用自己一句话，就将牧晨的德行骂了一遍。

周围不停有人与他们打招呼，杨瑞和笑得一脸慈善，对夏初一的话并没多大反应。牧晨手挽着杨瑞和的胳膊，唇角冷冽一勾，眼睛扫过夏初一的眉眼："有本事你也爬上来，我等着你。"

当着上司的面说这样的话，竟然没有引起杨瑞和一丁点反感和奇怪。夏初一见杨瑞和照旧与别人微笑，忽然觉得牧晨不简单。

以前的牧晨那么温顺寡言，任别人怎么吐槽公司她都不参与，该不是卖了不少情报给杨瑞和才换来如今的扬武扬威吧？夏初一暗道不好，以前温凉吐槽公司的时候她也说过两句，当时没在意，今天再看杨瑞和的状态，想来牧晨暗地里没少说自己坏话。

她猛拍自己脑门，骂自己对牧晨这个小人没设防。再抬头时看到牧晨不屑地笑，与她四目相撞，空气里火花四溅。

就在这一刻，夏初一觉得她真像萧意映。不是几分像，完全就是小几号的一模一样的萧意映。

带着同样的胜负欲，有着一样的野心和气场。

夏初一终于找到一个词形容她们：逼迫感。

眼中有欲望，心中有谋算。她的笑是得逞的笑，是一切都在自己掌控中的笑。

她打了个冷战。杨瑞和怎么看她都无所谓，可陆斐然和杨瑞和完全不同。陆斐然温柔又克制，冷静又细心，怎么可能看不破萧意映的伎俩。她笃定他不喜欢萧意映，他一定有苦衷！

夏初一猛地看向许慕杨，目光灼灼：“我好看吗？”

许慕杨脑袋里打了个问号，牧晨刚刚对她咄咄逼人、招招见血，她是被骂傻了吗？怎么忽然问自己好看吗？

许慕杨眉毛皱成倒八字，不可思议地看着她：“Excuse me？你逗我呢？”

她拽住他衣角：“我现在，好看吗？”

她锁骨位置因为激动而更加紧绷，脖颈带着的优美弧度让许慕杨叹气：“非常好看。”

夏初一长睫闪烁，牙齿打战：“我要穿着最好看的衣服告诉斐然，我还爱他，我会等他。哪怕他不喜欢我了，我也要等他到异地结束！”

她说着连忙掉头跑远，她要找个没人的地方立刻飞到汉州。

“哎，晚上还要见人……哎……晚……”

许慕杨仓皇唤她的声音愈来愈远，她什么都听不见了，倚在壁角深呼一口气，紧接着闭上了眼睛。

再　见

再睁开眼睛时，夏初一站在马路边上看见建商银行已经锁了门。汉州没有淮城的天气好，薄暮未昏，云朵已经与天色融为一体，看不出原本的样子。

她提着淡紫色裙摆疯狂地向陆斐然的小区跑，任周遭许多人看她。现在夏初一只有一个念头，她要当面告诉陆斐然，她比萧意映好，比萧意映更适合他。她允许他犯错误，允许他有被蒙蔽的时候，她要让他知道，她对他的爱会比萧意映强烈千万倍。

她要将他从萧意映的手中抢过来。

她要重新得到他。

华灯初上，夏初一穿着高跟鞋，脚背因为剧烈的摩擦而成嫩红色。她跑到陆斐然公寓楼下，夜在枝梢上变成了浓墨一样的稠度，路灯透过漆黑的树叶投下橙黄的光晕，照着她坚定的眼神。

她平复了一下呼吸，刚要迈步走进去，忽然听到楼梯口传来嗒嗒的声音。

夏初一透过楼门缝隙依稀看到一个清丽的身影，来不及逃掉，赶紧躲在黑暗的阴影中。

几秒后萧意映从楼梯口出来，手里拎着一袋垃圾，身后有陆斐然唤她的声音。

“扔掉快上来吃饭。”

萧意映的笑娇媚而灵动。

“别急嘛，马上就好。”

她顺手将垃圾丢进门口的垃圾桶里，拍了拍手，这才转身上楼。

夏初一喉头像被卡住，倚在墙壁上的身体微微颤抖。

她退身出来，抬头看向三楼。她知道那间最明亮的屋子是陆斐然的家，正对窗户的客厅桌子上应该摆满了刚刚做好的饭菜。

她不敢上去，眼角余光却瞥到了垃圾桶里的一片碎屑。

夏初一从萧意映刚刚丢掉的垃圾袋里抽出被撕碎的一片宣纸。

宣纸上还残留着一些字迹：朝暮。

热泪在眼眶里打转。她在果皮残渣里扒来扒去，终于将余下的纸片全部拼出来。

是她那天亲手写的一行字：两情若是久长时，又岂在朝朝暮暮。

眼泪一滴一滴掉在毛笔字上，洇出一小片不规则形状的墨。“朝朝暮暮”几个字在眼泪里浸泡着，最后全部变形，长出丑陋的毛边。

夏初一心尖密密麻麻地痛，她抬头盯着三楼的亮光看。妒忌、恨意和歇斯底里的情绪分不清哪个在前，哪个在后，一齐充胀在嗓子眼。

她准备好了千万句要对他说的话，可是现在一句也说不出。它们在夏初一的心里沸腾弥漫，最后腐朽融化，烧得舌头又麻又疼。

不知站了多久，夏初一从哭泣中回神，三楼的灯光已经熄灭。

萧意映没有下来。

夏初一缓缓将拼起来的纸片重新丢回肮脏的垃圾桶，空荡荡的手抓了一把冷风。

她打开自己随身带的钱包，掏出里面的一张纸签，上面是陆斐然写的极好看的一行字：惜取此时心。彼时她看到第一眼就喜欢得不得了，偷偷把它藏在自己身上，不承想这句话根本不是陆斐然写给她的。

惜取眼前人，惜取此时心。原来惜取的都不是她，而是萧意映。

夏初一将纸签一起丢进垃圾桶，号啕不止，心口像破了一个大洞，感受不到任何温度。她想起这么多年她和陆斐然在一起的点点滴滴，哭得腿开始发软，手撑在墙上失控地战抖。

小区一位五十多岁的阿姨走过来，扶住夏初一，关切地问：“姑娘，你怎么了？”

夏初一被惊了一记，直起身子看着她。灯光下阿姨带着皱纹的眼角和清瘦的身体让她很愧疚地低头，抱歉打扰到她。

夏初一抹了一把眼泪，强撑着笑：“我没事。”

可是话还没说完，眼泪再次掉下来，她抽了口气，一边擦泪一边咧嘴：“我没事阿姨，对不起吵到你了。”

嘴角没有完全张开，又无法抗拒地耷拉下去。眼泪没有擦完，又不可控制地涌出来。夏初一双手拍着自己的脸，眼睛像火炭一样红，假装没事地对她道：“我走错路了，风迷了眼睛。”

阿姨没有多说话，静静地看着不停抽噎的夏初一。

夏初一知道自己演技拙劣，剧烈的哭泣让她浑身发抖。她对阿姨报以最后的微笑，随即转身离开小区，高跟鞋歪歪扭扭地支撑着她往前走。

月亮已经不圆了，骨鲠似的挂在天边，光色浑浊。

夏初一抬头看，热泪再次涌出来，混着嘴里的话散在这个寡淡的夜里。

“我不要了，不要了。”

之后几天，夏初一都在浑浑噩噩里度过。

她一会儿闭着眼睛回到淮城，一会儿睁开眼睛又来到了汉州。一会儿在办公室里，一会儿又在陆斐然家门口。

她已经无数次看见陆斐然和萧意映一起下班、一起出入小区的样子。她默默地跟在他们后面，尾随他们进楼，隔着防盗门都能听见房间里萧意映放肆而快乐的笑。

夏初一终于确认了陆斐然的变心。

每当她打起十二分的精神要向陆斐然当面质问的时候，脑海里一闪而过的都是曾经他对她的好。大一那年炎夏，他穿着布袋熊一样的衣服拽着上百只氢气球为自己过生日，热得头发都贴在脑门上却依旧映着他唇红齿白的笑；大二他牵着她的手登楼看山，给她绵长而又深情的吻，风为云朵裁出脸红的剪影；大三晚秋，他们在公园下棋下到路灯一齐熄灭、公园关门，头顶银河浩瀚，陆斐然看她的眼睛里落满天边的星光；还有毕业那年的短期旅行，他们一同泛舟湖上，当湖对歌，陆斐然赤脚勾着她的脚心腼腆而满足地微笑。

当又一个晨曦到来，阳光缓缓从窗户一侧转移到窗前正中的位置时，夏初一将家里有关陆斐然的所有照片、书籍、情书和衣服统统收起来，毫不犹豫地丢到了杂物间。

她的决心犹如杂物间厚重冰冷的墙壁，任有万箭穿来也不会再有丝毫的动摇。

家里瞬间空了一半。她拢了拢前额的头发，拨通了陆斐然的手机。

墙上的钟表时针指向中午十一点。

电话那边传来疑惑又清冷的声音："初一？"

夏初一张了张口，声音暗哑黯淡："中午一起吃顿饭吧。"

"你在汉州？"

"就去上次你带我去的那家主题餐厅。"

对面沉默了几秒钟："好。"

夏初一想起那时他执意摘掉自己戒指的样子，长睫闪烁："十二点，不见不散。"

"好。"

夏初一对着镜子扎起马尾，换了一件白色T恤和牛仔裤，高腰线显得她清瘦窈窕，只是眼下一团淡青还是出卖了她的气色。

她原本想好好化个妆，想起陆斐然手机里应该有很多自己的丑照，索性又将乱七八糟的化妆笔和粉扑扔掉。她在这一刻忽然想到"女为悦己者容"，终于明白当下倦怠又厌弃的心情。

她再也没有动力为了让他开心而刻意打扮自己了。曾经无数个等待他从异地回来的日子里，她刻意减肥，刻意化妆，刻意穿好看的衣服，现在都不再需要了。

一切收拾妥当，夏初一检查自己钱包里的东西，能保证她安全感的东西都在，这才满意地进入自己的卧室。

窗外阳光透过叶子间隙筛下来金色的光晕，明晃晃得如同那些旧时光。

她挺身吸了口气，缓缓闭上眼睛。

睁开眼睛来到餐厅门前时，她看到陆斐然背着背包一动不动地站在穿梭的人流中。耀眼如他，总是很好辨认。夏初一抬头看汉州的云，没有淮城的云冰激凌一样的颜色，只是淡淡的发紫，将正午的阳光遮去了大半。

陆斐然看到她走过来，上前迎了几步，眼中情绪涌动，只是最后什么都没说。

夏初一低了低头，说："进去吧。"

陆斐然早就订了位子，即便餐厅已经满员他们也有茶座。夏初一坐在陆斐然对面，见他穿着干净的休闲衬衫，领口有些褶皱，露出半寸喉结和白皙的脖颈。她笑了笑，问他想吃什么。

陆斐然沉默半晌，声音比接电话时疲惫很多："都好。"

夏初一最终什么都没点，只请服务员上一杯白酒，什么牌子的白酒都可以，价钱按一瓶结算。

服务员见她脸色不好，没有多问便撤身离开。

夏初一一直看着陆斐然。等一大杯白酒放在右臂一侧时，她低头从鼓囊囊的钱包里拿出一厚沓火车票对他说："这是异地三年的所有证据。"

陆斐然沉静的眼瞳再次流露出辨认不明的情绪，他轻声道："你是怎么过来的？"

夏初一没想到他还有心思提出这样无关痛痒的问题，错开他的视线："我不想隔着电波和你说这些话，否则对不起异地恋这样艰难又珍贵的感情。"

陆斐然紧紧攥着拳头，修长的指尖微微颤动。

夏初一将所有火车票搁在桌子上，从中抽出一张，上面写着淮城到汉州的字眼："逛超市的时候看见一个男孩子一手提着购物袋一手搂着他女朋友的肩膀，当时羡慕的不得了，羡慕完了才想起我也是有男朋友的，只是远在天边。"

她说完刺啦一声将那张火车票撕成两半，顺手放到桌子中间。

她又从一厚沓车票中拿了一张，站次和时刻表都有些旧了："有次低血糖晕在公司，被男同事背着送医院。当时医院病床上就我自己，其他病人都有家属陪着，别人有多热闹，我就有多难过。”

话音未落，她又刺啦一声将火车票撕掉。

重新抽了一张。

“我在家做了拿手的菜，煮了好喝的汤，特别想和你分享。可惜每次做了饭都是我自己吃，每次都吃不完，然后倒掉。”

她刺啦一声将手中的火车票撕成两半甩到他面前，再抽一张。

“太多没办法预计的事情，太多需要陪伴的时刻孤独一人。”

刺啦。

“就算你不在我身边，我也会逢人就说你的好。困极了趴在桌子上撑着头也要等你平安回家的电话，工作中遇到沮丧的事情也要假装没事，和你说我很好。”

刺啦。

“一个人吃饭，一个人搬家，一个人跟人扯皮，一个人办各种手续。”

刺啦。

“天气预报默认你在的城市，收货地址默认你工作的银行。没有享受到恋爱的甜蜜，却担负着恋爱的责任。”

刺啦。

“有名无实，遥不可及，忍耐，等待，坚持，坚守。”

刺啦。

“撑不住的时候哭的枕头都湿了还要怕你担心，撒谎说鼻音重是因为感冒。异地给了我很多撒谎的机会，你都不知道。”

刺啦，刺啦，刺啦……

夏初一将一厚沓火车票全部撕成两半铺在桌子上，手里拿着最后一张看着陆斐然。

她眉梢微挑，脸上没有任何笑意，一字一句对他说：“你不知道，所以你全不在乎。”

刺啦。

她重重地将淮城到汉州之间的路线撕裂，火车票瞬间变成没有任何意义的废纸。

陆斐然终于肯正视她，眼角带着细碎的痛。

“对不起。”

夏初一现在最讨厌这三个字，听进耳朵里也只化成了轻轻的一声冷哼。

“有时候做梦还会梦见高中你教我做数学题时的样子。”回忆起旧事让夏初一目光迷离，呼吸变浅，“补习班里燥热的蝉鸣，主席台上你一边发言一边看我的样子，做完操你偷偷递给我的水，穿着短袖第一次和你的拥抱。这些我都不会忘，即便以后不再见面了，它们也会在我的血液里反复沸腾。”

她说完将所有撕掉的火车票都堆在一起，然后扫进腿边的垃圾桶。垃圾桶是铁皮的，全无缝隙，上次她来时就看见了，所以这次专程来这家餐厅。

手边的白酒还没动，夏初一拿起杯子时见陆斐然表情有些异样，淡声安抚。

“我不会为了你喝醉出丑，别怕。”

她将酒杯高高举起，对着垃圾桶倾斜倒出，所有的酒全部落在被撕碎的火车票上，缓慢地渗透。

夏初一呼出一口气，以十二分认真的姿态看着不言一字的陆斐然。

“我答应和你分手。但不是因为你要分，而是我不要你了。”

没等他说话，她从钱包里拿出一盒火柴，声音平缓坚定：“陆斐然，我不要你了。”

她划开火柴丢进垃圾桶，刹那间火苗升腾，喷薄溢出，又迅速被垃圾桶的边缘罩住，犹如灿烂一瞬的烟花。阴暗的天色衬得室内火光荧荧，引来周边人的观看。橙色火苗在酒精的助燃下奋力向上，在铁皮垃圾桶肚腹里发出扑簌簌的声响。

火光之间她与他沉默地对视，所有的不平和愤恨都通过烧热的空气传达出来。餐厅里的客人对着他们窃窃私语，指指点点，仿若这一刻她和他是整个世界的主角，所有人都自动沦为分手故事的背景。她一笑，苦涩在唇角化开。

他们长达一千五百公里的爱情最终什么都没剩下。铁皮垃圾桶被烧得漆黑。

她唤来服务员，将钱包里的钱全部拿出来当作赔偿。多出的钱用来答谢他，谢谢他刚才站在一边没有上前，留给她体面的任性。

服务员走了之后，夏初一看着坐在那儿一动不动的陆斐然，终于再次笑起来，声音透着疏离。

“再见。”

她站起身错过他大步向门外走去。余光瞥到他的眉眼像深沉的海，用无声与她道别。

原来分手是这样。多年时光竟练不出一句话一个字，转首已是路人。

打开门，风吹着夏初一毫无表情的一张脸。

异地恋让她习惯了对着空气说话。她昂首阔步地离开，后背挺直，脚下带风。

“再见。再也不见。”

两个人知道的秘密

回到淮城时，夏初一身心俱疲，本想回家里休息，却意外接到许慕杨的电话。

车子在公司门口等着，夏初一直接上车。下午五点钟，许慕杨带着她前往江南饭庄。

夏初一瘫在座椅后背上，长长嘘了口气。许慕杨看她满头大汗，将车内空调温度略调低了些，问："你干吗去了？"

夏初一算了算时间，总共也没和陆斐然见多久，扯谎道："最近身体不舒服，多睡了一会儿。"

话没说完，许慕杨已经脸色阴沉。夏初一从没见过许慕杨这个样子，赶紧打开车窗让他透透气。

"我……我和陆斐然分手了。"

即便说出真相，许慕杨也没半分改变，好似早就料到这个结局一样。

车子扬尘，风在耳边呼啸。

许慕杨没看她，声音却低沉清冷："你还有什么事情瞒着我。"

不是疑问句，是陈述句。夏初一心尖一跳，看到许慕杨黑着一张脸，不知道他到底捏住了自己什么把柄。

夏初一挠头："没秘密了，我和陆斐然真的分手了。不信你问陆斐然，我给你他的手机号。"

刚说完她就噤声，想起来她已经把他的联系方式删掉了。

许慕杨没再说话，只是眼底一抹阴云，让车内气压越来越低。

夏初一偷偷别过头不看他，天知道谁惹着他了，反正肯定不是自己。

在饭庄前将车泊好，许慕杨带着夏初一进入前厅。右侧区域是选菜区，客人可以直接点菜，再由服务生打好单子给后厨。

冤家路窄，熙攘的选菜区域他们再次见到了尹欢歌和她身边的男人。

夏初一暗暗咬牙，就是那个一直讽刺许慕杨的男人。

尹欢歌主动上前，好像还在为之前的事情愧疚，贴近许慕杨，道："如果你有时间，让我请你吃顿饭吧。"

许慕杨没出声，不出所料地，那个一身西装的男人率先出口："富二代你好，我们又见面了。"

许慕杨点头，出乎意料地回应："这次你又有什么话想对我说？"

西装男人见他一副自己讨打的样子，唇角微扬："不敢当，像你这样有钱又有闲的人，想必什么都不缺。"

他将目光落到许慕杨身后的夏初一身上，认出这几次都是她跟着过来，又冷笑道："连跟着的助理都那么好看，听说是你爸给你的？有钱爹送礼都送的这么别致。"

夏初一站在原地没动，心想比这难听一百倍的话许慕杨都听过，西装男人今天的杀伤力并不大啊。

谁知西装男人刚刚说完，许慕杨直接给了他一拳。没等他站稳，许慕杨又冲着他的肚子狠狠踹了一脚。

西装男人趔趄倒地，不可置信地看着他。周围顾客全都大叫着躲到一边，连厨师和服务员都不敢上前一步。

尹欢歌赶紧将西装男人扶起来，许慕杨照着他的头再次给了一记暴击。男人比许慕杨矮，长期坐办公室根本没什么力量，如今只有挨打的份儿。

他捂着自己充血的半边脸，咬牙大骂："我要告你！告死你！"

许慕杨给了他一个不屑的眼神，随即拿出手机拨通。

"王部长，你手底下有个男的，尖嘴猴腮，个儿不高，长得有点像黄鼠狼的那个，叫……"许慕杨想了想，发现都见了几次了也不知道那男的叫什么名字，皱眉不悦，"你知道我说的是谁，赶紧处理一下。他不仅在我饭庄里吃白食，还拿我店里价值不菲的绣品，你们公务人员怎么这个德行？"

夏初一没听见电话对面说什么，只依稀听到几声十分客气又恭维的"好，好，好"，转眼看到西装男人脸色苍白，像刚刚溺过水。

许慕杨挂了电话，走近尹欢歌和西装男人："老子的秘书你也配说？以后饭庄别再来了。"

他的声音不怒自威，一齐进入两个人的耳朵。

尹欢歌眼里充着泪，西装男人粗重地喘着气和他狡辩："和欢歌没有关系。"

许慕杨闪出半边身子给他们让路，居高临下地看着西装男人："给我滚蛋！"

尹欢歌原想说几句话，只是见许慕杨阴着脸十分不高兴，干脆扶着西装男人出门。其余顾客在经理的安抚下继续选菜，一场干戈终于平息。

夏初一想偷偷转身跑掉，生怕许慕杨的怒气迁移到自己身上。

只是还没迈开步子，带着怒火的声音直直向她袭来。

“夏初一，你给我站住！”

许慕杨带着夏初一走进行政办公室，将门重重关上。

“说吧。”他双手插兜，倚在门边挡住去路。

夏初一眉头紧皱，看来今天的许慕杨一点都不好对付。

他再度出声：“我只给你这一次机会。”

夏初一脸色一垮，没承想如今竟栽在他的手上。

室内安静至极，许慕杨见她迟迟不出声，一拳砸在门框上，大声道：“夏初一，我是你老板，也是你朋友，你有事熬不过去可以和我说。陆斐然不在你身边，可我在你身边！公司里多少个会你没参加你知不知道？牧晨那边我替你推回去多少次你知不知道？游轮上丢下我一个人说走就走，我连知道真相的机会都没有吗？！”

夏初一张了张嘴巴，忽然想起来那天自己是在游轮上消失的，心中一阵羞赧。

她做了半天心理建设，最终叹了口气。既然已经分手了，说出那件事应该也没什么不可以，何况许慕杨确实为自己做了很多。

她走到许慕杨面前，抬着头：“你千万别惊讶。”

许慕杨屏息凝神：“你说。”

夏初一确认空荡荡的办公室没别人，抿了抿唇角：“我会飞。”

她看见许慕杨的神色从“不可思议”到“你丫逗我”再到“竟然有这种事”中来回变换，最后眯起眼睛看着她。

“怎么飞？”

夏初一解释：“用意念。如果你想去一个地方，闭上眼睛默念几遍，睁开眼睛的时候就到那个地方了。”

许慕杨脸色不好：“你什么时候会飞的？”

夏初一实在有点累了，但是见他那么认真地发问，只好撑着身子细细将掉毛小狗和老太太赋予她超能力的事情和他说了一遍。许慕杨根本不信，夏初一决定为他演示一次。

她站在办公室内，对着许慕杨说："我闭上眼睛，等再睁开的时候，我就会在办公室门外面。"

许慕杨错开半步，勾着唇翘首以待。

夏初一闭上眼睛深呼一口气，睁开眼睛时自己已经站在办公室门外。

她推门进来，看见许慕杨抱臂站在门后面，脸上一副极其吃惊的神色。

"怎么样？"她拍了怕许慕杨的肩膀，"以后这件事就是我们两个人知道的秘密了，你不许告诉别人。"

许慕杨面部肌肉微微抽搐，如墨的眼瞳露出精光："见鬼了。"

晚上夏初一做了一个梦：

住在城堡里的公主爱上了邻国的王子，可惜女巫给公主下了诅咒，将公主的灵魂分成七份，散落在国家的各个角落，只有将七份灵魂拼凑完整才能拯救公主的生命。

星期一的时候王子前往大山，在高山之巅取得了公主第一份灵魂。

星期二的时候王子前往大海，在深海之渊取得了公主第二份灵魂。

星期三的时候王子前往沙漠，在沙漠之腹取得了公主第三份灵魂。

星期四的时候王子前往森林，在森林之沼取得了公主第四份灵魂。

星期五的时候王子前往雪地，在雪地之境取得了公主第五份灵魂。

星期六的时候王子前往地狱，在地狱之火取得了公主第六份灵魂。

星期天的时候王子到达天堂，天堂什么困难都没有，居住在那里的天使带着王子四处参观，里面花海如瀑，异香瑰丽，蜂蝶蹁跹，美人成群。只要轻轻捕捉公主最后一份灵魂回到城堡，公主就会醒来，从此和王子过上幸福的日子。

可是王子没有回来。王子贪恋天堂，舍弃了公主。

很多很多年以后，女巫寿终正寝，诅咒破灭，第七份灵魂自动回到公主身上。听闻消息的王子第一时间从天堂赶回城堡，来到公主床前，期待她醒来后看到自己。可是无论他怎样呼唤公主的名字，公主都一直紧紧闭着眼睛，没有醒来。

睡梦中的公主听见了，听到他撕心裂肺的呼喊而双目落泪，不断哭泣，却不愿意睁开眼睛看他。

风雨同舟时，那么多困难险阻他都渡过了，却在天晴时选择背叛和离开。她无法原谅他，他们的感情就如拍到岸边的波浪一样，明明用最勇猛的势头扑去，却在到达岸头时瞬间向四面溅开，各自分散。

夏初一被噩梦惊醒。天光熹微，她大口大口喘着气。

她也是无法原谅陆斐然的吧，那么难熬的时光都熬过来了，却在快成功的时候分手了。

她没有办法不恨他，不甘心，意难平。

手机铃声急促地响起，夏初一从枕头边摸起来按了接听。

凌晨五点一刻，许慕杨的声音清冽干燥，好像这一夜他也没睡好。

“一二一我问你，你到底为什么和陆斐然分手？”

夏初一还没从噩梦中回神，听见陆斐然的名字哇地哭出声。

“他出轨了，他爱上了天堂里的天使，不回来了。”

他的光没有了

许慕杨决定带着夏初一前往汉州，夏初一根本不愿意去，前脚才刚和陆斐然说完再见，不能后脚就啪啪打自己脸。

只是夏初一在建商银行里还有二百万的存款，许慕杨需要用那笔钱，于公于私，夏初一都要去一趟银行把钱取出来。

给陈清昼打了预约取钱的电话，又给许慕杨订好当天飞往汉州的机票，夏初一本分地完成了秘书工作。虽然她把这些工作做得相当好，但许慕杨骂她蠢的声音一直没有减弱。

“你是不是脑子有病？都出轨了还说他爱上了天使？谁是天使？Excuse me？”

夏初一抹了一把鼻涕泡，分辩道：“就是那么个意思，梦里我还是个公主呢。”

“呵呵。”许慕杨看着蓬头垢面的夏初一再次冷笑，“真会美化自己。”

许慕杨骂了夏初一一整天，第二天下午一点钟的飞机，夏初一实在不愿意再看见许慕杨那张臭脸，决定自己先走。

她将许慕杨送到机场，一脸严肃地说："我闭着眼睛飞到汉州，在那边的机场等你。"

许慕杨张大嘴，一时不知道说什么才能表达他现在的心情。

夏初一说："我知道你离开我的陪伴，这趟旅程会变得很难。但是你不要怕，我会在汉州机场迎接你，你正好也休息休息，都一整天了，说的口干舌燥的。"

许慕杨最终什么都没说，只是给了她一个大白眼，恨不能眼珠子都飞出来。

夏初一如愿以偿，找到偏僻的角落闭上眼睛，再睁开时人已经到了汉州机场。

她感念老太太给她的能力，如今她已经将这项能力驾驭自如，想在哪降落就在哪降落。在机场外休息区找了个位子，夏初一百无聊赖地等着许慕杨。

这两天都没有睡好，机场内中央空调徐徐吹着风，让她倍感舒服，不知不觉睡着了。

醒来时许慕杨叹着气看着她，一脸菜色。

夏初一赶紧起身，揉了揉红红的眼睛："刚到吗？"

许慕杨给她看时间，四点五分，离下飞机已经过去一个多小时了。

"呀。"夏初一不知道自己睡了那么久，十分抱歉，"你该喊醒我啊。"

许慕杨戴上墨镜不愿再搭理她，脸色阴沉可怖，胡子都气得发抖。

夏初一十分乖顺地跟着他到达建商银行，四点半多一点，她长嘘口气，还好银行没有下班。陈清昼已经等候多时，让她与许慕杨休息片刻，填了表之后即刻就可以取钱。

只是还没转身，许慕杨出声喊住她。

“不取了，我要存钱。”

连夏初一都愣了愣，怎么改成存钱了，事前也没和她商量啊？

陈清昼呼吸微滞，旋即面带笑容地问他：“存多少？”

许慕杨将墨镜摘掉，目光清隽如水：“八千万。”

夏初一扑通一声从椅子上跌落在地。

她不可思议地看着许慕杨，确认道：“多……多少？”

许慕杨没搭理她，转而看向陈清昼：“我马上就存，你知道该怎么做吧？”

陈清昼吞了口唾沫，连连点头。

十分钟后，萧意映、何以修、陆斐然和陈清昼一起在二层贵宾室恭候许慕杨。

夏初一来了那么多趟建商银行，从来没有进入过二层，更何况是这种VIP包间。甫一进去就看见真皮沙发陈列在侧，圆桌上摆着红酒、果品和高脚杯，超大英寸液晶电视挂在半面墙壁上，再向左则是一套紫檀木桌椅和书橱。除此之外，内厅还有单独的业务窗口，大额存款直接在这里办理即可。

萧意映穿着一身黑色制服迎接他们，笑得无可指摘，十分热切：“请问在办理之前是否还有其他交代？”

许慕杨信步走到沙发前落座，招手让夏初一跟过去。

陆斐然垂着眼睛站在圆桌一旁，夏初一斜睨一眼，没看出半分异样。

许慕杨没有搭理萧意映，反而与陆斐然说笑：“老同学，别来无恙啊。”

陆斐然这才堪堪抬头，黑色领带映着他波澜不惊的眼瞳：“好久不见。”

夏初一假装低头喝水，还没拿起杯子，何以修便笑呵呵地给她倒上，赞叹道：“年轻有为啊。您这么照顾我们，希望以后有更多愉快的合作。”

夏初一从来没有受到过这样的待遇。她知道何以修是陆斐然的上司、陈清昼口里的“何主任”，如今竟亲自给自己倒水，不禁暗暗感叹有钱真是能使鬼推磨。

萧意映盘着头发，人鱼色口红衬得她娇媚冷艳，肌肤胜雪、眉眼精致。夏初一偷偷打量，本以为许慕杨不同她说话她会知难而退，谁知她转瞬便站到两人面前再次询问：“如果没有问题我这就为您办理存款手续。”

许慕杨勾着唇看她：“你知道坐在我身边的人是谁吗？”

萧意映将目光转移到夏初一身上，见她十分普通，并无印象，摇了摇头。

夏初一捏着杯子的手微微颤抖。

许慕杨继而出声：“她是陆斐然的前任女友。”

萧意映出现短暂的失神，乍然想起那天得了耳石症，头在医生胳膊里转圈的女孩。她随即一笑，不动声色地与夏初一打招呼：“你好。”

夏初一可没这么好的演技，她气哼哼地放下杯子，不知道许慕杨到底在搞什么鬼。明明是来取钱和建商银行一刀两断的，谁知又往里存八千万，他到底在打什么主意？！

许慕杨示意萧意映为自己倒杯红酒，只是萧意映迟迟没动。

许慕杨也不急，慢悠悠地说道：“萧副总，即便你做到这个位置也有任务吧？银行给你的日均存款任务是多少？”

萧意映微愣，笑笑：“至少过亿。”

“那我这八千万帮了你多大忙你心里没数？”许慕杨盯着红酒瓶塞，寡淡地勾唇，“不然我存你们对面的工行也可以。”

“许总哪里话，您这么帮我，我实在感激不尽。”

话音未歇，萧意映弯腰将红酒托在掌心，缓缓打开木塞，以十分诚挚的姿态将汁液倒入他的高脚杯中，微甜的香气瞬间萦绕鼻尖。

夏初一看着萧意映像个服务员一样任由许慕杨使唤，偷偷瞥了陆斐然一眼。他还是老样子，脸上没有任何表情，又冷又轴，无动于衷。倒是一旁的何以修更加善于察言观色，在萧意映为许慕杨倒完酒后赶紧也为夏初一倒了一杯，弓身的弧度比方才萧意映的更大。

许慕杨很是满意，这才从包里拿出一大摞现金放到桌子上，夏初一惊讶之际，许慕杨又掏出来两摞。

他依旧笑，眉眼精光毕露：“点点吧。”

所有人一愣。陆斐然正想开口，哪知许慕杨截断他，眼睛盯着萧意映：“我千里迢迢赶过来照顾你们银行，为了展现你们的诚意，萧副总也该给我个面子吧？”

萧意映唇角半扬，无一分不快，蹲下身子手指划过一沓现金，随即开始清点。所有人都在一旁看着，面色尴尬，目光躲闪。

许慕杨晃着高脚杯，和夏初一碰杯：“Cheers.”

夏初一心里呼呼进风，她终于明白了许慕杨的用意。他在替她报复陆斐然和萧意映，偌大的建商银行不把二百万看在眼里，八千万存款却足够所有员工用心了。他用这些钱达到了羞辱萧意映的目的，可她为什么一点都开心不起来呢？

等萧意映数完他带来的现金时银行早已过了下班时间，萧意映指尖磨得通红，却依旧挂着微笑对许慕杨道：“总共是一百万。”

许慕杨缓缓从沙发上起身，从包里拿出一枚黑金卡在她眼前晃了晃：“剩下的七千九百万你替我直接打入建商账户即可。”

萧意映双手抬起，举止周到地收下。诚如他所说，八千万流水会给她带来光鲜的报表和体面的业绩，而像他一样的高净值客户越多，自己就站得越稳。

她看了看手表，眼角媚意横生："难得有缘分合作，晚上一起吃饭吧。"

许慕杨假意大笑："太客气了，那就西餐吧。"

高手过招、招招见血，夏初一不得不佩服萧意映的从容自若，任许慕杨说什么都不放心里似的。她只是有些奇怪，不知许慕杨哪里来的那么多现金，连对作为他的秘书的自己都瞒得密不透风，直接让她在陆斐然面前演了一出"狐假虎威"。不对，她挠了挠头，是"威风八面"。

银行职员无论是理财经理还是主任行长，都要以银行资产为重。风险控制部、信息部、法务部、财务中心，包括不良资产处置部等，任何部门都以增加银行资产为目的和中心。许慕杨打了一手好牌，八千万直接买下了萧意映这个副总经理的尊严。

许慕杨选了汉州一家顶级西餐厅，包间优雅，灯光温和，酒红色窗帘外可俯瞰大片汉州夜景。四面墙壁错落镶嵌着一个个宛如贝壳的水晶射灯，映着几个人面庞，肤白如玉。几人落座，素净的桌布上摆了一大束红色玫瑰，马卡龙、布丁和芝士蛋糕早已装盘放置身侧，成为餐前小点心。

萧意映看了一眼菜单，熟练地对服务员道："热面包佐银鳕鱼酱，黄油明虾，刺身拼盘，法式煎鹅肝，例汤要松茸炖汤，前菜选东星斑，牛排五分熟两份，七分熟三份……"

夏初一默默听着，连牛排几分熟都没征求他们的意见，萧意映果然是个控制欲很强的女人。

"另外，"静默间萧意映看向许慕杨，笑着问道，"酒让他们上香槟还是白葡萄酒？"

许慕杨眉峰微挑："伏特加。"

萧意映没有丝毫讶异，吩咐服务员多上两道甜品，继续对他们道："这里的萨芭雍和费南雪都很好，待会儿夏小姐可以多吃些。"

夏初一回以淡淡的笑："我不爱吃甜。"

萧意映长睫轻颤，指甲在灯光下反射出优雅的亮面："鸡肉沙拉也很好，新鲜开胃。"

服务员陆续将菜品与酒全部上齐，夏初一看着丰盛的菜品，却没有半分胃口。许慕杨骗自己要取钱她才跟着过来，没想到为了给自己出头又让他搭进去那么多钱。夏初一握着刀叉呆在原处胡思乱想，直到被身侧的许慕杨戳了戳。

"你是不是吃不习惯？"

夏初一看着他一脸关切的样子感动得直想掉泪。她摇了摇头，轻轻对他说道："谢谢。"

许慕杨用方巾擦了擦嘴，抬眸看向萧意映："百闻不如一见，我很高兴认识萧副总这么一个朋友，今天咱们得多喝点。"

萧意映也停下用餐，隔着夏初一对许慕杨笑道："许总别客气。您为我们银行带来这么多的存款，能和您做朋友是我的荣幸。"

何以修也笑呵呵地打趣："淮城出人才，小陆和许总都从淮城来，和我们银行有缘哪。"

夏初一下意识去看陆斐然，只可惜正好被萧意映挡住，无法看到他的表情。她从没有听谁叫他"小陆"，好难听，像个毫不起眼的路人甲。

服务员为几人倒上伏特加后自动站在角落，许慕杨让她出去，唤萧意映："萧副总在这儿，麻烦给我们几人倒酒吧。我喝不惯服务员倒的酒。"

何以修："这……还是我来……"

萧意映抬手阻止，缓缓起身，将他杯中的伏特加倒掉，为他重倒一杯。

许慕杨哈哈大笑："萧副总请。"

明摆着的刁难和羞辱，萧意映全数收下。她仰头一饮而尽，浓烈的味道刺入心肺，笑意却悬在唇角不减反增。

她又给自己倒了一杯，泰然与许慕杨碰杯："我再干，许总随意。"

玻璃杯之间发出脆鸣，萧意映刻意将自己的杯沿儿放低，姿态近乎卑贱。她紧接着又喝了一杯，面色微微发红，精致的妆容愈显妩媚。

陆斐然看不下去，端着酒杯走到许慕杨面前："我和你喝。"

许慕杨点头："好啊，不过我酒量可不好，你和萧副总一人三杯怎么样？"

何以修也站起身，举杯向许慕杨致意："为了感谢许总，我也来三杯。"

许慕杨冷光射去，何以修顿然失声。

陆斐然拦下何以修的胳膊，低沉的声线滑入几人的耳朵。

"许总，我替他们喝。"

夏初一愣愣地坐在座位上，眼角余光瞥到陆斐然喝了一杯又一杯伏特加。她的心空洞洞的，完全没有折磨他和萧意映的快感，只是没来由的失落。难过的情绪爬满全身，她将头低下去，不愿再看陆斐然一眼。

当年的陆斐然姿态骄傲，那样耀眼，如今却变成了在酒桌上虚与委蛇、微不足道的普通职员。他要全盘接受来自客户的鄙薄，接受来自银行的压力，甚至接受不对等的身份关系和言语侮辱。她又何尝想不到，诸如何以修这种只会献媚逢迎的人都能轻轻松松地压过他这种不善言辞的木头人，他变成了茫茫人世间的一粒沙子，没人再因为他成绩好、分数高而高看他一眼。

即便他曾经拥有锋芒，也不过是上学那几年而已。

社会的残酷将他的锋芒全部销毁了。他的光没有了。

夏初一头垂得越来越低。萧意映站在桌角为几个人布菜倒酒，许慕杨的冷嘲热讽还在继续。

“听说萧副总爱抢别人男朋友啊，这事儿怎么也干得出来，说出去多丢人？”

“小陆也是啊，那时候你还是咱班第一呢，谁能想到现在会站在我面前跟我喝酒？哈哈哈哈……”

“要我说你们两个真是登对啊，我和初一要好好恭喜你们。抢来的饭多好吃，真是要祝你们天长地久。”

“老何，今天这局跟你没关系，不过小陆既然是你手下，你也该多关心关心。怎么随便让他爬上了上司的床呢……”

许慕杨骂他们的话越来越难听，席间没有任何一个人说话。许慕杨将杯子里的伏特加全部倒在地上，让已经喝到头昏的陆斐然给他倒酒。

“小陆，我真是佩服你，放着初一这么好的女孩不要，你就是活该……”

话没说完，夏初一陡然将一杯柠檬水全部泼在许慕杨脸上。

室内立时安静至极。

许慕杨眉毛拧成八字，满脸不可思议地看着夏初一：Excuse me？！

夏初一错愕，刚才太冲动，没抑制住自己。她顿了顿，又拿起一杯柠檬水想泼给陆斐然，只是见他眼眶通红、眼神澄澈，实在不忍心，干脆泼了自己一脸。

暗暗给许慕杨一个“咱们扯平了”的眼神。

许慕杨缓缓站起身，表情已经无法用语言形容了。他看了看在座的几个人，又看向湿漉漉的夏初一，眼睛瞪得跟铜铃似的：你是在逗我？

夏初一吐出半片柠檬，拂去头发上的水珠对萧意映说道：“对不起，那些钱我们不存了。”

说完就拉着许慕杨走出包间，再也没有回头。

她的脚步从来没有这么稳健坚定，直到走出西餐厅呼吸都还是轻的，像没有发生任何事。

她原谅他了。

原谅他和萧意映走到一起，原谅他以任何理由与她分手。他可以通过自己的选择达成更高的成就，可以通过这样的手段重拾光芒，可以站稳位置，获取成功……都可以，只是这些再也和她没有关系。

睡梦中的公主睁开了眼睛。

没有王子，她也可以拥有别的人生。

玻璃晴朗，橘子辉煌

出了西餐厅没走几步，许慕杨甩开夏初一的手折了回去。

夏初一在原地等着，见他没走多远就碰上追出来的陆斐然。路灯下，她看见陆斐然将黑金卡还给许慕杨，这才意识到刚刚走得太急，忘记拿钱了。

她实在太对不起许慕杨了。

夜里的风撞在她身上，带去沾在脸上的水，皮肤瞬间皱巴巴的。她下意识躲在暗处，将自己藏在路灯照不到的地方。她想今日之后她也许再也不会见到陆斐然了，留给他的最后一面实在不应该这么狼狈。

许慕杨不知道在和陆斐然说什么，两人站在路灯下，一个长身玉立，一个玩世不恭，十足吸引路人的目光。

等了好一会儿，许慕杨才走过来，脸上没有任何表情。

夏初一瞥见陆斐然折回西餐厅的背影，走得又快又急，像在与她决绝地道别。她定了定神儿，才发现自己全身像通了电似的刺痛发麻。

“走吧，大小姐。”许慕杨插兜，似乎不准备与她计较刚才的事，“就坐夜里回淮城的火车吧，明早我还有事。”

夏初一吸了吸鼻子，弱弱地开腔：“你不怪我吧？”

许慕杨长叹一声，既温柔又怜悯地看着她。

“傻瓜。”

宠溺的语气让夏初一呼吸都停了，有一瞬间她以为许慕杨要跟自己说什么情话，又觉得不可能。她只是对这种眼神和关爱似曾相识，像高中时陆斐然起身回答问题总是低头含笑看着她，一脸宠溺，眼里有光。

一辆卡车鸣笛路过，拉回夏初一的意识。许慕杨插着兜看她，果然说出了击中她耳朵的下一句话。

“我怎么会跟二百五一般见识。”

坐了一夜软卧回程，其间许慕杨没有和夏初一过多地接触，似乎真的有很多事情急需处理。夏初一靠着窗子半坐着，破天荒回忆起第一次和许慕杨说话的情景。

高二文理科分班之后许慕杨就被安排坐在了夏初一左前方，靠着墙角，话也不多——之所以不多，是因为天天低头看小说。

那时候学校旁边的书屋出租各种言情小说、武侠小说、玄幻小说，深受许慕杨这类学生的喜爱。刚开学的头一个月，夏初一天天看着许慕杨低头看各种武林大侠江湖绝学，连课都不听，着实替他担心。

当时她还不知道许慕杨的身份，只是觉得作为同学有义务劝劝他，劝他不要浪费父母的钱来学校读小说，不好好上课。虽然他们成绩差不多，但是她态度端正啊。

结果劝了好几次，都换来许慕杨的白眼。

夏初一痛心疾首。

再后来，她问他在哪里租书，怎么计费。许慕杨倒很高兴她会问这种问题，本着分享快乐的法则告诉她，在学校后面的书屋租书，一天一块钱。

夏初一已经放弃规劝他了，但是替他心疼钱，索性建议道：隔学校一条街的书屋租书便宜一点，如果他真的想看小说就去那个书屋吧。好歹还能替父母省点钱不是。

兴许是夏初一那天的表情实在太纯真，许慕杨没有给她白眼。

只见他嘿嘿一笑，算是谢她，然后说道：那个书屋的书我全都看完了。

全都……看完了……

后来夏初一非常识时务地闭嘴，只是偷偷给温墨耕写了一封举报信，把许慕杨的劣迹都写了上去。一天后许慕杨被“抄家”，书桌上再也没有一本武侠小说。

她记得那天阳光特别好，坐在她前面的许慕杨哭得稀里哗啦，后背因抽泣不停地抖动。因为借的书都被抄了，他要赔偿书屋老板一大笔钱。

夏初一觉得对不起他，请他吃了一个月的午饭，这才弥补回来对他的亏欠。

再后来两人成了好朋友，夏初一笑话他那天哭得那么凶，真是丢脸。

结果换许慕杨哈哈大笑，骂夏初一又笨又蠢。

因为夏初一给温墨耕的举报信上写着学校附近的书屋乱收费，蛊惑学生，把许慕杨迷得五迷三道不好好上课，希望老师管一管。

温墨耕收到举报信后大为感动，连夜去书屋核实情况，发现他们竟然售卖盗版书，于是第二天专门找许慕杨了解情况，将他租来的书当证据提交给文化局。后来书屋倒闭，许慕杨立了“大功”，文化局还专门奖了许慕杨一笔钱。

他那天根本不是哭，而是笑出了眼泪。

夏初一气得鼻子都歪了。

说起师生情谊，她和温墨耕真的没有一点缘分。

回到淮城后夏初一接到的第一个电话竟然是牧晨的，电话里牧晨的声音高傲严厉，没给夏初一半分面子。

“饭庄业绩下滑，你身为秘书，工作没做好，工资降级。以后的会议必须参加，我不能处处照顾你一个人。”

清晨的风灌进耳朵里呼呼作响，夏初一听得心尖一跳，预感到牧晨正在变本加厉对付自己，只在电话里淡淡说了一声好。

本来是处处刁难，在她嘴里却变成了处处照顾，要自己对她感恩戴德。夏初一眉心拧了拧，紧跟许慕杨的脚步奔向公司。好在牧晨给她打了电话，她终于明白许慕杨为什么这么着急了，原来是饭庄出了事。

牧晨早已组织好部门会议，就等着许慕杨和夏初一。甫一进门，牧晨冷艳宛如黑天鹅一样的妆容当即吓了夏初一一跳。

牧晨代替杨瑞和听取各部门汇报情况，连许慕杨都坐在牧晨下首的位置。昔日名不见经传的行政助理一跃成为炙手可热的人物，真是出尽风头。夏初一歪着头看着牧晨，想起她说的那句“给脸不要脸”，微微一笑。

温凉坐在夏初一身边，一副可怜兮兮的样子，不停和夏初一吐槽牧晨的各种变态行为。说如今整个行政部已成为牧晨自己的“狗腿部”，凡事必须对她恭顺孝敬，看她脸色。同事们战战兢兢，牧晨动辄把人骂得狗血淋头，昨天还当着全公司的面将刘蒙的资料从办公室甩出去。

温凉似乎有一肚子委屈，抱怨杨瑞和识人不清，竟然着了牧晨这个小人的道儿。

夏初一想起上次杨瑞和对自己冷淡的态度，偷偷嘱咐温凉，千万不要让这些话钻进牧晨的耳朵。

上午的会议氛围很是凝重，主要是因为近期有家饭庄平地拔起，不仅模仿江南饭庄的风格，还利用营销优势将自己的服务宣传的比江南饭庄好一百倍。饭菜可口，人流量暴增，一时夺走大批顾客。

牧晨看起来很是着急，希望各部门尽快采取行动。夏初一看牧晨脸色确实不太好，即便隔着厚厚的粉底，依然看得到隐在她眉眼之下的焦虑。

温凉暗暗发笑，贴近夏初一："新开的饭庄业绩还没上去，眼下江南饭庄又出了事，牧晨位子坐不稳，当然着急。"

夏初一有些奇怪："按说这些和她没有直接联系。"

"怎么会，想想你做董事长秘书的时候干得多好。"温凉一副恨铁不成钢的表情，"杨总现在出去谈业务都是带着苏港那边的秘书，根本不带牧晨。靠几句小报告拴住杨总的心根本不是长久之计，牧晨也需要业绩啊。现在江南饭庄出了事，杨总下了命令，说必须挽回败局，牧晨能不急嘛。"

仅仅几天没上班竟然错过那么多重要消息，夏初一晃了晃脑袋，有些与世隔绝的错觉。

温凉心疼地看她："忙着和男朋友分手，不怪你。"

夏初一狂咳了几声，许慕杨一杯温水适时递了过来。

他没看她，眼光拢在营销主管身上。

"得意饭庄大肆宣传他们的服务，我们就不能再宣传这个。"

营销主管扶了扶眼镜，有些为难："可是现在顾客都青睐一流的服务，这也是得意饭庄的主营销点，我们想超过这点很难。"

"你去餐厅吃饭是为了服务去的吗？当然是为了好吃的菜去的。"许慕杨半眯着眼睛，轮廓锋利，"既然他们主打服务，那我们就主打菜品。"

夏初一点了点头，她刚刚也想到这一点，如果想战胜得意饭庄，他们就要开发新菜来挽回顾客。

牧晨出声："降低菜价也可以，不是吗？"

夏初一笑笑："那是得意饭庄的策略，我们不应该变成价格战，否则就是两败俱伤的局面。"

许慕杨直直盯着牧晨，目光中寒意剧增，让她一惊。

嘟嘟的手机震动声让许慕杨起身向外走，出门前看向夏初一。

"你全权代表我，继续开会。"

夏初一笑眯眯地应下。

牧晨脊背绷紧，挺直，不屑地扫向夏初一："你有什么高见？"

"江南饭庄的财务报表直线下滑，顾客流水大不如前，短短几天就变成这样和得意饭庄的营销不无关系。他们既然做了详尽的计划来对付我们，我们就反其道而行之。"夏初一看着饭庄经理道，"我们不打价格战，但是要改变价格策略。结账时告诉顾客，如果他们充值此次消费金额的四倍，那这次消费就可以免单。"

一次性白吃白喝，对很多顾客来说确实有很大的诱惑力。

饭庄经理赞叹一声："好主意。二百元的饭菜就是充值八百元，免单相当于打八折而已。"

夏初一点头，继续道："服务也提上去，至少不能比得意饭庄差。但是我们不主打这一点，只是给顾客营造更好的环境而已。"

牧晨露出一丝欣喜的神色，鼓励夏初一继续说。

"峰终定律强调高峰和结束时的体验会给顾客更深的印象，终值设计得好会让体验大幅提升，比如宜家购物后的一元冰激凌，星巴克店员的注视和真诚的微笑，都在结束时给顾客愉悦的感觉。我们要想和得意饭庄竞争，可以在顾客用餐后给予红包或者口香糖等，提升顾客对我们的满意度。"

"红包库房里就有，可以每个里面装些优惠券。"牧晨随即吩咐下去，盯着夏初一，“还有呢？你继续。”

夏初一心领神会，看向营销主管：“饭庄只是基础，如果想超越得意饭庄，我们需要打营销战。”

牧晨赶在营销主管之前出口：“怎么打？”

玻璃晴朗，将天蓝色映入室内。夏初一眉心舒展，目光与牧晨在半空相撞，笃定而骄傲：“我要亲自和杨瑞和杨总说。你定个时间让我们见一面吧。”

出其不意的一场咨询

从会议室出来，温凉笑得眼睛都睁不开了，张开手掌直接挥向夏初一：“Give me five！”

夏初一微笑着与她击掌，声音爽澈：“放心吧，我会好好和杨总提建议的。”

温凉瞅了瞅周围的人，小声问道：“许总是故意出去的吗？”

夏初一点点头：“我给他发了个短信，让他把后面的事情交给我。”

温凉再次放声大笑，佩服夏初一，赶紧给她煮了壶咖啡。咖啡机咕嘟咕嘟响时，温凉不忘夸赞许慕杨，言语间羡慕他竟然对她那么信任和顺从。夏初一确实心存感激，想起Simon说许慕杨在国外做了个营销公司，对营销本质认得很清楚，这也是她笃定营销战打得赢的原因。有国外的经验助力，他会比自己做得更好。

两人正笑闹着，牧晨冷冷地站在办公室门前，沉声喊温凉：“饭庄资料整理好没？你过来一下。”

温凉悻悻将咖啡杯放下，临别给了夏初一一个可怜的眼神。

夏初一叹气，不舍地目送她，暗暗思索下一步营销计划。咖啡的香气萦绕齿间，她刚喝了一口，门口忽然投进来一抹暗影。

稀里哗啦地，吓得她将咖啡全部吐了出来。

许慕杨带着一个人信步向她走来，只见那人微微有些驼背，头发银白，隔着眼镜片的一双眼睛却谦和儒雅，整个人自带温润的气质。

如今再见高中老师温墨耕，夏初一还是本能的有些紧张，即便他一点都不吓人。

夏初一奇怪许慕杨怎么会和温墨耕在一起。许慕杨将夏初一和温墨耕带进自己的办公室，给他们一一上了热茶才幽幽道："我请老师来参观参观公司。"

温墨耕笑呵呵地点头，神态和教高中时一模一样。

参观也不该把老师往公司里带啊，去江南饭庄不是更好？难道……夏初一不可思议地将许慕杨浑身打量一遍，难道是请高中老师过来当面炫富？太变态了吧……

夏初一还没想明白，忽然看见许慕杨贴着温墨耕耳朵说了几句。声音虽不大，却还是被夏初一听走几个字。

"务必把昨晚你和我说的那些话说出来。"

温墨耕给了他一个意味深长的、保证完成任务的眼神。

夏初一眨了眨眼，昨晚火车上许慕杨一直说忙，不停地打电话按手机，到底是因为饭庄出了事才那么焦急还是只是为了联系温墨耕？她挠了挠头，不知道许慕杨到底在打什么主意。

似乎看出夏初一正在腹诽自己，许慕杨直接丢给她一个白眼。

"你招待招待老师，我去营销部一趟。"

许慕杨径自离开。夏初一张了张嘴，还没出声，隔壁牧晨大骂温凉的声音就先传了进来。

"长能耐了！有本事了？！拿这种垃圾表格来糊弄我！"

平地起雷，两人都吓了一跳。夏初一起身将办公室门关紧，讪讪回到座位上。与温墨耕面对面坐着，一时很是尴尬，她捏着自己的衣角努力想找个话题。

“初一，听说你失恋了？”

温墨耕率先开口，只是听着怎么都有些在他意料之中的样子，问得那么平静。

“嗯……”她点头，暗想肯定是许慕杨出卖了自己，难怪不敢在办公室多待。

温墨耕呵呵一笑：“也不容易，和陆斐然认识有七八年了吧？”

夏初一还没说话，隔壁破口大骂的声音就又幽幽飘了进来。看来玻璃门一点都不隔音，牧晨尖厉跋扈的嗓音吼得整个办公室都是一震。

“这么简单的事情都做不好，你到底有没有带脑子来？你核对数据了吗？做的什么玩意儿！”

夏初一连忙笑笑，企图掩盖隔壁的骂声。温老师第一次来公司，总不好让他听见这么不入耳的刻薄。

温墨耕扶了扶老旧的眼镜框，看着夏初一：“失恋很正常，我现在在学校里做心理咨询师，一星期能接待十多个失恋的孩子。”

“啊？这么多？”

温墨耕点头：“高中学习压力大，学生们被禁锢在一个封闭环境里，很容易将多余的情感寄托在异性身上。”

夏初一探头问：“那老师是怎么安抚那些失恋学生的呢？”

隔壁声音再次漫入。

“不想干就滚！温凉，你真是什么能力都没有，简直让人笑话。”

夏初一叹了口气，就因为温凉和自己走得近，牧晨就那么容不下她。现在即便看不见牧晨的脸，也能感受到她涂着红唇恶狠狠的样子，黑色眼影极深极浓，龇着牙将一沓资料摔得啪啪作响。

温墨耕见夏初一情绪不高，依旧笑着，比以往更加温和。他喝了口刚泡的君山银针，茶汤氤氲在眉眼之间，连头上的白头发都柔顺很多。

“我现在退休了，只能做些心理咨询的工作。心理学上有个老头说了一套理论，我很喜欢。”

夏初一知道温墨耕做惯了班主任，爱对人做思想工作，只是没想到随口问了一句竟然刺激到他了，增加了他说话的欲望。办公室里只有他们两个人，夏初一期待许慕杨赶紧回来，敷衍着回道：“没接触过心理学呢。”

“那不怕，老师给你讲讲。”

夏初一心里咯噔一声：“哈哈哈……那好吧。”

温墨耕长呼了口气，为下面的发言做准备。

“虽然弗洛伊德最早提出精神分析的概念，但实际上心理学不仅仅有精神分析理论，还有额外两个体系支撑。精神分析学派、行为主义和人本主义这三大流派分别对应潜意识、行为和自我完善三个层面的治疗，马斯洛的理论属于人本主义心理学。”

夏初一听得脑子嗡嗡响，这比牧晨的骂声还让她头疼。

隔壁桌子拍得砰砰响，温墨耕顿了顿，向夏初一笑道：“马斯洛是美国著名的心理学家，他提出了需求层次理论。需求层次像金字塔一样，从下到上依次是生理需要、安全需要、爱与归属的需要、尊重的需要、自我实现的需要……”

还没说完，再次被凶悍的骂声打断。牧晨兜头骂人的声调奇高，声音奇大。

“不想干就辞职！温凉，我已经很给你面子了，你怎么还有脸继续待在这儿？！”

温凉的哭声已经穿透墙壁到达耳边。夏初一紧紧攥着拳头，期待温墨耕赶紧走，她好去和牧晨理论理论。

“只有！”温墨耕嘘出一口气，看得出他在极力地克制和忍耐，脸上挂着笑容继续说道，“只有当人的低层次需要被满足之后，才会有寻求实现更高层次的需要。”

夏初一抬了抬头，有点醒悟地看着他：“失恋属于爱与归属这个需要层次吧？”

“对！”温墨耕的眼睛里释放出希望之光，“生理需要就是吃喝拉撒睡，满足了生理需要，人才会渴求生活稳定有保障。安全需要满足了，人才会继续渴求爱和被爱，有归属感，等等。”

夏初一乐了，所谓饱暖思淫欲，还真是和这个理论一样。只有吃饱穿暖了才会想谈恋爱啊。

她对心理学来了兴趣：“马斯洛的理论还说什么了？”

“人的终极追求是自我实现的需要。马斯洛的人本主义心理学让人重新找回自我价值，实现完美人格。弗洛伊德为我们提供了心理学病态的一半，而马斯洛则将健康的那一半补充完整。”温墨耕喝了口茶，叹道，“初一啊，你应该接受心理学，接受自己。”

夏初一若有所思地点头：“我知道了老师，爱和归属的需要只是我人生中途的一站，我不应该只盯着眼前的痛苦。”

“初一啊，你很好……”

隔壁牧晨的声音适时地传进来：“夏初一也帮不了你！她自身难保！”

温墨耕吸了口气，三番五次被打断让他实在笑不出来，只是努力做情绪管理。

夏初一倒全然不在意牧晨的讽刺，嘿嘿笑：“老师，你继续说。”

温墨耕看她的眼睛澄澈、姿态认真，笃定她听懂了自己的话，一时颇有成就感。说了那么多，许慕杨留下的任务马上就能完成，有了前面的铺垫，他现在终于可以骄傲地以心理咨询师的姿态告诉她建议和结论。

“我……”

“我还不是为你好！改不完方案别下班！不然立刻给我滚蛋！”

“我看你的……”

“你的方案完全不行！垃圾！”砰砰砰！

牧晨骂人敲桌子的声音直接截断了温墨耕的话。温墨耕蹭地站起身，脸上再没了半分笑意，怒气冲冲地冲出办公室，推开隔壁房间的门。

“你这个女人是哪个学校毕业的？这么没有素质怎么还能当得上领导？欺上瞒下、耀武扬威，我要告诉你们老板，你有严重的心理疾病，根本不适合在公司上班！”

温润平和的气质荡然无存，忍无可忍的温墨耕气得白头发直直竖起，对着牧晨扬声大骂。

飓风的甜蜜，海洋的思念

温墨耕走了之后，整个公司的人都在传牧晨有心理疾病。

夏初一一边给温凉递纸巾一边哭笑不得，她从没见过温墨耕发脾气，今天算是长见识了。温凉大哭一场，现在也乐得咧开嘴笑，想起温墨耕临走时对牧晨说的话："你这个女人很焦虑，我要给你做场心理咨询，你务必来找我。"

全公司都在幸灾乐祸，只是许慕杨脸色不太好，站在办公室看着夏初一一副无所谓、像逃过一劫似的样子，重重叹了口气。

原本是想请温墨耕来给她疏导疏导感情上的事，没想到竟被牧晨横插一脚，计划完全被打乱。

夏初一自然庆幸没被温墨耕唠叨，想当初他那么看重陆斐然，她和陆斐然在一起的时候无异于把他的得意门生给掳走，估计当时就心疼坏了。今天见到他，本想讨好讨好他，多听他讲一些心理学的事，谁知连这个缘分都没有。

温墨耕气呼呼地走了，连道别的话都没来得及说。夏初一将座位上的资料整理干净，有些愣神。刚刚见到温墨耕，记忆被拉扯，让她再次怀念起高中时的情景。

高三那年初春，夏初一已经暗暗喜欢陆斐然，只是这种遥不可及的喜欢跟众多喜欢他的女孩子没什么两样，根本引不起他的注意。好在当时她得了近水楼台的便宜，坐前后桌可以经常看到他，能和他说说话就已经很知足了。

后来她开始不停地从家里带好吃的给他，妈妈刚买了什么零食她都揣兜里，跑到学校笑哈哈地分给他吃；爸爸买了贵的水果她也不舍得吃，偷偷装起来带到学校放到他书桌上。后来她偷装了一盘刚刚做好的可乐鸡翅，被妈妈发现，妈妈实在忍不住笑话她："天天把家里吃的拿给臭小子，好歹给你爸爸留一只。"

其实那时候，妈妈就知道她那么喜欢陆斐然了。

然而陆斐然什么都不知道。她总觉得陆斐然不会喜欢她，毕竟全校那么多女生排着队等他喜欢，怎么都不会轮到她。她的那点思念敏感又克制，自卑起来连自己都不喜欢自己，更何况别人。她本不抱任何期待，直到情人节那天发生了一件事。

虽然情人节跟学生没什么关系，但是学校里面偷偷期待这一天的同学还是很多的。可以借节日的名义给喜欢的人送礼物、送情书，还能顺其自然地表白，想想都兴奋。然而道高一尺魔高一丈，学校早就为这天做好了准备，一星期前就发布通知：14号全校模拟考，成绩下滑的学生喊家长。

如果不好好学习的话，教训极其惨重。通知一发布夏初一就惴惴不安，因为上次考试她超常发挥进了前十，这次无论如何也保不住这个排名。

进前十还是因为陆斐然给她补习过，可过了个寒假，她又把那些概念函数全都忘了。

她唉声叹气了一个多星期，最终迎来了那个极其惨烈的情人节。

那天理综出的题特别难，她把头发都挠稀了也没做出来后面的综合题。太难了，她欲哭无泪。

还有前面那些密密麻麻的选择题，多选单选全上，她大部分都是蒙的，也不知道能对几个。后来索性在课桌上收集掉落的头发，给这些因为自己无能而掉落的发丝做虔诚的超度。

起初还能小心翼翼地将它们扫到地上，后来又气得一根根将它们全部扯断。

她暗恨那些出题的老师简直就是跟她过不去，出容易的题她还有可能突围，那么难的题连陆斐然都不一定会吧？！

刚这么想，后面突然传过来一个白纸团，夏初一脊背绷紧，预感到是陆斐然丢给她的。

她趁老师不注意，赶紧弯腰把纸团捡起来，上面是所有选择题的答案和后面三道综合题的解法！

她深呼一口气，眼睛里冒着星星，像天外陨石砸在了自己的头上，手抖得厉害。就是那么一击即中，想要什么就来什么，比中了五百万还让她喜出望外。钱算什么，纸团里的字简直是救她的命！她得救了！

只是刚高兴没三分钟，她核对选择题答案时发现——陆斐然少写了一道题。

但是根本不知道是哪道题的答案没写上去，是第一道还是最后一道，或者是中间哪一道？在不知道漏掉哪一题的情况下，她手里的答案相当于没了顺序，全部作废。

她扭头对着陆斐然挤眉弄眼：“少一道题！少一道！”

陆斐然愣在座位上，脸颊一红。担心她没时间抄，没想到自己写得太快竟然漏掉一道……

正想着怎么核对答案，监考老师似乎发现两人的端倪，狐疑地站在他们面前不再走动。夏初一悲痛欲绝，刚刚冲上云霄的名次眼看又要跌落谷底，什么陨石星星瞬间碎成一地鸡毛。她握着那个纸团捏了又捏，想着用什么办法能让监考老师离开自己，是大声揩鼻涕比较好，还是直接吐他一身，在混乱中趁机向陆斐然问出答案。

前途凶险，她正要鼓起勇气实施计划，谁知陆斐然忽然起身将试卷交到讲台，阔步出了教室。

昂首挺胸，潇洒极了，夏初一都惊呆了。

就这么……丢下了她……

唇角不自觉上扬……内心犹如万马奔腾……超想对他进行一顿暴揍……

绝望的夏初一磨磨蹭蹭地把后面的综合题解答完，重新审视那些选择题。多选题很多，她写的答案和陆斐然的答案几乎都不一样，想考证答案的顺序根本无从下手。她脑海里已经出现爸爸夏平进办公室的场景了，想着回头免不了被爸爸骂。而且上次刚刚考了好成绩，妈妈那么高兴，如今要是知道自己成绩下滑那么多，该有多伤心……

她揉着眼睛沮丧的要死，忽然听见广播里传来一道清冽的声音。

“理综第二题选C。”

是陆斐然的声音！

夏初一连忙坐直身子，心口提着一口气。她偷偷看他给的答案，原来漏掉了第二道题，后面的顺序全对上了！

生怕夏初一没听见似的，陆斐然在广播里重复：“理综第二题选C。”

广播面向所有教学楼，陆斐然这么一喊，高三年级学生全都兴奋了，一下子都知道了理综第二题的答案。监考老师探头看向窗外，不知道怎么会有公布答案的声音，学生们却一个比一个兴奋，脸上带着春风一般的笑意，该涂抹的涂抹，该改答案的改答案，炸开了锅。

就在大家翻的卷子哗哗响的时候，广播里紧接着又说了一句：“节日快乐。”

声音温柔又清澈，深情又赤诚。公然对抗学校的权威，喊出了所有学生的心声，这下全年级都兴奋了！考着试都忍不住拍掌叫好。

学校保安吹哨加速赶往广播室，只是到那儿的时候室内空空，早已没人。

教室内的学生交头接耳，互相祝福，因为广播里的一句话而咧嘴大笑，连考试都变得没那么可怕和重要。

夏初一指尖颤抖地填完所有的答案，心里反复回忆着那两句话：理综第二题选C，节日快乐。

陆斐然肯定是和她说的那句话，他祝她情人节快乐。

那一刻夏初一眼睛红得像只兔子，她终于知道在他心中她和别人不一样。她交上试卷，对着监考老师哈哈大笑，监考老师迷惘地看着她，看着笑容在她唇角、眼睛和耳根处绽放，像范进中举似的要打两巴掌才能清醒。

陆斐然本身就是学校广播员，对广播室熟门熟路，了如指掌。大家都在考试的时候他私自进入广播室传出答案挽救了她，那次考试夏初一的理综成绩出奇得好。

幸亏不是什么大考，只是学校组织的一次摸底考试，也幸亏陆斐然成绩一向优秀，学校知道这件事后也没对他做什么处分，仅仅让他写了个检查而已。只是这件事过去了那么多年，夏初一还念念不忘，每每想起来心里都涌起一股甜蜜。

温墨耕来了又走，扯痛了夏初一的神经，让她对陆斐然万分想念。以至于回忆完这件事情的时候，夏初一不知道自己怎么出现在了建商银行的门口。

抑制不住地飞了过来。

夏初一以为分手之后她再也不会利用潜意识飞到这里，没想到如今整个人已经从公司瞬间移动到了这儿。

傍晚的建商银行大门紧闭，夏初一什么都没看到。

汉州的风轻轻的，没了分手那天的闷燥。她慢慢地走向陆斐然居住的小区，心里期待与他不期然地相逢，又害怕真的见到他不知该说些什么。她原本想立刻回到淮城，但是脚下跟不受控制似的，一步步离他居住的小区越来越近。

她在小区门口看见萧意映拎着水果上楼的背影，心口嘶的一疼。

她知道自己不该来的。只是念起高三情人节那天阳光极好，她在自己的青春时期遇到了最好的陆斐然，并且清楚地知道此后数十年，她不会再遇到更好的人了。

紧攥的指尖一点点无力地松开，她知道自己不该抱有再见陆斐然的幻想。转身寻了个僻静的角落，决心与这里长别，她在微薄的夜色里缓缓闭上了眼睛。

淮城夜里下雨了。

夏初一睁开眼睛时发现自己站在公司外面，肩膀已经被打湿。天气预报说明天才有雨，她还没来得及为这场雨做任何准备，浓黑的雨夜像墨水瓶一样将她裹在里面。她不知道自己应该去哪儿，回公司或者回家对她来说没什么区别。

刚要迈步，忽然看见一个人缓缓从公司门口出来。灯光落在他周身，映得他身姿磊落，肃肃清举。只是远远瞧着眼眶很红，浓郁的长睫也没遮掩住他隐在眼眶中的泪星。

她张了张嘴，想喊他的名字，只是下一秒便见他迅速向她奔来，狠狠地抱住了她。

雨丝如帘，紧紧将他们包围。雨线扑簌簌地打在他的肩膀上，墨水瓶一样的夜困住了他们两个，得以让他们变得亲密而坚定。夏初一感受到他胸膛里的热流，轻轻问："陆斐然，你……怎么来了……"

她还没说完，唇就完全被他的薄唇覆盖。清凉的气息沾在鼻尖，一寸寸侵入肌肤，使她轻轻颤抖。陆斐然的吻炙烈缠绵，似乎这一刻等了很久很久。他用手掌托住她的脑袋，彻底含住她的舌头，侵略性地探求，又在无边无际的温柔里缱绻缠绕，夺走了她的呼吸，压住了她所有欲说未说的话。

必须回答的问题

夏初一将陆斐然带到自己家里，默默地给他烧水洗澡。她算了算时间，自己在陆斐然小区见到萧意映时想必他已经乘车到她公司了，她情不自禁地瞬移到汉州，而他却已身在淮城，两人像足了欧·亨利笔下的主角，经历着到处都留有悬念的生活。

很多问题卡在嗓子里，但她没有问出任何一个。她太了解陆斐然，知道即使问了他也什么都不会说。

刚刚淋过雨，她拿毛巾擦干头发，跑到厨房煮了一锅姜茶。陆斐然洗澡出来，浑身带着清爽的皂香气。他从行李箱中拿出一套质地柔软的白衬衫和棉质短裤，穿上仍显得松垮垮的，这才让她注意到他似乎又瘦了许多。

她递给他热气腾腾的姜茶，猜出七八分，幽幽道："你和萧意映吵架了？"

陆斐然垂着长睫，眼眸中的痛苦一闪而过。

他接过姜茶浅浅抿了一口，暗哑的声音这才从喉咙中滚出来。

"前几次你跟踪我到我小区，我都知道。萧意映也知道。她故意在关门后笑得很大声，其实是为了让你死心。"

夏初一有一瞬失神，想起自己在提分手之前不断在小区看见他和萧意映一起上楼的情形，没想到都是他们演给她看的。

她悻悻地笑："你们做得很好啊，我确实死心了。"

陆斐然头垂得更低："对不起。"

夏初一从没见他这样难过，像要哭出来，眼眶里始终存着浅浅的液体。

她一时不知道说什么。外面的雨还在下，这一会儿连猫叫都停了，屋子里更是寂静，彼此的呼吸都听得到。

"你这次来淮城是做什么？"她收拾桌上的碗碟，打破令人尴尬的沉默。

"许慕杨存在建商银行的三百万全部取出，我给他送过来。"陆斐然看着她忙碌的背影顿了顿，又十分认真地说，"我请了几天假，过来陪你。"

翌日淮城天阴得厉害，晴空时花草树木都带着金灿灿的光，等阴天了连树叶的颜色都变成了浓郁的绿。空气没了阳光的照耀，安分许多，静河流深，鸟儿在安静的城市中清脆地啼鸣。

夏初一一夜都没睡好，早晨出门时看见陆斐然在沙发上躺得也不安稳，猜测他也刚睡着不久。她悄悄出了门，实在不知道怎么面对现在的他。

营销方案她想了个大概的轮廓，到公司后马不停蹄地和营销主管对接，紧接着跑到办公室做了一份详细的方案。许慕杨适时地给她一些额外的维度思考，从公司的信誉形象到资产份额，再到评估预期都做了分析和详解，夏初一发现自己与他有很多商业上的默契，做起方案来如有神助。

一直忙到下午一点多，方案终于完成，夏初一伸了个懒腰。她看了看时间，准备下午就和杨瑞和汇报，没问题的话营销计划即刻就能实施。

许慕杨端来咖啡放在她桌角："下午放你假。"

夏初一微怔："为什么？"

"我爸今天有事，明天你再和他面谈。"许慕杨避重就轻，目光逡巡在她身上，"陆斐然等你一个多小时了，你快走吧。"

夏初一下意识看了看窗外，眉头皱紧，完全没想到有一天陆斐然还能在公司外面等自己下班。

陆斐然拿着一把雨伞斜倚在门廊，头发微竖，轮廓清晰，少年气爆棚，像回到八年前一样。

夏初一靠近他，声音又弱又轻："钱都给许慕杨了？"

陆斐然转头看她，眼瞳如墨，目光澄澈，白皙的皮肤在阴天时更显一分清瘦。

他点点头，带着她回家。天虽然阴着却没落雨，他一直抱着那把伞走在夏初一左边。白色板鞋踏过一个又一个坑洼，汽车一辆接着一辆从他身边疾驰而过，他始终安静地贴着她往前走。

夏初一这时只想到一些过时的句子，譬如夏天的棉袄晴天的伞，没需要的时候再送，怎么都是为时已晚。

住处离公司并不远，他们回到家时饭菜温在锅里，还留着香味。陆斐然跑进厨房，依次将饭菜盛出来，最后端着一碗她爱喝的玉米羹汤。

夏初一笑笑，破天荒说了句"谢谢"。

陆斐然怔了几秒钟才缓缓坐在她对面，一边给她夹菜一边问："下午想做些什么？"

夏初一本没打算请假，只是拗不过许慕杨，揉了揉太阳穴："要不送你走吧？"

"咳咳咳……"

陆斐然差点儿没把饭咳出来。

夏初一赶紧给他递纸巾："你工作那么忙，不得赶紧回去吗？"

陆斐然低着头喘了好一会儿，终于平复呼吸，抬头看她："下午一起骑车吧。"

"啊？"

"你写的一百件小事还有很多没做完，比如一起骑车，一起逛超市，一起放风筝……"

他顿了顿，似乎在极力隐忍。夏初一带着困惑和疑虑问他："你到底要在这儿待几天？"

陆斐然面色黯淡，支吾着说："三天吧。"

夏初一皱着眉放下筷子，将嘴里的饭加快速度咀嚼吞咽，呼出一口气。

"好。我就帮你三天。"

无论他有什么隐情，她都决定忘记前嫌，专心帮他。窗外，天还是阴着，可心情终归不再那么阴郁，就算是帮助朋友，也要陪他度过开开心心的三天。

下午租了两辆单车，两个人从住处出发前往超市。马路上空气清新，花木茂盛，夏初一没有食言，全程都在努力微笑。

只是两辆车挨得并不近，夏初一刻意与他保持距离。完全没有当时列一百件小事时的甜蜜感，现在和他在一起怎么看怎么都有点像……偷情。

夏初一正在脑海里想着措辞，脸蓦地一红。忽然看到路边开着好看的蔷薇花，陆斐然同时看到，清浅一笑："路边的野花挺好看的。"

夏初一一个晃神儿，路边的野花？谁？谁是野花？

她还没想明白，只听扑通一声连人带车跌摔在地上。

石子磕到了膝盖，整辆车都压在她的身上，疼得她眼泪控制不住地涌出来。

陆斐然连忙扶起单车，打横将她抱起，一路跑到安全的路边坐下。夏初一脸上沾着泪，疼得腿不能抬，还没看清上面的伤口，陆斐然的一只手就覆上了她的眼睛。

声音清冽温柔："别看。"

夏初一嘴唇抿成一条线，乖顺地点了点头。

陆斐然皱眉看着她破了一大块皮的膝盖，血糊糊的，沾着尘土和碎屑。他单手从兜里拿了几片创可贴，薄唇靠近她膝盖轻轻吹了吹，这才将创可贴贴上去。

夏初一的眼睛被他修长的手指挡着，在黑暗中感受着膝盖上轻柔的碰触。她的心口跳成紧密的鼓点，咚咚地响个不停。

他放下手臂，长舒一口气。

眼前豁然明亮，夏初一眼角悬着泪，低头看他半蹲在地上眉头紧皱成一个川字，柔软的睫毛颤动不止。

她知道他很担心自己，连忙笑着安慰："不疼了。"

他扶着她起来，她立刻嘶了一声，根本站不直。陆斐然将单车停在路旁，随即背着她往回走。他的脊背变硬了，她不知道短短几天他怎么瘦了那么多。

天还阴着，风舒爽又清澈。陆斐然话很少，而她也像个小猫一样伏在他背上没有动静，似乎两个人各有心事。夏初一抬抬头，很想问他一个问题，可是她知道现在不能问。她在他后面看不见他的表情，而她的那个问题只要问出口，她务必要看着他的眼睛听他回答才行。

那是一个他不能说"不为什么"，务必要回答她的问题。

陆斐然背着夏初一走了几百米，她忽然指了指左前方建筑群中的一抹红色对他说道：“背我去那里吧。”

陆斐然仰头愣了愣，浅浅问：“教堂吗？”

夏初一下巴点了点他的肩膀：“上次去那里还是几年前找妈妈的时候，当时没好好参观，你再带我去一次吧。”

陆斐然拢着她腿弯的手紧了又紧，没有应声，步子却转向左前方。

教堂的塔尖很是高耸，在一众建筑里额外出众。看门的老大爷很友善，陆斐然进去后缓缓将夏初一放下来，单手支撑着她往前走。

只是刚走到花园前面，夏初一忽然看到一抹温和的背影，花白的头发像极了当初那位抱着小狗的老太太。她还没来得及细看，那抹身影就在拐角处消失不见了。

陆斐然还在安静地等待她，夏初一膝盖吃痛，无法去追，只能与他迈过花圃继续向前。

她最近总是精神恍惚，刚刚的情形应该是自己想多了。思绪正飘时，整座教堂已映入眼帘。

白色墙壁和朱红色瓦顶构建出西式教堂的全貌，窗户像植物的叶片，五彩玻璃镶嵌其中，带着华美与庄严的神秘感。

穹顶正中有三个大门，正门上方有圆形玻璃，绘着一层又一层蔷薇纹样。推开门时一排排椅子陈列在室，波斯风格的地毯踩上去几乎没有声音。夏初一细细抚摸着椅背，一瘸一拐地一直走到前排才停下来。

脑海里闪现新人结婚的样子，鲜花《圣经》在侧，说出“我愿意”三个字时才会那么掷地有声。

两人伫立在基督像前，明亮的蜡烛寂寂燃着，烟气直升上圆圆的屋顶。陆斐然看夏初一静默地站在那，不知在想些什么。

“小时候觉得人之初性本善，大了之后又觉得人之初性本恶。

人生来自私，即便帮助别人也是为了能让别人帮助自己。”夏初一惨淡地笑笑，眉眼之间没有一点往日的神采。她叹了口气，接着说道：“你看呀，小时候知道的很多道理，长大了就变得不一样了。以前固执地认为人生来善良，现在又固执地认为人生来和动物没什么区别，是后天的教育才让人类变成了一种文明的、善良的动物。”

陆斐然抿着唇静静地听她说。

“可即便人类这样复杂，在结婚的时候还能那么坦诚地宣誓，无论健康疾病，无论贫穷富贵，无论逆境顺境，都愿意不离不弃、永不分开。”

她没再往下说，嗓子酸酸的。明明人性本恶，可结婚的时候还能这样毫无保留地托付彼此，要有多爱才能做到。

然而陆斐然的下一句话将她认为的爱无形中放得更大。

“爱是顺其自然，超过爱自己去爱对方才是违背天性。如果有一天宣誓，我会多加几个字：我愿意比爱我自己更爱你。”

他说得含糊又深情，夏初一愣愣地看着他，不知道有一天他到底会对谁说这句话。那个“你”指的是谁，她还是萧意映？

“我有个问题问你，必须回答我。”

陆斐然直视她，没有想象中那么排斥和拒绝。

“好。”

教堂里耶稣像仿佛散发着圣光，夏初一知道这正是最好的时机，极认真地问：“你到底有没有和萧意映在一起？”

她看见他的眼睛澄澈如水，没有丝毫迟疑。

“没有。”

幸福都与你有关

低沉的阴云终于被一隙阳光撕裂，慢慢地，整个太阳便从云朵后面现身出来。烟云散去，留下午后碎金般的光晕铺在扶疏花木和鳞次栉比的屋脊之间。

问出久久困在心里的那个问题时，夏初一有一种久违的轻松。她见陆斐然神情安然，笃定他说的是真话，只是奇怪那些天她见到他频频与萧意映在一起到底是因为什么。

出租车司机将车停在小区门口，陆斐然见她还皱着眉，软软地加了一句："你别推开我，让我照顾你。"

出租车司机透过后视镜看了夏初一一眼，饶有趣味地看着他们这出苦情戏。

夏初一羞得脸通红，赶紧下了车。陆斐然还想背起她，被她拦住。

小区门口有水果店，陆斐然没急着回去，胳膊撑着她走到店门口，挑了一些水蜜桃、火龙果和草莓。他手指灵活地在水果里挑拣，之后又选了两兜樱桃和杨梅，这才掏出钱包结账。老板娘客气地找了钱，直夸夏初一有福气，没想到男朋友这么帅气体贴，让人羡慕。夏初一嘿嘿笑了两声，不好解释，只能应下。出了门，夏初一刚接过来陆斐然手中的水果袋子，没想到下一秒就被他一个弯身横抱起来。

周围一阵惊呼，夏初一还没来得及反应便陷在他温暖的怀里。陆斐然走得坦率而真诚，晚风噙在唇边，眼角眉梢都有浅浅的笑意流淌。

回过那么多次家，她第一次有这么幸福的感觉。被人呵护，被人宠爱，真真实实感受到恋人在身边的甜蜜感。

回家后陆斐然什么都不让夏初一做，只命令她安静地坐在沙发上，等他给她消毒。

他从抽屉里找了碘伏和透气纱布，揭开创可贴时依旧不让夏初一看。她只是觉得一阵钻心得疼，接着感受到膝盖处有棉签轻轻滚来滚去。他的手刚刚洗过，尾指拂去周围的尘土，清凉凉的，以至于疼痛感一点点减缓，换来消过毒后的舒适。

她看着他半蹲在地上给自己包扎，小心翼翼，生怕弄疼自己。连忙找话题，希望他不要那么紧张。

“晚上吃什么？”

他将纱布剪下来一块：“你想吃什么？”

“随便吃点吧，没有胃口。方便面可以吗？”

陆斐然抬头轻飘飘地看了她一眼：“排骨汤吧。”

“啊？”夏初一眉头一皱，两个选项简直是云泥之别，“很麻烦吧，要煮一个多小时呢。”

陆斐然将胶带粘在纱布上面，避免碰到她的伤口，所有动作都是轻了又轻。

“你总是照顾不好自己。”他叹口气，白净的脸上带着一分不爽快，“就算没胃口，也要吃饱吃好。我给你做些不甜不腻的菜，你多少吃一点。”

夏初一眼睛一瞪来了精神：“那我想吃蔬菜水晶冻，还有抹茶凉粉。”

陆斐然笑了笑，看着面前这个刚刚还说没胃口、现在却想办法吃这吃那的丫头幽幽道：“你会做这两样吗？”

夏初一不明所以地点了点头。

“那就好办了。”

陆斐然站起身，明朗地笑道：“你教我，看着我给你做。”

夏初一没想到自己是坐在厨房大理石台上教陆斐然做菜的。

他抱着她一路走到厨房，让她坐在离水龙头不远的地方看着自己洗菜择菜，还额外洗了两个西红柿给她吃。

大理石台光滑清凉，她跷着二郎腿十分惬意地观察他。嘴里也没客气，一边啃着红透带沙的西红柿一边吩咐：“西蓝花洗净焯水，然后放进肉汤里凝固成肉冻。白凉粉里加白糖，再添几勺抹茶粉进去，拌匀后再加凉水，继续搅拌成糊状……”

陆斐然慢条斯理地做好所有准备，又将排骨洗过后加葱、肉桂等放到汤锅里煨着，不久后厨房里便四处蔓延着温暖的香气。

夏初一见他做这些没有丝毫的慌乱，十分轻车熟路，一时想不起来他到底是什么时候学会做饭的。

“高中时你就会做饭了吗？”

陆斐然洗了两颗芋头，长睫半垂着：“初中时就会。”

夏初一很惊讶，她从不知道他这么早就会照顾自己了。

忽地想起一件事：“你爸爸妈妈在你上初中时就去世了，是初一还是初三？”她只知道他高一时转来淮城，却不知道他父母具体去世的时间。

陆斐然洗菜的手微微一停，侧脸轮廓浸在夕阳余晖中看不出原有的表情。

夏初一眯着眼睛，若有所思地点头：“初三对吧，所以你高一才转学投奔外婆。”

陆斐然转眸看她：“这么多年都没问过，怎么忽然提起来了？”

夏初一嘴里的西红柿还没完全咽下去，脸颊鼓鼓的，像嘴里塞满松子的松鼠。她揪了揪耳朵，之前没问过是害怕提起他的伤心事，刚才明明是他说初中就会做饭她才想起来算时间，按说父母在身边根本不需要自己学做饭才对。

陆斐然走近她，白净的一张脸离她越来越近。他身上有极好闻的清爽皂香味儿，撩得她鼻息发烫。夏初一后背僵直，下意识往后倚，在后脑勺马上就要磕到墙壁时一把被他拦住，整个人瞬间被圈在他的臂弯里。

他浅浅一笑：“油烟太大，我抱你出去。”

夏初一心口怦怦直跳，一条胳膊撑在水龙头旁边的管道上，企图避开他扑面而来的呼吸。她点点头，却在他将她抱起时紧张地忘记松手，管道发出啪嗒一声脆响。

夏初一吓得连忙转头，幸好管道没什么变化，下一秒视线就随着身体腾空而偏移到他深挚的眼睛，嘴唇紧紧贴在他的唇上。

浓烈贪婪地吮吸，反复地试探，嘴巴里残留着西红柿的甜味和他舌尖的薄荷味。汤锅里发出咕嘟咕嘟的声响，落日隐在窗外大片建筑群里偷偷看着他们，浓密的绿色，微醺的风，马路上黄色的洒水车和蔚蓝的天空交织出夏日黄昏的样子。他将她越抱越紧，唇舌相抵，浓密的长睫扑闪，轻挠着她的皮肤，白色T恤下有力的肌肉似要将她整个人包裹融化。

他迫不及待地想与她融为一体。

她紧紧环住他的腰，最终瘫在他的怀里，却没看见他眼角边的泪顺着鬓边滑落，带着隐忍难过的光泽。

晚饭时夏初一食不知味，嘴巴里还都是他舌尖的味道。柔软的、清凉的，又带着侵略性的吻让她脸颊通红，灯光下像两朵出岫的绯云。

陆斐然淡定地盛好排骨汤，又将做好的秋葵和虾仁菜心递到她身边。蔬菜水晶冻和抹茶凉粉虽然是他第一次做，品相却比餐厅里的还好看，夏初一嘻嘻笑了两声，十分给面子的一口气吃了大半。

“膝盖还疼吗？”

夏初一决定说实话：“是不是擦破了皮？总是钻心的疼。”

陆斐然一直没让她看伤口，确实磨破了一大块儿。摔得太狠，膝盖垫在石子上正好划去一层皮肉。他放下筷子，有些担心：“要不要去医院再看看？”

夏初一摇摇头：“没关系，我小时候跟皮猴似的常摔，待会吃些止痛药就行了。”

陆斐然抿着唇想了想：“睡前用冰敷一下也能止痛。”

夏初一眉梢一挑：“冰箱里有冰棍，不如我吃下去也能……”

她还没说完，整个房间忽然一片漆黑，黑到立刻看不见对面陆斐然的脸。她惊恐了几秒，喊道：“斐然？”

声音离自己很近：“我在。”

她这才放心，将碗碟往桌心推了推，老老实实坐着：“可能是灯丝烧坏了。”

陆斐然缓缓站起来：“你别动，我换个灯泡。”

夏初一乖顺地点点头：“新灯泡在纱布旁边的抽屉里。”

说话间陆斐然已经打开手机里面的手电筒，一束明亮的光先照在夏初一身上。她对他咧开嘴笑，带着几分侥幸的快乐。异地恋这几年都是她换灯泡，没想到今天竟然让他赶上一次。

陆斐然走到抽屉前找出新灯泡，剥开盒子将它拿出，刚想转身回来忽然听到厨房砰的一声巨响，两人皆是吓了一跳。

陆斐然疾步进入厨房，用手电筒扫了一圈，喊道：“管道漏水了。”

“啊？”夏初一皱眉，却没敢动，生怕腿脚不便再碰到碗碟盘子，只能喊话，“我下午碰过，是不是裂了？”

陆斐然见地上已经漏出一滩水，不知道管道裂了几个地方，担心漏水速度太快赶不及修。当下转身出来，找了两把椅子，道：“先换灯泡，之后再修管道。”

夏初一接过他的手机给他照着电灯的位置，心里默默叹气。房子有些老了，稍微不对付就像碰了多米诺骨牌，一个麻烦接着另一个麻烦。

站在椅子上正举着胳膊换灯泡的陆斐然轻声道：“以后再遇到这样的事情一定要告诉我，我联系好师傅来家里给你修。”

夏初一心头一暖，点了点头，又想起来他根本看不见这些动作。

坐在椅子上的夏初一抬着头看身姿修挺的陆斐然举着胳膊换灯泡的样子宛如独立的孤松，濯濯的春柳，带着温柔和细腻的模样，眉眼之间在仅有的一束光的照耀下朗如日月，清逸隽秀。她饶有趣味地打量，八年前的少年长成了如今的样子，倘若他的父母和外婆还在不知有多开心。他们将他养得这样好，连她都一并感激他们这么多年的培养和付出。

恍惚间陆斐然已经将新灯泡安装完，双脚落地时凑近夏初一：“灯丝常坏吗？”

夏初一不明所以：“上一个是灯丝烧坏了，我买的同一批灯泡，难道这个不是吗？”

陆斐然指指天花板上的电灯：“我没关掉开关，按说安装的时候屋子就该亮了。”

夏初一嘴巴一张：“灯泡没坏呀？”

“是不是家里没电费了？”

她心口咯噔一下，似被击中：“好……好像是……我好久没充电费了。”

陆斐然拍了拍手，淡淡一笑，也没多说什么，只是屈身坐下，然后将夏初一拉过来放到自己的腿上。

他搂着她，手指环在她的腹部，呼吸扑在她的耳边。

夏初一紧张的脸颊发红，连忙掏出手机，打开城市服务准备在线充电费。只是一顿操作下来，到充费时才发现自己余额不足，窘得脸颊更红。

明明绑定的是自己的工资卡，不该余额不足呀。她有些奇怪，正想重新操作，忽然听陆斐然轻轻说：“我来。”

他单手拿出自己的手机，按着城市服务上的提示一边输入她家里的地址一边核对信息。整间屋子只有他手机屏幕一点光亮，除此之外的黑暗像一头巨大的兽将他们包围。

夏初一在黑暗中眨眼，以前晚上睡觉惊醒，睁眼看到满屋漆黑时的感觉总是孤独的，寂静到让她心慌。可是如今他在自己身边，她没了忧惧失落等等一切多余的情绪，竟然很平静，很享受这一刻。哪怕厨房里的水已经漫延到客厅，她都因为他在身边而变得坦然和勇敢，不再害怕这些来自生活的突变。

屋子里的灯亮了。

后背还贴着他的胸膛，她回头看他白皙的眉眼，波澜不惊的眼睛里带着一丝笑。空调再次启动，往他们身上徐徐吹着风，被他圈在怀里仍感觉清凉凉的，皮肤摩擦时像有微弱的电流通过全身。她也跟着笑起来，尽情地吮吸着他的气息，肆意明媚，灿烂至极。

爱和欺骗

理工科男生在面对生活的刁难时总有独到的办法，譬如管道裂开这样的大事在他们看来完全不值一提。灯光乍然亮起，陆斐然第一时间就找来工具箱跑到厨房一通鼓捣，十几分钟后淡然走出来，告诉她管道阀门松了才导致漏水，他已经修好了，连厨房里的水都一并收拾干净了。

她啧啧佩服他的动手能力，没想到他那双成天碰金融账目的手碰起管道灯具来也这样得心应手。她嘿嘿发笑，想给他倒杯水犒劳犒劳，谁知刚站起来瞬间就又跌坐下去，疼得额头连冒虚汗。

陆斐然洗了手，又端来热水为她泡脚。温暖的热流涌上全身，让她多少忘记了些痛楚，只盯着他看。好似怎么都看不够，他在身边的每一分每一秒都那么难得，那么珍贵。

后来他将她抱到床上，自己贴在床沿儿守着她。

膝盖处好似有千根钢针不断刺痛她，一下又一下往心窝里钻。安静中她眉头紧皱，疼得吸气。冰箱里的冰因为停电都化了，冰敷只能作罢，她想吃两片止痛药，没想到却遭到了陆斐然的阻止。

“我给你捏捏肩膀，睡着就不疼了。”

他坐起身子，黑暗中将修长的手指放在她的肩胛骨缓缓揉捏。夏初一起初还不适应，只觉得又麻又痒，后来他将手指放在她的头发中慢慢穿梭，一下又一下轻轻按摩她的头顶，让她四肢百骸连同神经都一并放松下来。她哼唧两声本想同他说说话，谁知还没开口就在他安静的呼吸和均匀的揉捏下睡着了。

夏初一半夜醒来，发现他还没睡，衣服也没脱，单手撑着头还在守护她，生怕她再有一点痛。窗外月光白得发亮，这样近的距离她能看清他漆黑的眸子、清晰的下颌线和润泽的唇角。她知道他不敢睡，时刻准备着在自己痛得无法入眠时将自己送往医院。迷糊中她抱住他，也不知几点钟了，心中有许多愧疚和感动都化作温暖的拥抱，将他搂得紧紧的。

再睡着时听他在耳边轻轻说：做个好梦。

夏初一很安心踏实地睡了一个好觉，起床时阳光透过薄纱窗帘洒在床脚，书桌前放着一杯牛奶，乳白色液体与实木书桌搭配出一隅宁静角落。窗前开着紫薇花，风一吹就会扫到窗玻璃，像在提醒她夏日晴空，又是一个好天气。

她一瘸一拐地打开卧室的门，膝盖没有昨天那么痛了，抬头呼出一口气，恰好看见陆斐然正在饭桌前摆碗碟。碟子里盛着蛋羹，餐盘里放着小笼包和芝麻球，另加一份甜豆浆和一碗红枣粥，看起来就香糯可口。

夏初一很担心他没有睡好，坐在椅子上看他：“待会儿你再睡一会儿吧。”

陆斐然递给她筷子，面容平静：“伯父打电话来了，让我们过去一趟。”

“我爸？”夏初一奇怪他怎么不给自己电话，真把陆斐然当成女婿使唤了。

陆斐然嘴角带着笑，似是安抚：“好久没见伯父了，也该去一趟。”

夏初一定了定神儿，不知为什么总觉得最近他变得爱笑了。只是笑的幅度不大，有时候看起来很勉强，有时候看起来又很温柔，让她很难猜。

好在饭菜填饱了她的肚子，让她不再想那么多没意义的事。以前工作很忙，她懒得吃早饭，周末又贪睡，早饭更是有一顿没一顿，现在吃着他亲手做的早饭，心里既满足又快乐，感觉和他过上了平常夫妻一样的生活。这是她期待很多年的，平淡又幸福的生活。

和许慕杨多请了两天假，电话里他只告诉夏初一好好养伤，其余一概没提。夏初一乐不可支，知道许慕杨害怕她担心营销战的事，肯定是替自己去忙了，回头要好好谢谢他才行。

带着陆斐然回到自己家时快中午了，夏平围着围裙在楼下迎接，笑呵呵的先跟陆斐然来了个拥抱。

拥抱之后跟没看见夏初一似的，直接搂着陆斐然的肩膀转身向楼梯门走。似乎有很多有趣的事要说，勾肩搭背的样子俨然把陆斐然看作亲儿子，比对夏初一还亲。

夏初一提着一袋子水果愣在那儿，想喊声“爸”，又怕喊多大声他也听不见。看两人背影亲昵得如同用双面胶把他们粘在了一起，她仰头呼出口气，假装没在嫉妒。

直到夏平一只脚迈上楼梯，夏初一终于忍不住大吼出声：“把水果接过去好不好！我手都勒疼了！”

夏平闪出半个身子，一脸关切：“你这孩子不早说，快换个手。”

两人转瞬消失在楼道口。

夏初一白眼直翻，脑门青筋气得突突直跳。三秒后陆斐然折回身，从她手中接过水果，蜻蜓点水般亲了亲她的嘴角。

“伯父让我喊爸，我们结婚吧。”

午饭时夏初一神情恍惚，一直陷在“结婚”的字眼里出神，都没注意到夏平的神色和状态。午饭吃到一半，她才奇怪地发现爸爸似乎比以前话变多了，家里也没有酒味了，客厅比之前干净了不少。

“爸，你是不是相亲了？”

刚吃了一口米饭的夏平连咳带喘地把饭全部吐了出来。

“你这孩子，没正经。”夏平接过陆斐然递过来的纸巾擦了擦嘴，“成天就会胡说八道，我相哪门子亲！”

夏初一撇嘴：“那家里怎么这么干净了？”

“你这……”夏平欲言又止，最后哼哼两声，“你奶奶的寿宴定好日子了，这月十八，到时候你姑姑和姑父会来家里坐坐。”

陆斐然轻轻皱眉：“半个月后？那天有年中会议，我可能赶不过来。”

夏平摆摆手：“就是请几桌人庆祝庆祝，你忙你的。等你和初一结婚的时候再见奶奶也行，千万别耽误工作。”

夏初一心跳又快起来：“你们征求我同意了吗就让我们结婚？”

夏平和陆斐然同时看了夏初一一眼。夏初一迅速眨了眨眼睛，想辩解自己不是不想结婚，只是这个事情太突然，她一时还不能接受，再说异地还没结束等不确定因素太多……

她张了张嘴，还没说话，夏平已经扭过头去和陆斐然交代：“结婚要尽早，我会和奶奶商量，找个好日子就把你们的事情办了。再者你们工作也忙，别多分心，结婚要用的东西我给你们准备就行。”

陆斐然笑着点点头，眼角余光瞥到夏初一身上，笑得更加灿烂。

夏初一听得耳朵里发痒，忙打断夏平："爸爸，先把奶奶的寿宴办完，结婚我们会自己看着办的。"

陆斐然适时插嘴："你同意了？"

夏初一气咻咻地多吃了一口菜。她现在就像砧板上的鱼肉，连老爹都要抢着烧水刮鳞，还用她同意吗？

夏平笑呵呵地给陆斐然倒了杯酒，高兴得有点酒不醉人人自醉的样子。

"爸爸祝福你们。"

陆斐然拿起酒杯，将杯沿儿靠下一些与他碰了碰，很认真地保证："我一定会对初一好。"

夏初一想起这两天陆斐然在自己身边事无巨细地照顾自己，缓缓放下筷子，决定放弃之前的一切不愉快，和他好好迎接属于他们两人的新的人生。刚想到这儿，心中竟涌出许多欢欣和甜蜜。

咳了咳，仍然故作镇定道："那好吧，我决定和你……"

声音巨大的彩铃声打断夏初一的话，像千里之外的广场舞歌曲直接送进她的耳朵。夏初一瞪着眼睛看夏平，在小小的客厅大声喊："爸！你的手机太响了！"

夏平赶紧按了接听，示意夏初一噤声，在电话里连说了几个好才挂掉。

夏初一见他脸色不大好，皱眉："出什么事了？"

夏平叹了口气，转瞬笑道："快递到楼下了，你去取一下。"

夏初一想一脚踢飞爸爸的凳子。

明明知道她膝盖有伤还要让她上下楼，指派未来女婿干点活就那么难吗？！

最终，夏初一在楼下签收了包裹。她看了看寄送单，发现都是爸爸买的一些气球、彩带、摩丝之类的物件儿，应该是为了奶奶的八十大寿准备的。

扶着楼梯一瘸一拐地上楼，每隔几步就停一停，夏初一大口大口喘气，膝盖处的痛源源不断地传送给脑神经。她将包裹抱得更紧，忽然想到小时候妈妈背着煤气罐上楼的样子。她比自己厉害得多，一手扛着煤气罐一手牵着她，还有多余的力气对着她笑。

那时候爸爸走街串巷卖保险，只有晚上才回家。家里的一应事务都由妈妈打理，根本没让爸爸操过心。如果她知道自己要结婚了，应该会非常非常开心吧。

用比平时多一倍的时间上楼，夏初一停在门口喘气，借机让怦怦跳的心脏恢复平稳。刚要敲门，忽然听见里面传来一声怒喊，接着音量就变小了，但爸爸说的每一个字还是准确无误地传进她的耳朵。

夏平：“你不能告诉她！”

陆斐然：“我会找机会和她说。”

“她肯定接受不了，我不允许你说！”

“爸，我只是想做些弥补，好好补偿她。之前一直说分手……我没想到事情会变成现在这样……”

“结婚不是补偿，你爱她才会跟她结婚。”

陆斐然声音更小：“许慕杨说她会飞……这太奇怪了……我来就是为了验证这件事，用任何手段都要验证。我会验证给你们看，她是正常人……”

“好，好，好，我去联系医生。既然你决定结婚，怎么做都随你。”夏平停了停，叹气，“我专门嘱咐快递员这个时候打电话就是为了支开她，这些事情你一个字都不要和她说。”

……

爸爸的声音比陆斐然大得多，让她得以听见完整的对话。虽然陆斐然的话断断续续的，但她还是从这些话里拼凑出事情的原委。

包裹落在地上，夏初一手扶着墙壁簌簌冒着冷汗。陆斐然说要补偿她，所以才提结婚吗？不惜用任何手段验证她会不会飞，“任何手段”几个字像针一样反复刺进她的心，钝刀割肉般痛得没有声响。她甚至不知道许慕杨什么时候把这个秘密告诉了陆斐然，是在汉州西餐厅吃过饭诀别的时候吗，还是他到淮城来给许慕杨送银行卡的时候？

不重要了，都不重要了。

原来一切都是骗局。陆斐然根本不相信自己，他的结婚成了验证的手段，连爸爸都一并欺骗她，甚至不惜放弃她来成全陆斐然，就是为了证明她不会飞。

可是她会，连许慕杨都知道她会飞。

为什么陆斐然和爸爸不愿意相信，为什么只有验证她正常才能让他们安心？

难道她变成不会飞的普通人才值得被他们爱吗？难道在他们眼里，她就是一个无法被信任的怪物，一个经常撒谎的骗子吗？

她听见爸爸的脚步声向门口靠近，连忙用袖子抹去眼泪。

门开的时候她咧嘴大笑，屋子里的人影像阳光一样刺得她睁不开眼，泪水不断地从眼角两边往外冒。

“膝盖好痛好痛，我要回家休息一会儿。”

情深不寿，强极则辱

她一直知道，妈妈离家出走之后，那个地方就不是家了。

那几年爸爸爱上了喝酒，她劝也劝不动，大学毕业后索性在公司旁边租了个房子住。他们一直生活在妈妈消失的阴影里，只是没有人敢提半个字，仿佛谁先说出来就等于将真相公布于众。她猜得到，她妈妈多半是回不来了。

一直到爸爸老去，到她老去，她应该都不会再见到妈妈了。

夏初一回到了自己的住处，关上了卧室的门。

她从中午睡到晚上，从晚上睡到第二天早晨，浑浑噩噩睡了醒醒了睡，总是不愿意起床，也不愿意开门。

遇到躲避不了的事她就像个鸵鸟一样，自顾自以为把头扎进沙子里就看不见外面的一切，就可以安心地等待坏事过去。其实没一次成功。

无论你躲得有多远，多会假装看不见，坏事总是来临，不会凭空消失。

陆斐然在门外喊她吃饭，声音清寂。她躺在床上没有应声，胃里正在翻江倒海地闹腾，她想吐。

她受不了欺骗。

他明明知道。

夏初一套上T恤和牛仔裤，打开门的一刹那看见陆斐然正倚在门口等她出来。他靠着墙壁坐在地板上，一条腿疲倦地伸直，另一条腿半蜷屈起，胳膊搭在膝盖上。

他一直等着她。没有睡，很安静，阳光模糊了他五官的棱角，面容清朗，眼神柔软。

她试图挤出笑容，只是根本做不到。

他缓缓站起身子，一脸担忧："膝盖还痛不痛？"

她摇摇头，呼出口气："好多了，真的好多了。"

他低了低头："那就好。"

夏初一若无其事地走到桌子前，信手拿了半根煮好的山药道："今天有什么打算吗？"

他站在她身后，声音有些干涩："你陪我去趟学校好不好，我想去见见温墨耕老师。"

山药在半空停顿片刻，夏初一笑着回头，眼睛尽最大力气弯成月牙形状。

"没问题。"

整个早饭都食不知味，尽管她努力想告诉他很好吃，可最终连半碗粥都没吃完。他也没有多吃，全程安静地看着她，眉心存着褶皱。

她以前不知道那些褶皱为什么总会出现，现在知道了。如今他看着自己就像看着一头怪物，或者异类，妖魔，总归不是正常人。她没有信心和他解释，从一开始他就不相信自己，解释再多都是多余。

早饭用时很短，她假装打了个饱嗝，想配合他演完最后一天戏。

直到临出门前他喊住她，指了指她披散肩头的头发说道：“我给你梳头吧。”

夏初一一愣，想告诉他散着头发也没有关系，反正温墨耕不会在意。只是一个字也没有说出口，她看着他的眼睛充满示弱的恳求，最终点了点头。

坐在卧室里面的镜子前，她有一瞬间的恍惚。这样的情景不知期盼过多少次，讽刺的是现在实现了她却一点都不开心。

陆斐然拿着木梳一点点划过她的头发，等梳顺了之后手指又单捏起一捋慢慢从上梳到下，有些笨拙的可爱。

夏初一身体僵直，对着镜子里的他问道：“你真的愿意和我结婚吗？”

陆斐然的手没有停顿，很认真地发出“嗯”的声音。

“之前你和萧意映在一起是怎么回事？”她怕他不回答，加了一句，“我知道她喜欢你。”

陆斐然已经束起她的头发，坦诚道：“萧意映的事情是个误会，她也知道我不可能喜欢她，只是为了让你死心才那么做。”

“可你明明要跟我分手。”

陆斐然用坦诚安静的眼神回应她：“是我不好。”

夏初一笑了笑，想告诉他这没有错。之前他想分手她一直不松手，可现在她厌倦了。她明白他做的一切都是要验证她是个怪物，可是验证之后又能怎么样呢？

还不是要分开。

陆斐然给她扎了一个简单的马尾。扎得有些高，让她看起来精神、清爽很多。最后陆斐然拾起镜前的一只雏菊发卡别在马尾上面，从后面看像个十几岁的小姑娘。

夏初一想起自己的妈妈最喜欢雏菊，妈妈走了这么多年，她有一半活成了妈妈的样子。

她收回神，客气地笑：“谢谢。”

学校有了更宽敞的教学楼，有了更大气的图书馆，还多出很多漂亮的房子。陆斐然与温墨耕约在上午十点钟见面，夏初一从不知道温墨耕竟然在学校最漂亮的房子里办公。

屋瓦像大片云朵覆盖下来，镶嵌在上面的一排窗户犹如南瓜灯的眼睛。整个心理咨询室占了三四间房子，左右房间比较小，像棕熊的耳朵。正中的房间最大，温暖又明亮，墙边摆满了各种花儿，向日葵最多。

温墨耕穿了一件绣着山水的汗衫，棉质裤子和布鞋搭配起来让他像在终南山修道的高人。夏初一皱着眉看温墨耕的打扮，开口道：“老师，我觉得你不像心理咨询师，更像算命的。”

温墨耕哈哈一笑：“那我给你占一卦好了。”

“算算我什么时候发财吧。”

温墨耕抽了椅子让他们坐，眉眼间慈祥温和：“小富由勤，大富由天。我算不出你什么时候发财，只是看你眉毛耸秀，眼神锐利，印堂隆起，是不是快要结婚了？”

夏初一下意识看陆斐然，以为是他将消息透露给老师的，结果陆斐然朝她摆了摆手。

“神了。”夏初一佩服，“老师，你心理学看样子学得很好啊。”

温墨耕扶了扶眼镜框，得意地笑：“既然要做心理咨询师，肯定不能浑水摸鱼误人子弟。活到老学到老，我刚刚获得了心理咨询师一级证书，现在是个名符其实的心理学家了。”

夏初一是感叹，谁承想毕业那么多年，进步最大的竟然是当初的老师。

陆斐然在旁边看了看时间，抬头看向温墨耕：“这次来找老师是想让老师当我们的证婚人。”

夏初一呆在一旁。她有些惊讶，不知道陆斐然为什么会选温墨耕做证婚人，是怕自己反悔吗？

温墨耕倒很高兴：“要先恭喜你们了。”

夏初一咳了咳：“日子还没定，到时候我们再通知老师吧。”

温墨耕微微一顿，花白的头发随着眼角的皱纹一起伸展开：“上次去公司和你说的话，其实我还没有说完。”

夏初一当然知道他没说完，那天要不是牧晨在隔壁骂人，或许她早就在他的疏导下想开了。那样的话陆斐然再回来她就不会那么激动，不会对他抱那么大的幻想，自然就不会因为他的谎言那么伤心和难过。

陆斐然眼神充满期待，看向温墨耕：“老师要说什么？正好初一在，现在也可以说。”

温墨耕坐在他们对面点了点头，目光凝聚在夏初一身上。他沉吟片刻正想开口，夏初一忽然打断他，看着他身后的一幅水墨画道：“深蓝色的大海上面飞着几只海鸥，有什么寓意吗？”

陆斐然与温墨耕面面相觑，不知她怎么突兀地问了这么一个问题。

“这幅画能让人平静。”夏初一清清嗓子，提示他与平静有关的一些事，“牧晨来见你了吗？”

温墨耕摇了摇头，很惋惜的样子。

“她那么焦虑、压力那么大都不需要心理咨询师，我就更不需要了。”她勾了勾唇，陪着陆斐然来这里本来就是为了应付，无论温墨耕说什么她都不会再听了，因为已经没有任何必要。

温墨耕想阻止她这种想法：“她是她，你是你，你们情况不一样。初一啊，你也知道，老师确实有些话想和你说，心理疾病就是一场心灵感冒，有的人能扛的过去，有的人却需要一些药物治疗，这很正常。”

夏初一点头：“当然啦，心理疾病就像人会拉肚子、会发烧一样，每个人都会有，我们要用正确的态度面对它。”

陆斐然打量她，没想到她会说出这样的话。连温墨耕都有些惊讶，这明明是他的词啊！

可是夏初一无心在这样的话题上纠缠，失恋会伤心，受到欺骗会生气，抑郁了就多晒晒太阳，焦虑的话就多运动运动，每一个症状都会有解决的办法。她已经不是失恋的时候了，如果每个人都会有心理疾病的话，她倒是很想知道牧晨有什么病，陆斐然有什么病。

“老师，人和人为什么会不一样？”她坐直身子，很想得到答案，“你教过那么多学生，传授的知识都是一样的，为什么有的人还是会自私暴躁，有的人更擅长撒谎欺骗呢？”

她说后面几个字的时候特意转头去看陆斐然，可是他的表情没有一丁点的变化。她更加失望，看来指桑骂槐都不能唤起他的恻隐之心了。

温墨耕喝了口水，夏初一汹涌而来的问题让他有些局促。并不是无法回答她的问题，而是她打断了自己刚刚想说的话。他知道他的那些话她是不会听了。

他缓缓放下杯子，看着她与陆斐然道：“我晚自习后常带着一群学生看天上的月亮，圆缺无常，有时候天空暗得连星星都没有。在一些学生眼里这种举动很无聊，也有一些学生容不下残缺的瑕疵，只有圆满时才出来看。还有一些学生故意讨好，常常随我出来，其实只是为了躲避繁重的作业。”

屋子里很静，陆斐然和夏初一静静地听。

“有的人不关心叶与花，不关心星与月，不关心四季变换，也不关心自己的心灵。”温墨耕的眼睛里泛着一层光泽，声音随之凛冽，“三年种花，十年栽树，花有不开，树有不活。”

夏初一听得心中发抖，她觉得自己的问题刺痛了温墨耕。人与人正是有差距，才有了那么多疾病和痛苦。

她不该与陆斐然一起欺骗温墨耕，她不该变成自己讨厌的那种人。

她站起身，嗓子又酸又胀，很郑重地开口：“老师，我不会和陆斐然结婚。”

她看见陆斐然的脸色唰的惨白，连温墨耕的目光都黯淡许多。房间里的呼吸声愈来愈急促，夹杂着惊慌和无措的气息。她撤开椅子转身离开，心猛跳着，开门时手指发抖。

她没有办法，也没有力气再陪他演戏了。

陆斐然一路追着她到学校教学楼前。

教学楼前有大块的林荫路和一整片池塘，她记得上学时总是喜欢走这些路，绕着池塘走，晚夏能听到蝉鸣和蛙声。池塘里荷叶婷婷，芦苇荡荡，游鱼吐着泡泡躲在香蒲底下，风一吹便四散跑远。快到中午放学的时间了，夏初一步子越来越快，她不想在众目睽睽之下和陆斐然吵架，她现在根本不想和他说一句话。

陆斐然将她拉住，柳枝在身侧飘扬。

“初一！我爱你！”他声音剧烈地颤抖，用晦暗的、伤心的眼神看着她，“我一定会娶你，一定会。”

夏初一将他的手甩脱，眼泪浸在眼眶中。她挺直身子，一个字一个字地问他：“我会飞，我和别人不一样。难道你要娶一个怪物吗？！”

她看见陆斐然的眼泪也涌出来，她从未见他哭过。这么多年，甚至他外婆去世，他都没有在她面前掉眼泪。

他看起来那么痛苦，低着头极力隐忍地啜泣。下课铃声在耳畔响起，丁零零地促使神经紧急集合。

他缓缓抬起头，头发几乎遮住了他的眼睛，只看见一滴泪悬在眼角。

“在海洋馆，你指着那些鱼告诉我它们在聊天，它们和别人不一样。初一，我相信你能听见鱼说话，相信你会飞，相信你有特异功能。即便这样，我也会娶你。”

夏初一哑声大笑，笑着笑着眼泪就扑簌簌地往下淌。

“即便这样？这又是什么手段？你和我爸密谋的手段，目的就是让我在你们面前飞起来？然后呢？然后你们就会把我关起来，让我看医生，或者用尽办法让我变成和你们一样的人。”夏初一心痛得连呼吸都停了，逼近他，“我是为了你才会飞的，但我不要你的可怜，你的补偿，你的手段！”

她狠狠吸了口气，咬着牙和他说：“我再也不要见到你！”

她说得太用力，发绳忽然挣脱，头发瞬间披散下来。他第一次给她扎头发，没想到却在这时给了她狼狈的一击。雏菊发卡掉在脚下摔成碎片，原本忙着去吃饭的同学都停在一旁，熙攘人群中只有她看起来像个疯子。

“初一，爸爸希望我们……”他握着拳头，又渐渐松开，很多人看着他们，像一堵密不透风的墙。

他喉咙颤动：“如果这是你的意思，我会答应你。”

阳光炙热，晒得脑袋又闷又痛，身体险险就要站不稳。

她呵了一声苦笑，决绝地转身。

手机忽地响起来，来电显示的竟是陆斐然的名字。

她没回头。停住步子定了定神儿，按了接听。

身后陆斐然的声音与电话里的声音一起响起。

“你会听见鱼的声音吗？”

她不知他话里的意思，更不知这又是他的哪一种手段。只是时间没给她半分想明白的机会，她只听身后扑通一声，陆斐然入水，手机里传来嘭的嗡鸣，之后便是一片静寂。

往来的学生纷纷指着池塘里的陆斐然大惊大喊。夏初一转身，看见他在水里拿着手机追着游鱼而去，水草摇摆，风卷涟漪，他耗尽气力挣扎，希冀她能听见鱼的声音。

可她什么都听不见。

她一瞬间明白陆斐然的用意。她听不到鱼的声音，她也应该像所有人一样不会飞。所以她飞起来是个错误，他要用尽手段让她变回正常。

她哭得越来越厉害，四散的头发将她的脸半裹着，泪水连着歇斯底里的情绪让她表情不受控地扭曲。她恨陆斐然要用这样的方式让她难堪，她恨不得现在就给他表演飞起来是什么样子。

可是她听见周围的人都对着她偷偷地喊：“疯子，这是个疯子。”

人越来越多，喊疯子的声音在四周聚拢，像波浪一样起起伏伏。

她呼吸停滞，踉跄转身，最终在一片如潮的指责和辱骂中落荒而逃。

她没勇气再做分毫的辩解。

既然陆斐然不能接受她与别人不同，不如就在这里散了吧。从哪里开始就在哪里结束。

相濡以沫不如相忘江湖

她想起当年学校里的人都知道她与他要好，如今学校里的人也会知道她与他决裂。

泉水干了，两条鱼吐沫互相润湿，看起来让人感动，实则带着互害的愚蠢。温墨耕说得没错，他和她本就是两条不同的鱼。她会找到另一个会飞的人，他也会找到与他所求一样的姑娘。

她有时想不通，连许慕杨都能信任自己，他陆斐然为什么不行。

她一开始想不出答案，再后来就不愿想了。

清晨的闹钟提醒她，今天她彻底恢复了单身，恢复了自由，生命里再没有陆斐然这个人。

精心化了一个艳丽一些的妆容，尽力遮掩眼窝处的黑。昨天回来哭得心力交瘁，眼睛泛肿，她对着镜子给自己打气，好在还有工作，尊严没有全丢。

公司里许慕杨正在开会，她跑到办公桌前打开电脑，准备将营销方案再细化一些，这两天她想到一些横向的连锁效应，觉得可以应用在和得意饭庄的竞争上。键盘打得噼啪作响，温凉端着牛奶杯蹭到她面前。

“你脸色怎么那么差？”

夏初一皱眉：“我铺了三层粉，你还能看得出来？”

温凉递给她零食，啧啧道：“像个怨妇。”

夏初一幽幽地看了她一眼，手底下却没停：“好好工作，加油赚钱。我现在算是看明白了，什么都没有自己开心重要。”

“你的男朋友呢？”

夏初一打字的速度更快了些：“我和他分手了。”

温凉一愣，有些吃惊：“你和他？不是他和你？你变成了主动分手的人？”

夏初一点头。世事弄人，连她都没想到有朝一日是她主动与陆斐然决裂。想到之前她那么辛苦地挽回他们的感情，一切都好像做梦一样。

她长呼出一口气，停下手里的动作，在屏幕界面按了打印的按钮，终于笑道：“营销方案完成，我去找杨总当面说。”

不远处打印机发出噗噗吐纸的声音，衬得温凉脸色唰的惨白。

“你还不知道吗？”

“什么？”夏初一站起身去拿纸，被温凉一把拦住。

“两天前营销方案就被牧晨递上去了，杨总很满意，升牧晨当苏港区总秘书了。”

夏初一脚下险险一个趔趄：“我写的营销方案被她递上去了？谁给她的？”

温凉咬了咬舌尖，眉眼中涌出一股捅了娄子的恐惧。

“许……许慕杨。”

许慕杨开完会从办公室出来，迎头便看到夏初一吃人的目光。

牧晨拿着资料站在他身后，看见夏初一脸色不好，上前关心道："是不是没休息好？要不要我再给你几天假？"

夏初一没理睬牧晨，迎着许慕杨问道："我写的营销方案呢？"

许慕杨眼波无澜，静静地看着她。

夏初一吸了口气，轻声问："你不是故意的对吗？"

许慕杨仍旧没说话，她紧接着像替他解释："我请了假，没时间做营销方案，所以你才给了牧晨对吗？"

她浑身抖得厉害，生怕他有别的动作，然后讪讪地笑："我不怪你，我知道你不是故意的。"

牧晨瞅了瞅安静的许慕杨，干脆走到夏初一身边笑道："都是为公司，只要饭庄好起来肯定也会有你的功劳。你一直不上班，我们也不能干等着你。"

夏初一将目光移到她身上，看到她一脸温和无害的笑意。那笑很假，只在唇角挂着，都没到达眼底。

"我为了写方案每晚凌晨三点才睡，你那时候在干什么？为了方案我每天和营销部门的同事开会开到头昏，你又在干什么？你拿着我的方案给杨总说是你写的，心里有没有一丝一毫的羞愧？"

牧晨被夏初一问得怔了片刻，嘴唇忽地紧抿，看起来十分为难："许总给我的，我也没办法。"

像有一把刀直直捅进夏初一的胸口，随即有温热的液体顺着眼眶流下来。如果放平时她或许可以不和牧晨一般见识，可是现在不行，今天不行。她辛苦做出的营销方案为什么连通知她一声都没有就任人拿去？偷取别人的劳动果实凭什么还能笑得这么理所当然？

夏初一紧紧盯着许慕杨，很多话卡在嗓子里说不出来。她不明白许慕杨为什么这么做。

眼泪越滚越多，妆容氤氲，她的眼尾模糊一片，像刚经历过一场惨淡的风雪，连脸颊都被刮得通红。

许慕杨缓缓举起手，将她的泪擦了擦。指尖冰凉，他低眉看着她，难有的认真：“你分手了？”

夏初一的睫毛在他指腹上扑闪着。

“分了。”

她不能再确定地点头。

牧晨还在一边看着，夏初一打算为自己争口气，跳过这个话题继续质问他和牧晨，只是还没张口就被许慕杨一把拉入他的怀里。

胸膛温热，心跳有力，夏初一大脑一片空白，只看得见他几粒纽扣松松缀着，衬衫的领口半敞。

许慕杨比她高一头，下巴抵在她头发上，一手圈住她道：“老子终于可以追你了。”

他将她抱得更紧，闷得夏初一难以呼吸。眼前出现短暂的漆黑，他真的特别容易用力过猛。夏初一想起高中时她不高兴，他拍着自己的后背安慰自己，本该是很温柔的动作，结果被他拍到胸腔共振，怀疑人生。

夏初一用力挣脱他，眼睛里带着惊讶的光。她没想到为了不让自己闹下去，他连这种话都说得出来。

一下子就气笑了。

许慕杨迎着她，眉峰微挑，锁骨和下颌的弧度让人心神俱荡。只是她太熟悉许慕杨了，她对他没有丝毫的恋慕。

同事们纷纷朝他们投来炙热的目光，唯独牧晨没有惊讶，仍旧淡淡地站在一旁。

许慕杨的眼睛里映着她的倒影：“还难受吗？”

夏初一走回办公桌将打印好的资料甩给他，眼睛一瞪唇角一扯：“营销方案多数是营销部门的功劳，事成后要给他们多发点奖金。我补充了方案，可以多一个维度打击得意饭庄，你看看我的想法对不对。”

许慕杨伸手接过来，垂眸看了一眼。

夏初一准备去补个妆，路过许慕杨身边时停下，声音平缓清冽：“以后别再开这种玩笑了，我不喜欢。”

许慕杨缓缓侧头，眼底有细微的光。

然而她不想再细究他到底在作何想，职场向来残酷，做秘书这几年她学会的最大一件事就是哭泣没用，所以也就不再哭了。

和得意饭庄的战争打得火热，夏初一整理完资料还没来得及喝口水就再次被许慕杨喊走。

他决定带着她去一趟得意饭庄。

傍晚的天空没有一丝浮云，蓝净净的又高又远。

夏初一靠在车窗位置放眼向外望，不敢和许慕杨说半句话。自从上午出现尴尬一幕后，她有意避着许慕杨走，谁知这会儿又被他抓着外出，只能尽力憋着。

许慕杨将车内音乐关掉，慵懒道：“想说就说吧。”

夏初一咳了咳，假装不知道他在说什么。

许慕杨瞥了她一眼，眼神带着不屑：“就这一次机会，过期不候。”

夏初一连忙坐直身子甚至向他的方向靠了靠，很是忧心道：“你是不是做了对不起牧晨的事情，让她捏住了把柄？”

许慕杨一个急刹车，夏初一的头直接磕在椅背上。

“嘶——”夏初一扶着头吸气，眼睛里直冒花。

许慕杨气不打一处来，大吼道：“你是不是疯啦？我做了对不起牧晨的事？”

夏初一头晕目眩，没听出他话里的意思，兀自按照自己的猜测道：“要是她怀了你的孩子，就让她生下来吧。要么你就娶她，好过让她这么偷摸摸地威胁你。”

许慕杨气得咬牙切齿，脸色煞白。他打开仪表台上的储物盒，从里面拿出一条项链给她。

“把你做的方案给她是我不对，这是我的补偿。”

夏初一看项链璀璨透亮、华丽非常，心知价值不菲，哪里敢要，这会儿只能干笑几声，吞吞吐吐道：“算……算了。我知道……你有苦衷……帮……帮你也是应该的。”

许慕杨想疯狂咆哮，看着夏初一懵懂的眼神恨不得将她吊起来打。他将两侧窗户都关紧，在狭小的车内终于忍不住大声冲着她喊道：“一二一，老子喜欢你！从高中就喜欢你了，你这个蠢货！”

夏初一如今的惊讶和上午时的情绪完全不同。上午她听到这句话以为他是为了不让自己再闹下去才故意那样说的，而现在她看着他无比认真的脸，一时不知道该做何反应。

好在许慕杨没给她说话的机会，再次启动汽车扬长而去。

夏初一想幸亏他没等自己给他答案，她根本无话可说。如果刚刚他不开车的话，她可能选择飞走。

事过不悔

得意饭庄的内部装修几乎和江南饭庄一致，看得出他们从一开始就是奔着和江南饭庄竞争去的。

许慕杨和夏初一挑了个二楼靠栏杆的位置，角度合适，几乎能俯瞰得意饭庄的全貌。

若说唯一有什么不同的地方，就是饭庄里面的音乐是古典音乐，营造出更加优雅和舒适的环境。

饭菜一道道摆上来，夏初一瞪大眼睛，难以置信。连菜品都是抄袭江南饭庄，甚至做得更加精致，相比起来，江南饭庄一下子就落了下风，倒像他们的菜才是赝品。

“用心良苦。”夏初一喝了口茶，甘醇鲜爽的味道侵上舌尖。不用说，连茶水都和江南饭庄一致，用的是顾渚紫笋。

许慕杨堪堪一笑，什么都没说。

马上就要到晚饭时间，饭庄里陆续多了很多人。夏初一看得出得意饭庄下了血本吸引客流，连店里的服务员都是经过千挑万选的。

他们照着江南饭庄的样子做，最后靠服务质量取胜。想起这些天平地拔起、扶摇直上得意饭庄，真真做到了“得意”两个字。

两个人吃的不多，菜品味道是他们熟悉的，如今在这里吃起来竟觉得可笑和荒唐。

人越来越多，到最后外面排队的人都成了一道风景线。夏初一暗暗惊心，没想到这里的红火程度远超过自己的想象。

然而许慕杨一点都不着急，唇角保持着若有若无的微笑。夏初一想到他的营销方案，知道这些都在他的掌控之中，江南饭庄需要时间赢这一仗。

饭也吃了，景也看了，夏初一想与他一同回去，只是话没说出口就看见尹欢歌和那个长得像黄鼠狼的男人一起从厨房方向出来。

在他们周围站着厨师长和饭庄经理，此时正默默记着那个男人说的话，点头哈腰的样子俨然将那个男人当成老板一样的存在。

不对！夏初一敏感地察觉到那个男人应该就是这家饭庄的老板。原来得意饭庄的幕后操作人竟然是他！

她直直看向许慕杨，发现此时他的眼睛半眯着，散发着危险的光。

一瞬后，许慕杨带着夏初一起身向外走。

夏初一有点没明白，几步跟上去问他：“你早就知道？”

许慕杨目视前方，很是平静：“知道。”

“得意饭庄的老板是‘黄鼠狼’？”夏初一想不明白，前阵子他还是公务人员，怎么一下子成了生意人。

好在许慕杨下一秒就告诉了她真相。

“幕后老板是‘黄鼠狼’的父亲。”他走得很快，说得也很快，“还有尹欢歌。”

许慕杨将夏初一送到小区楼下，车熄火有一阵子了，只是他迟迟没有打开车门。

今天经历的事情有点多，夏初一脑子钝钝的，还没从刚才的震惊中回过神儿。她侧了侧头，看许慕杨的样子似乎是有话要对她说。

一向吊儿郎当、总是带笑的许慕杨鲜少有这么认真的一面，灯光从窗玻璃处投射进来，打在他弧度漂亮的侧脸上。他紧抿着唇角，眉宇间映着淡淡的光泽。夏初一咳了咳，提醒他自己到家了。

许慕杨转过头来，慢慢和她解释："我之所以和陆斐然说你会飞，是因为他必须知道这件事。初一，你和我们不一样，陆斐然需要有知情权。"

夏初一有预感他会说这些话，只是单纯地笑笑："都过去了。"

"陆斐然比我想象中还爱你。"许慕杨似没听到。

夏初一想纠正这一点，叹气道："从一开始他就要和我分手，到现在都没有告诉我为什么。如果是我会飞才使他回头，发现我和他不一样才想办法弥补我或者欺骗我，我都不能接受。如果时间能够倒流，我真想在他和我提分手时立刻回复'好'。"

许慕杨还想说什么，兀自被夏初一打断。

"我很骄傲我拥有会飞的能力。"她笑笑，带着几分自我安慰，"我甚至觉得我妈妈可能就是飞走了。"

许慕杨终于放弃后面要说的话，单手从口袋里再次拿出那条项链。

夜里，项链的光芒更加晶亮。夏初一的视线随着他的动作徐徐上移，直到整条项链垂在面前才看清原来项链里还坠着一枚戒指。

戒指更加好看，Leo Diamond的牌子，工艺讲究，无可比拟，打造出全世界最闪的钻石。

许慕杨的脸忽然凑近，气息扑在周身。

饶是夏初一再傻也知道他下面想做什么，此时心脏扑通扑通跳得厉害，连忙别过头岔开话题："得意饭庄的事你……啊……那个……你想怎么办，能……能对付得了吗……"

说出的话不可谓不扫兴，许慕杨缓缓坐直身子。

一手搭在扶手上，半眯着眼睛看她："十天。"

夏初一吞了口凉气："什么十天？"

"给我十天，十天内我就可以打败得意饭庄。"

笃定的语气让夏初一一个激灵，她眼睛半弯，笑出声，知道他一定可以做到。而且更重要的是她成功避免了一场尴尬的求婚，看来随便岔开的话题也可以有惊人的效果。

许慕杨似乎知道她在想什么，幽幽一笑，将项链塞到她手里。

夏初一本能地想还给他，不料头顶的声音根本不容反驳。

"我追你十天。十天后如果你还不同意，再把戒指还给我。"

公司办公室照旧灯火通明，虽然整个工作区域已经没有人，然而灯光不灭依然营造出志得意满、权柄在握的假象。

牧晨背靠着真皮座椅，透过玻璃门欣赏着外面的办公桌。一张张桌子代表了一个个俯首做低的人，他们害怕她、敬畏她、恭维她，在这一方办公室，她说的每一个字都可以让人哭、让人笑。

她由此更加欣赏自己。

直到办公室的门被打开，时钟指向十二点，清丽的身影挎着精致的小包嗒嗒走到她面前。

牧晨对她并不陌生，眼神示意她坐在自己对面。

她从小包里拿出一笔钱，直接推向牧晨。

"有没有最新消息？"情绪很是激动，像龇牙咧嘴的猫。

"你今天可没那么漂亮啊。"牧晨没动，声音中夹着亲昵的笑，"要是让许慕杨知道当年的校花变成了现在这个样子，不知道要怎么想呢。"

“校花”两个字似乎直接击中了面前的人。

尹欢歌缓缓坐下，与牧晨隔桌相对：“说出来对你没好处。”

牧晨点头，她自然知道尹欢歌的用意。拿钱办事，多余的话一个字都不要说，她有起码的原则。

“你想知道许慕杨的事还是夏初一的事？”牧晨看着她，尹欢歌化着清淡的妆容，像一朵刚刚出水的盛开的水仙花。仿佛这个地方是不属于她的，她来这儿更像小白兔误闯黑暗森林。

尹欢歌的声音出奇得冷静，她精准地知道自己想要什么。

“夏初一。”

在得意饭庄见到夏初一和许慕杨在一起的一刹那她就开始不受控地想知道为什么。

窗外夜色浓重，一声夜莺的叫声打破了办公室的宁静。牧晨伸手收起钱，眼底绽出细微的愉悦。

“那就开始吧。”

夏初一打开房间的门后忽然闻到一股饭香。

她没开灯，信步走到饭桌前，看见上面摆着碗筷，一道玉米羹外加清炒笋丝和糯米排骨。饭早就凉了，可鲜明的痕迹还在，夏初一眼眶忽然很酸。

陆斐然来过。

她不明白陆斐然为什么还要做这样的事情，千里迢迢赶回来只为给她做顿饭？

她将盘子端起来，一个个送入厨房，然后倒掉。她希望他能明白他们已经分手了，她希望他永远不要再来。

她气鼓鼓地躺到床上，眼睛瞪着天花板。

许慕杨和陆斐然的身影不断从眼前闪过，带戒指的项链被她放进背包夹层最深处，希冀这十天再也不要见到它。而陆斐然的身影却在胡思乱想中逐渐淡去，这会儿她想不到有关陆斐然的任何事情了。

以前与他在一起的美好记忆总是信手拈来，可如今她拼命去想，心口却空洞洞的，什么都想不到。兴许连潜意识都在告诉她，这辈子她与陆斐然再无可能。

她拿起手机翻到短信息一栏，列表从上到下全部是她与陆斐然曾经发过的短信。她刻意留下来的那些他对她的担心、关照以及誓言现在看来都像一记又一记的耳光扇在她的脸上。

异地三年，与她最亲近的不是他，而是她的手机。

手机微弱的光照着她一张不甚分明的脸。右上角点了“删除”，选择“全部删除”，哗的声响后短信息界面一片空白。

不动声色地取消特别关注，改了通信昵称，将他与普通人一样对待。真正想离开的人根本不会大喊大叫，只会在心底平静地与过去告别。

侧耳倾听

许慕杨很遵守约定，在夏初一起床的一大早就派人给她送来一束玫瑰花。花朵还沾着水珠，娇艳欲滴、蓬勃盛开。夏初一打开门的时候阳光兜头洒下来，绿色草坪和玫瑰一起在眼前一亮。

夏初一决定拿个瓶子将玫瑰花养起来，鼓捣了十几分钟，险些没赶上公交车，等到了公司时许慕杨已经组织各部门主管在办公室里开会了。

她下意识地透过门玻璃看着坐在上首的他，棱角分明的侧脸，衬衫里微凸的肩胛骨和不怒自威的气场让他比平时多了几分耐看。她一直都知道，工作起来的他不亚于任何人，只是他鲜少在她面前露出这样的一面。

愣神儿时许慕杨向她瞥了一眼，只一眼就吓得夏初一连忙向办公桌走去。她要避免和他单独接触的机会，尽力不表现出任何异常。

想法还没停歇，她就看见办公桌上堆满了各类零食。

粉色的蛋糕，白色的和果子，还有抹茶卷儿和果仁儿能量棒堆成的小山，底下还压着各种日本草莓大福和美国产的巧克力，外加一大束刚采下来的百合放在桌角。夏初一狠狠吸了口气，左右转头，发现所有同事都在看着自己。

温凉悄摸摸地走到夏初一面前，实在不知道该如何形容现在的局面。

“初一，我真佩服你。你竟然把许总掰直了。”

本还紧张兮兮的夏初一真想哈哈大笑，原来在同事们眼里许慕杨还喜欢着Simon呢，现在看来自己倒是做了一件功德无量的好事。

整个下午公司里出奇得忙，不停地开各种会，会后营销部同事和销售部同事基本不在公司，都跑到地面店做配合，一忙忙到半夜。饶是这样，许慕杨仍然抽出时间准点接夏初一下班，带着她一起吃晚饭。

吃饭的时候各种电话不断打过来，但许慕杨从没接过。他很珍惜单独和夏初一在一起的时间，一分一秒都不愿错过。

夏初一回到自己家里时再次看到陆斐然做好的饭，她算着时间，猜测陆斐然坐晚上的飞机来，然后再坐凌晨的火车走。她不知道陆斐然怎么会空出那么多时间来做这些无聊的事，当即将家里的锁换掉，彻底将他拒在门外。

第二天许慕杨穿了一件黑色T恤加休闲裤来上班，完全不像老板的样子，放在众多同事里都不起眼。但是现在的他忽然让夏初一想起高中时候的样子，笑起来眼睛一眯，牙齿巨白，黝黑的皮肤在阳光里显得昂扬而健康。那时许慕杨爱打篮球，回来时常常一身汗，见到她的头一句就是“一二一，你去给我接点水”。

夏初一那时还纳闷球场上那么多女孩子给他送水他都没要，怎么偏偏欺负她。

时隔这么多年，她总算想明白了。

开完会后已经下午五点钟，许慕杨从办公室里出来，眼神儿逡巡到夏初一身上。

“跟我去吃饭。”

夏初一放下手头的工作立刻起身。

她根本不想和他去吃饭，但是害怕许慕杨在公司里再做出什么出格的动作导致她更尴尬。

许慕杨相当了解她现在的想法，在她接近的一瞬间猛地贴近她耳边笑道：“反正公司里的人都知道我在追你，你又何必呢？”

气息缭绕，夏初一脖颈温度迅速上升。她侧眸看着他微弯的脊骨和半插兜、桀骜不羁的样子，明明个子很高，偏这时候没有一分居高临下的逼迫，只有温柔狡黠的性感。

夏初一在他胳膊上狠狠扭了一圈，见他脸色登时变白，说：“我请你吃饭。”

许慕杨疼得嘶嘶吸气，愣了愣：“去哪？”

夏初一头都没回：“去我家。”

自从夏初一和陆斐然分手后，夏平的电话就一个接一个打。起初夏初一还跟他解释，到后来干脆将手机静音，装没看到，等着对面的夏平自己把电话撂了。

只是逃得了一天也逃不了一辈子，夏初一决定把事情当面和夏平说清楚。

她带着许慕杨按自家门铃时，夕阳余晖穿过飘窗玻璃打在门把手上，像镀上了一层金粉。两个人在夕阳中的影子一高一低，时光仿若倒流到八年前，许慕杨心心念念想跟着夏初一回家吃饭的愿望在这一刻犹如梦境般实现。

此时许慕杨看起来紧张得要死，不停和夏初一确认：“我这就要见岳父了吗？太快了吧？”

夏初一白了他一眼。

门开了。夏平拿着铲子震惊地看着夏初一身边的许慕杨。

“老爸，这是我朋友。”夏初一很坦然地解释，“就爱吃你做的可乐鸡翅。”

嗯……当年她偷偷带着可乐鸡翅到学校给陆斐然的时候被许慕杨抢走一个，从此之后他心心念念就想跟着她回家吃饭。

许慕杨笑起来带着浅浅的梨涡：“叔叔好。”

夏平难得没有一丝笑意，只轻微点了点头。就算再没眼色，如今他也看得出来许慕杨和夏初一的关系绝不仅仅是同学那么简单。

两人进了屋，夏初一赶紧吩咐老爸做几个像样的菜。

夏平嘴角往下耷拉，这不明摆着是让他走开，将客厅空给他们嘛。可是陆斐然怎么办？他的女婿只能是陆斐然，绝不可以是别人。

夏初一从冰箱里拿出来一听可乐，啪的一声打开，凉气呼呼向上冒。

许慕杨在他们家显得局促很多，她看得出他是真紧张。他太在意夏平对他的印象，在意自己会不会在这个家里丢脸，越在乎就越紧张。难得乖得不像话，如今安分地坐在椅子上等待开饭。

夏初一咕咚咕咚喝了几口冰可乐，这才看向许慕杨：“咱们也算双方父母见过面了。”

阳光中的许慕杨眼睛晶亮，等待她继续说下去。

夏初一果然不负众望：“今晚就结为异姓兄妹吧。”

这些话当然没被厨房里开着油烟机又挥着铲子叮叮当当做饭的夏平听到，所以当夏初一和许慕杨面对面坐下开始吃饭时，第一道菜就是毫不起眼的酸辣土豆丝。

根本没有重视许慕杨的意思，表示了夏平对夏初一的不满，对许慕杨的鄙视，对他们二人关系的不认可。

许慕杨苦笑连连，长期开会让他颈椎不舒服，现下仰头扭了扭脖子。趁夏平进厨房的时候和夏初一警告似的说：“等老子办了得意饭庄，再来办你。”

夏初一对前一句话很感兴趣，探头问：“十日之期真的能做到？你这么有自信？”

夏日蝉鸣鸟叫，屋子里一时静极。许慕杨心知再谈感情不合时宜，左右无事，索性喝了口水和她说道：“消费主义的理念就是如果想活得快乐，就要不断地买买买。失恋了就去买东西，谈恋爱了也要去买东西，找到了好工作继续买东西，孤独一人的时候更该买买买。”

夏初一点头，之前她和Simon也探讨过营销的本质，其实所有理念都是社会环境灌输给人们的，没有人会问为什么。

许慕杨接着道：“浪漫也是。放在现在的环境，浪漫是送花送车送房，放在以前的环境则是送诗文送壮马甚至送陵墓，人们真的需要这些东西吗？”

夏平端出一盘炒豆芽，品色和土豆丝差不多。只是回去时听见许慕杨的话，耳朵微微一动。

夏初一想了想，道：“是大环境让人们需要这些东西。”

“大环境就是人类社会构建的秩序。人们相信神明的存在，相信魔鬼，相信善有善报恶有恶报，就是为了维护这个秩序。这种秩序甚至渗透到教育层面，孩子不能输在起跑线上，孩子需要住学区房，孩子应该从小就学习各种技能，否则长大后就是一个失败的人。”

他顿了顿，加了句：“孩子的孩子也会这么做，一代代人都拥有了同样的想法。这就是秩序，是文明的一部分，是所有人接受的一套系统。”

夏初一听得有些竖汗毛。

看得出夏平对他的话也很有兴趣，因为后面端出了一盘翡翠肉卷，并且下意识在许慕杨身边多待了几秒才转回身。

许慕杨看着新做的菜眉间一展，笑意清澈干净。

“在这个系统里去做营销，其实就是给人们讲故事。房地产商让人们一生汲汲营营，就是为了得到大房子，得到独栋别墅，得到带游泳池的私家豪宅，这种思想的背后是国家的力量，政党的支撑以及上千年的信念潜移默化的影响，普通人在当时当地根本改变不了。”

“强行改变，你身边的所有人就会告诉你你疯了，而不是他们。”

“所以人们看似有选择自由生活的权利，实际上铺天盖地的观念让人们潜意识里早就有了答案。他做出选择的一刹那不是开始，而是整个事件的结束。”

从厨房出来的夏平端上了一盘花菇鸭掌。色香俱佳，夏初一看得出夏平开始对许慕杨有了改观。

许慕杨没有动筷子，单手揉了揉眉心。他穿着普通到不起眼的衣服，头发在最后一丝阳光里散发着灿烂的光泽，指节分明的手划过眉心时像慢镜头一样，柔和的光线抹去了他的疲惫，反而为他增加了很多她从未见过的从容和骄傲。明明那么不起眼，说出的话却像惊雷一样在人心底炸开。

她由此窥见他独立的精神和纵横捭阖的手段。很久很久之后，这个片段还存留在她的脑海里，许慕杨与她讲如何对付得意饭庄，夏平一边上着一道比一道精美的饭菜，与此同时另一边的同事则在江南饭庄按照许慕杨的指示一步步举旗布子，鸣锣开道，像给每一个场景都装上了连贯的镜头。

他在家里说，同事在外面做，每一个动作都匹配着他每一句话，目标精准，节奏鲜明。几个镜头在他的话语间来回转换，无缝对接。

“想要打败得意饭庄，除了常规的营销策略，还要把江南饭庄的优势体现出来。超市、酒店甚至网络都可以引流。”

“得意饭庄以为模仿江南饭庄就可以高枕无忧，实际上这种模式很容易打败。”

“它不仅模仿了优点，还模仿了缺点。江南饭庄正值改革之际，得意饭庄恰恰毁在和江南饭庄一模一样上面。”

“我们做了那么多营销，目的就是吸引人的注意，将去江南饭庄吃饭变成人的需求，从而转化成客流量。”

“世界就是巨大的马太效应。凡有的，还要加倍给他叫他多余；没有的，连他所有的也要夺过来。”

“饮食行业没有秘密，哪个店面去的人多，哪个店面就会越来越火。”

……

许慕杨一连在夏初一家吃了六天饭。

第七天时他终于将对付得意饭庄的所有招数说完，营销部和江南饭庄的同事鸣金收兵，回家睡觉。

第八天得意饭庄的人流量忽然锐减，根本没有反应的机会。不是慢慢流失，而是一下子空场。

第九天得意饭庄门前已是萧瑟冷清，门可罗雀。

第十天得意饭庄宣布停业装修。

而江南饭庄完成了一系列的转变。所有菜谱焕然一新，新系列菜品让人眼前一亮，大街小巷充满了江南饭庄的营销语，网络对江南饭庄的评价扶摇直上，越来越多的人参与到评价中来。得意饭庄将资金全部投入到前期模仿江南饭庄上面，根本无法支撑后面的改变。

又快又准又狠，许慕杨打了一场极其漂亮的翻身仗。

在得意饭庄停业的同一时间，夏初一收到一条来自陆斐然的短信。

“爸说许慕杨常去家里吃饭，他不爱吃辣，你多照顾他一些。”

夏初一眉心一跳，没想到老爸竟然这么轻松愉快地就把她给出卖了。多照顾他一些？幸亏陆斐然还不知道许慕杨和自己求婚的事，否则照顾就该变成暴揍。

正想着，来自陆斐然的第二条短信嗖地跳上手机屏幕。

“他和你求婚的第十天，你该给他回复。”

是谁？夏初一浑身一个激灵，是谁出卖了她？难道她身边还有间谍？！

第三条短信紧接而至。

“奶奶的八十寿宴我不能参加了，很抱歉。”

相思不露已入骨

夏初一没想通，陆斐然是怎么做到在分手后还能对她进行远程遥控的。

明明隔着一千五百公里，他就像在自己身边一样，知道在她身上发生的所有事情。

三条短信扰得她头疼不安，一整天都在办公室里出神儿。

江南饭庄打了胜仗，许慕杨要请大家去KTV唱歌，同事们兴奋的情绪从下午就开始在公司里弥漫。只有夏初一呆呆的，桌旁照旧是许慕杨每天一送的鲜花，香气好闻到让人轻易想到春天。

她偷偷打开背包夹层，从里面取出项链，闪耀的光泽比那天夜里看起来更加摄人心魄。

她等了又等，等到公司的同事全部出门，整个公司里只剩她和许慕杨两个人。

黄昏的金色光芒马上就要淡去，薄暮中出现了几颗细碎的星。

夏初一手心里紧紧攥着项链，她有一些话要对他说。此时许慕杨站在落地窗前背对着她打电话，轮廓锐利，脊背挺拔，带着不同于往日的桀骜。她在办公室前来回踱步，等着他忙完就进去。

手心的汗越来越多，夏初一在想怎么拒绝许慕杨才不至于让两个人都尴尬。她应该先说对不起，然后将项链轻轻还给他，顺带拍拍他的肩膀，大笑几声让气氛活络一些，再说句希望他幸福。

或者先给许慕杨一个拥抱，然后说声谢谢。谢谢他对她的付出，但是他们不合适，项链就不要了。

夏初一紧张得大口吸气呼气，一遍遍在脑海中演练待会儿要面对的场景。

许慕杨一直没有转身，自然没看到夏初一在他身后踱步。整个办公室静得落针可闻，就在这时，嗒嗒的高跟鞋声随着推门的动作传进夏初一的耳朵。

尹欢歌穿着一身利落的通勤衬衫和高腰裤向她走来。

卷发飘扬，红唇艳烈，却掩不住她气急败坏的表情。她本想直接冲进许慕杨的办公室，却在看到夏初一的瞬间愣在原地。

夏初一猜测她来跟得意饭庄停业有关，站在办公室门口笑着接待："许总正在忙，你先坐一会儿。"

她伸着胳膊引她向会议室走，然而尹欢歌第一时间就看见了窝在她手心里的那条镶嵌着戒指的项链。

尹欢歌的气急败坏转瞬变成了一种更为愤怒、不甘心和咬牙切齿的恨。

她扬手啪的一声打向夏初一的手。

项链应声落地。

夏初一不明就里，还没反应过来就被尹欢歌拉着向外走。

"我有话对你说。"

公司楼顶的天台风声呼啸。

夜幕降临，远处灯火如珠串一样蜿蜒不歇。晚风拂过杨柳与大蓬的国槐树，绿荫蓊郁，一片又一片华盖在黑暗中闪着微光。

夏初一不知道专门来找许慕杨的尹欢歌会有什么话和自己说。

天台有个茶歇处，平日里供员工休憩放松。周边放着绿植和遮阳伞，简单的茶几与几座沙发被茱萸、云片松，还有富贵竹包裹着，像沙漠里仅存的绿洲。尹欢歌将挎包丢在沙发上，转过身来时目光凶恶，喷着难以名状的烈火。

“他向你求婚了？”尹欢歌语气发狠，“你答应没有？”

夏初一从没见过一向温婉靓丽的尹欢歌还有这么犀利的一面。内心的疑虑不断向上涌，最终变成笃定：“你喜欢许慕杨吧。”

尹欢歌没有否认：“很多年了。”

夏初一长嘘了口气，以前发生的一切完全清晰了。尹欢歌带着“黄鼠狼”去江南饭庄吃饭，就是找机会和许慕杨偶遇，而“黄鼠狼”一而再再而三地刺激许慕杨，无非是想替尹欢歌出气。尹欢歌那么喜欢许慕杨却得不到他的丝毫欢喜，“黄鼠狼”便被她利用，当作一把剑刺向许慕杨。

可惜啊！许慕杨痛贬“黄鼠狼”，这才让尹欢歌下定决心和他进行商业竞争。以女人的眼光来看，她做这一切的目的无非是想引起许慕杨的注意而已。

夏初一将事情捋了捋，感叹尹欢歌为了喜欢的男人竟然能有这样的魄力。

尹欢歌噙着风一笑，不明天光下带着一丝寂寥。

“我爸出人脉资源，范舒朗的父亲出资金，得意饭庄从一开始就是奔击垮江南饭庄去的。许慕杨确实有天分，我和范舒朗都不如他。”

夏初一怎么都觉得这生意赔本，也不知道范舒朗的父亲为什么要帮她。

尹欢歌似乎看出了她的想法，淡淡瞥了她一眼：“因为我要嫁给范舒朗。我知道许慕杨不会喜欢我，但我没想到他会那么喜欢你。”

夏初一张了张口，还没说话就听到来自对面的一句更加强烈的反问。

“夏初一，你配吗？”

夜风凉凉地扑在周身，夏初一将目光散到城市中心。那里灯火最盛，四周的黑暗与中心形成鲜明的对比，让中心愈发显得像座流着黄金的孤岛。

那个位置有杨家的超市、饭庄还有建材城，富甲一方的许慕杨喜欢上谁，都是谁的福气。

可在夏初一的脑海里，现在的他远没有高中时蓬勃、真实甚至可爱。那时候她不知道他家里有钱，只听他天天唠叨爸爸太忙，已经有几个月没见过爸爸的面，而妈妈又太闲，经常打麻将不归家。他最想跟着她回家吃饭，可每次都被她拒绝。

那时候的她喜欢上了陆斐然，心里已经没有别人的位置。

尹欢歌尖厉的声音将她飘远的神经扯回来。

“你为什么不跟陆斐然在一起？你不是最喜欢他吗？你能不能别这么水性杨花，喜欢陆斐然就别再招惹许慕杨！”

夏初一正视她：“我没有。”

尹欢歌冷冷一笑：“许慕杨为了你连国外的公司都卖了，凑了八千万给你存起来，就为了替你报复建商银行的副总经理，你还说没有？”

夏初一愣在原地，当时她还怀疑过这件事，没想到八千万竟然是这么来的。

“你三番五次不在公司，要不是许慕杨给你撑腰，你早被辞退了！”

夏初一想争辩："我没有，我只是……"

她想说她会飞，她只是消失了那么一会儿，根本不会不在公司。

夏初一声音有些发紧："我偶尔会出去一段时间，但很快就回来了。"

"你胡说！"尹欢歌对她的事情已经了如指掌，眼睛里的凶光射在她的身上。

"你一走就是一两天，每每都是两三天后回来。你以为公司里的人不知道？为什么他们不告诉你，为什么公司不惩治你，还不都是许慕杨帮你兜着！"

夏初一心想她说的是自己吗？眼前的尹欢歌毫无以往的乖巧秀雅，难道得意饭庄的停业已经将她刺激到胡言乱语的地步了吗？

尹欢歌逼近神游天外的夏初一，一个字一个字地说道："抱着小狗的老太太和你说了什么？"

夏初一下意识后退一步，她怎么会知道这件事？当天只有她和老太太在办公室，并没有第三个人。绝不会是许慕杨告诉她的，按他的秉性，告诉陆斐然已经是不得已。许慕杨既然从一开始就知道范舒朗背后的人是尹欢歌，那他就绝不会将这样隐秘的事告诉她。

难道是……在外面偷听的牧晨……

夏初一不知道尹欢歌从牧晨那儿听到了什么，梗着脖子道："我不知道你在说什么。"

尹欢歌凄凄一笑。她的睫毛半垂着，脸上的阴影在夜里呈现出几分可怖和狰狞。

"老太太和你说，上帝保佑你。你的好心上帝会看见，你的愿望上帝会听见，心诚则灵。"

"不，她不是这么说的。"

夏初一从没这样震惊过。她想说服尹欢歌这个世界上存在神仙，老太太告诉她，她会飞。

尹欢歌骤然抬头。

黑漆漆的夜，巨兽嘶吼一样的声音穿进耳朵，凛冽又凉薄。

“所有人都在骗你。夏初一，你根本不会飞。”

许慕杨打完最后一个电话时天光已经暗了，本想寻找夏初一，结果却在推开办公室门的一刹那发现了落在地上的项链。

项链缩成一团，上面沾着灰，很狼狈地被丢弃在地毯上，像是一种不言而喻的回归。整个办公室都没有开灯，模糊不清的天色让他的心随之一沉，所以这就是她给他的答复吗?

他将它捡起，四处寻找夏初一的身影，却怎么都没找到，仅能透过项链的温度去感受之前夏初一到底在想什么。

时间带来的灰尘

真相潜伏在时间的背后。

那么多年积累的灰尘被一阵久远的风轻轻扬起，起初是薄薄的一层被吹开，露出质地不同的表面，被人察觉后接着用手拨开，全部展露在眼前时才看清那时的人和事是在怎样纠缠和发生。

尹欢歌上高一的时候就被评为校花，她知道自己是校花，但会假装不在意这件事情。她知道自己的美，也善于利用这种美，当别人偷偷评论她、羡慕她的时候她最常做的就是看向别处，装不知道。她读过很多书，知道在别人眼里“美而不傲”“美而不自知”才算真正的美。

与她同级的另一位“谈资”是陆斐然，她知道他，优秀温润的少年，话不多，学习好，常常皱眉，常常隐忍不发。她觉得他活得很辛苦，后来见他只有在夏初一面前时才会露出笑，很宠溺、很灿烂的笑让她窥探出一分爱情的样子。

高三时学校举办合唱比赛，她是乐团指挥，知道很多男生混进合唱团就是为了和她近距离接触。但她没想到她会因此结识许慕杨，合唱团里他话特别少，很乖地认真训练，偶尔在走廊里遇到，他也只会对她淡淡地点头，从来没有过多的动作和话语。

她很早就见过许慕杨，知道他的父亲是淮城的富豪。有一次饭局，她爸爸带着她和杨瑞和家人吃饭，席间商谈一个项目，爸爸手段非常，对杨家步步紧逼，利益纷争间杨瑞和毫无招架之功，眼看就要答应。然而就在那时许慕杨忽然全身过敏，需要立刻联系医院，爸爸在饭桌间营造的微妙气场瞬间被打破。

停顿的时间让对方得以喘息，最终项目虽然谈妥，但属于杨家的利益丝毫没有削减。

父辈商定合同细节时她偷偷跟着许慕杨走出酒店大门，看见全身疼痛的他忽然直起身子，在夜晚的风里信步走远。

扮猪吃老虎，尹欢歌记住了他。

只不过他加入合唱团时，已经丝毫想不起来他们曾经见过。

之后的一天，她偶然听到他打电话，躲在一个角落问朋友到底怎么做才能追到喜欢的女孩。整个人看起来紧张极了，微弯的脊梁靠着楼梯，单腿斜踢着墙壁，一下一下撞击的声音更像不安分的心脏发出的讯号，零落在无人的四野。

唯有安静时，她才有幸听到他的真心话。

“可是她有喜欢的人了，不是我。”

她猜测，他朋友给他的建议是引起对方的注意。

所以阳光很好的一天，她见他染了一头红色的头发站在旗杆下向自己表白。要不是她偷听到过他的电话，那天也不会格外注意他的眼神。看似他在对自己唱歌表白，其实眼睛余光全部看向另一个方向的夏初一。

春风一吹，连他的头发都在开心。

在那一刻，尹欢歌真心喜欢他。

要不是音乐老师就在自己身边，她真想跑上去告诉他：“嘿，我答应你。”

哪怕她知道他根本不是在向自己表白。

许慕杨五音不全，她却想让他继续留在合唱团，让音乐老师接受他。她下决心主动追他，所以用了他朋友的招数，铆足劲儿想引起他的注意。

她带着全团三十二个人教许慕杨唱歌，每天都组织大家一起学习乐理知识。她用乐团指挥的身份和他光明正大地见面，每当别的同学将她围住问问题的时候，她的眼光总是能穿过同学的间隙落在他的身上。

她极尽所能地找各种理由与他聊天，发动全身所有喜剧细胞让聊天内容变得幽默有趣，那是她曾经最得意的一段时光。

音乐老师考他的那天，许慕杨开口唱的第一句就磕磕绊绊，不成调子。正当无措时，她紧接着唱出一句，引导着他往下唱。她看到他脸颊开始变红，一向无所谓的他竟然失控到将情绪淋漓表露。她站在音乐老师身后用眼神鼓励他继续，用口型带着他进入节奏、停顿、换气。许慕杨的视线始终停留在她的身上，眼睛里带着一种复杂的却足以让她心动许久的光。

她以为她成功了。全学校的人都知道他向自己表过白，只要她答应，他们理所当然会在一起。

直到不久后许慕杨出国，消失得再也没有踪影。

她那时候才明白，他当时复杂的目光里包含的意思是警觉、审视还有抗拒。他发现了她对他的感情，所以一走了之，没给自己任何机会。

那么多年过去了，她认识了很多人，长大的过程虽然没有想象中那么艰难却也不顺利。有时候长得美是一种对自我的伤害，她由此见过各种各样的男人，看他们使过各种各样的招数，得到后会变得寡淡和不屑，得不到就会谩骂羞辱，好似错总在她身上。

红颜祸水，自古男人就没有自责和反省的习惯。

她终于对感情失望，然而正当她决心向生活妥协时忽然又见到了他。

她在那一瞬间觉得她得到了命运的馈赠。

之后她向范舒朗不断提起许慕杨，刺激范舒朗向许慕杨发起攻击，她则站在身后默默窥察许慕杨的反应。她下定决心，只要他劝自己离开范舒朗这样的男人，她就会义无反顾地跟他走。

可是他没有。

他像对一切了然于心一样，自始至终没有对自己说过一句示好的话。直到校庆那天她才知道，那么多年过去了，他一直没有放下夏初一。

她将心中洪水滔天一样的爱全部变成了恨。

牧晨告诉她夏初一的异样，告诉她许慕杨是怎样在公司中杜绝一切对夏初一不利的言论的。同事们对夏初一的事情装作不知道，而牧晨也得以从这件事情上获利，有了风光的升职和与许慕杨讨价还价的权力。

许慕杨用爱将夏初一笼罩起来，没有人敢去伤害她。

可她不甘心。

得意饭庄开业那天，范舒朗向她求婚，送了她一枚戒指。她将戒指戴在左手尾指，一边笑一边挽着他的胳膊风光无两地站在员工面前。她成了得意饭庄的股东，将所有力气都用在打败江南饭庄上，让许慕杨无暇他顾。

只是她没想到得意饭庄会在那么短的时间内停业，后续资金跟不上，又没有更好的办法吸引客流，饭庄开一天就损失一天的钱，谁也耗不起。

她鼓足勇气想当面与许慕杨说清楚，甚至恶毒地想用夏初一的事情威胁许慕杨，让他放得意饭庄一条生路。可是在她看见夏初一手上的那条嵌着戒指的项链后乍然绝望，许慕杨不会怜悯自己，他甚至有时间在与得意饭庄厮杀时向夏初一求婚，足以说明她在他眼里根本不值一提。

恨意袭满全身。

她将所有真相都说给夏初一听。

夏初一崩溃的神情在眼前闪过无数次，而她站在夜色里无动于衷，看着备受刺激的夏初一只想大笑。

这么多年过去了，她总算赢了一次，得以让许慕杨痛苦一回。

许慕杨终于有理由记住她。

校庆时她曾问夏初一：长大的瞬间是不是你以为努力就能得到的情感在付出了所有之后发现还是得不到，那比你从未努力过更加痛苦。

那是她从生活里学到的真相。很多痛苦来源于你以为你可以。

许慕杨送给夏初一的那条项链足够闪亮，足够贵重，足够罕有，她曾梦想有一天嫁给许慕杨的人是自己，可是这样的心愿落在时间的荒野中，回应她的只有风声。

时至今日，她不必再伪装自己的感情。一路走过岁月山河，再也没有人可以让她奋不顾身了。

从珍惜到厌弃，长不过一个夏天。

得意饭庄倒闭后，她将尾指上的戒指换到无名指。

与范舒朗结婚的那日流云四散，天边起了一场轻盈的风。

没有嫁给爱情，心底平静。接受生活中的一切，静默地与旧时光道别。

那些偷偷爱着他的，旧时光。

喜欢你，很久很久之前

夏初一在马路边上等待老太太的出现。

她竭力回想救小狗那天的情景，掉毛小狗无助的眼神，老太太花白的头发还有握着她手给她力量时的语气，她无法相信尹欢歌对她说的话。

而且她明明会飞。比如她飞到马路上，飞到十字路口，飞到公司，她一次次闭上眼睛飞行，睁开眼睛时总能到达目的地。

尹欢歌肯定在撒谎。

七月的天气热得人脑袋发蒙。

夏初一在马路旁边守了两天也没有发现老太太的身影。汽车鸣笛声让她耳朵嗡嗡作响，但是她就站在那儿，甚至不敢眨眼，天台上的一幕幕不断在脑海里闪现，她一定要找到老太太当面问清楚。

问清楚自己到底为什么会飞，是不是她传给了自己超能力。

她想不明白，之前早已默认的事实怎么经过尹欢歌的质问就全部变了样子。兴许是尹欢歌咬牙切齿的表情，也或许是牧晨一路升职加薪、肆意作为，这些都太诡异了，让她想要查到底。

绿灯变红灯，卡车急刹的声音将她扯回来。恍惚中忽然想起她和陆斐然去教堂时看见的一个背影。

夏初一眼睛一亮，抬手看了看时间，当下立刻转身。

就算满世界找也在所不惜，她现在根本没有心情做别的，满心满眼只有一个想法：找到她。

红色教堂的钟声在清晨敲响，沿着屋瓦在城市之间摇荡，空灵悠远。

夏初一在教堂里守了一夜，如今坐在长椅上，忽然看到了一抹瘦弱的身影。

花白的头发，干净的衣衫，胳膊圈着一只小狗，小狗睁着水汪汪的眼睛很温顺地窝在她怀里。

夏初一蹭地起身，三步并作两步追过去，一把拉住她。

老太太回过身，眼睛里的光慢慢聚拢，轻轻开口道："小姑娘，我记得你。"

夏初一简直要热泪盈眶，拼命地点头。她大喘着气，紧紧盯着老太太，一字一句道："婆婆，你是不是神仙？"

谁知老太太竟淡淡地一笑："傻孩子，我怎么会是神仙呢？"

清晨的阳光兜头洒在周边的花木丛里，洒在两人的身上。

夏初一喉咙颤动，也跟着笑，只不过跟哭时的表情很是相像。

"那天，那天下雨我救了你的狗狗，你来我们公司找到我，说可以满足我一个愿望。婆婆，你还记不记得，我说的这些你还记不记得？"

怀里的小狗适时一动，老太太抽出手臂安抚它。

"你救了它一条命，等于救了我。我跟着你走进了你们公司，上楼找到了你，说我会满足你一个愿望。"

"没错！"夏初一高兴地要跳起来，"你就是这么说的，然后你抓住了我的手，天边一道惊雷打下来的时候我就觉得我手中充满力量！”

她继而碰触老太太的手背，很激动很开心地说：“婆婆，你的手又细又滑，保养得真好。我当时就很羡慕，你真的不是神仙吗？”

老太太笑容和蔼，无声中多了一分让她安静下来的力量。

“好孩子，婆婆不是神仙，我只是一个普普通通的老太太。年初家里破产，我的丈夫受不了打击险些死亡，是上帝救了我们一家。”

夏风正劲，她花白的头发在风里柔软地伸展。

“那天我跪在地上苦苦哀求上帝，希望能保我们平安，我哭了一夜，嗓子都哑了。谁知第二天我就看到了这只小小的流浪狗，它给我们带来了欢乐和爱，我丈夫也恢复了健康，我相信这都是上帝的安排。”

夏初一愣在原地，她不明白老太太为什么费那么大力气给她讲这么一个故事。她什么都不信，可是她信自己会飞，一定是老太太让她变得会飞。

老太太轻轻抚摸着小狗身上新长出来的绒毛，笑着道：“你救了我的宝贝，我答应满足你一个愿望。所以自从分别之后我一直在祈求上帝，希望他能听见我的心声，让你会飞。”

“不，这不可能。”夏初一冷汗涔涔，僵硬地张口，“怎么是上帝让我会飞呢？是你，明明是你。”

然而老太太依然低着头看着小狗和蔼地笑，丝毫没有察觉到夏初一的异样。

“上帝保佑你。你的好心上帝会看见，你的愿望上帝会听见，心诚则灵。”

夏初一踉跄一步，她不明白。明明阳光那么好，她全身却像被浇灌了一盆冷水，寒到骨髓。

教堂的钟声停歇了，只留下数不尽的空寂。

老太太抬头，目光温和，笑意绽开：“我相信上帝可以听见，他会赐给你平安和幸福。”

夏初一挺直身子，她看着面前这个幼稚到可笑的老太太，想大声告诉她现在的自己一点都不幸福。都是因为她，全部因为她，之前属于自己的平静生活荡然无存，如今只有无尽的狼狈不堪。自己为什么会飞，到底为什么？！

她张口，声音还没出来，极响的手机铃声就打破了现有的宁静。

夏初一终于回神，她现在极其需要冷静。

按了接听，爸爸夏平的声音比刚刚的她还要着急。

“你去哪了，几天都联系不上？！你奶奶今天八十大寿，快来参加！”

夏初一闷闷地和夏平说了几句话，转头时发现老太太抱着小狗已经走远了。她没去追，也没再歇斯底里地质问，她全身像通了电一样恍惚麻木，不知道这到底是在现实世界还是梦中。

她闭上眼睛飞到了嘉悦酒店。

睁开眼睛时酒店门前的红灯笼、红地毯、鞭炮碎屑还有摩丝彩带都一一提醒着她，她再一次利用飞行到达了目的地，没有丝毫失误。

整个酒店一楼都充满着欢声笑语，人声鼎沸，吵得她耳朵疼。她看见奶奶坐在宴席正中的位置，拐杖竖在一边，几个孩子围着她又跑又闹。姑姑和姑父则不断地给桌上的人添茶倒水，每个人脸上都洋溢着幸福的笑容。

她已经很久没见过姑姑和姑父了，自从妈妈消失之后，姑姑和姑父也不常与他们家来往。奶奶更是如此，长年住在姑姑家，想起来的时候就命令爸爸过去，嘱咐爸爸再娶一个。在他们所有人的眼里，妈妈消失不消失、找不找得到都没有关系。

远处清脆的声音穿过熙攘的人群到达她的耳边。

她转头，看见许慕杨和爸爸坐在一起，一副未来女婿见岳丈的谄媚样子。

没想到爸爸和许慕杨挑了一个那么偏僻的位置。

夏初一故意坐在许慕杨和爸爸中间，不让他们有交谈的机会。许慕杨挠了挠头，啧啧两声，骂她没良心。

夏初一没理他，问夏平怎么坐这儿了，按理说他该和姑姑、姑父一样照顾宾客才对。

夏平这几天看起来有点疲惫，没正面回答她的问题，捏着桌上的杯子笑笑："斐然怕你参加寿宴有情绪，嘱咐我好好照顾你，宾客可没你重要。"

乍一听陆斐然的名字，夏初一心里咯噔一声，没想到他还惦记着奶奶的事呢。

许慕杨扯了扯她的袖子，替夏平解释："待会儿你爸要和你姑姑、姑父一起上台致辞，这会儿正紧张呢，台词都背十遍了。"

夏初一斜睨他："你怎么来了？公司不忙了吗？"

许慕杨笑得跟花儿似的："奶奶的八十大寿我怎么能不来呢，万一未来就变成我奶奶了呢……啊哟……"

他还没说完就被夏初一狠狠踩了一脚，痛得眉心紧皱。

两人正闹着，司仪清亮的声音透过麦克风传来，开宴之前的祝福仪式开始了。

夏平起身与姑姑、姑父一起扶着奶奶上台。

司仪搬了把八仙椅让奶奶坐下，夏初一得以认真观察了奶奶一下。她变得更老了，原本严厉的表情在皱纹的掩盖下变得平和安详，失去了额外的情绪。年纪的增加让人不得不接受年轻时不愿受的委屈，所有的不甘不忿和不平都在肢体开始不协调；行动不顺遂甚至需要别人帮自己吃饭、上厕所的过程中消散了。

自尊都没了，还能有什么心思谈别的。

姑姑和姑父在台上讲一些小时候的事情，爸爸则默默地站在一旁，尽量靠奶奶近一点。

可是奶奶的视线一直落在姑姑身上，疼爱的眼神让夏初一都替爸爸感到嫉妒。

台上正热闹时，许慕杨忽然凑近她："你最近没事吧？"

夏初一别过头，眉梢微挑："你为什么要盯着我？"

她说得认真恳切，倒是让许慕杨一愣。夏初一转过身子，在四周纷扰吵闹时逼问道："你是不是早就知道？"

许慕杨被她吓了一跳，休闲衬衫的领子贴着脖颈弧线摇了摇。

"我知道什么？"

"牧晨从一开始就知道我会飞，她把这件事告诉了你，你为了不让她说出来才答应给她升职。"夏初一抿了抿干燥的唇，几天的奔波让她声音都带着嘶哑，"牧晨威胁你。"

她看见许慕杨眯起眼睛，脸上笑意尽敛，似被一下子说中。

他将衬衫上面的一粒扣子解开，手指划过那张勾魂摄魄的脸，长叹道："你以为我为什么要把你的营销方案给牧晨，傻丫头。"

夏初一长睫扑闪，脑海中已经闪现出许慕杨在公司发火，控制所有员工一切对自己的不利言论的情景。她相信许慕杨可以做到，牧晨在安全范围内的挑衅和威胁都会让许慕杨容忍，而其他员工对自己的不利言论也会被他全面封锁。他默默地做这一切，都是为了她。

许慕杨没想到有朝一日他竟会在这样的环境中和夏初一吐露心

声，周遭是闹耳的笑和司仪专门放的感恩母亲的音乐，倒愈发衬托得他这些年的感情像个笑话。

“高中时我就知道陆斐然喜欢你，谁能想这么多年过去了，他一点都没变。我以为这次回国终于拥有和你在一起的机会，结果算来算去，竟输给了你们这段异地恋。”

夏初一有些惊讶：“你回国之前就……知道我的近况？”

许慕杨淡淡“嗯”了一声：“我爸给我的邮件里说他有个女秘书叫夏初一，给他想了个办法说，公司要倒闭了让我快回来。我早就知道你在公司里，我回来就是为了追你。”

他的目光一片赤诚：“你们去日本团建，我专门在日本转机跟着你。回国的飞机上我让Simon和你坐在一起，让他拜托你拍外面的照片，其实是为了有机会观察你。我当时……一直坐在你左后方，你拍照片的时候，我偷偷拍了很多张你。”

这些夏初一全部不知道。

她心跳漏了一拍：“原来那么早之前你就在跟着我。”

许慕杨苦笑，他对她的喜欢其实比她知道的还要早。青春时光明媚肆意，她是他生命里唯一喜欢过的人，喜欢了很久很久。

“你们在日本丢东西还是我找人帮你们追回来的。回淮城时飞机遇到气流乱摇乱晃，我就在左后方看你吓得脸色煞白，一边和Simon哭一边说自己的事，简直蠢得冒泡。不过说实话，丫头，如果飞机真的出事，我一定会第一时间跑过去把你护在怀里，当时差一点就要和Simon换位置了。”

夏初一眼眶发酸，气息不稳：“你为什么瞒着我。”

许慕杨干净的眉眼中多了一分无奈，要怎么告诉她后面所发生的一切连他都无法控制？牧晨上位，以她的事情和自己做交易，他只能一步步小心翼翼地保护她。

只是他还没开口，整个大厅忽然传来一声惊呼。

麦克风应声落地，所有人都慌乱起来。夏初一看向台上，只见奶奶捂着心口在椅子里挣扎，整个身体不停地抽搐。

等寿宴等了那么多天，奶奶太疲惫了，也太激动了。拨打120的声音和吼叫的声音掺在一起，夏初一几乎凭借本能地奔向奶奶，她知道奶奶这是心梗的前兆，她一定要竭尽全力给奶奶争取时间。

学会承受命运给你的每一个耳光

甫入公司时夏初一就被培训过如何操作消防器材，如何按压心脏，做急救措施，她没想到自己第一次用就用在了奶奶身上。

幸好赶在120来之前她为奶奶做了心肺复苏，再晚一点就救不活了。

医院里姑姑在墙角低头啜泣，姑父轻柔地拍着她的背，满面愁容。

夏平在手术室门口焦急地踱步，夏初一则默默地站在一旁。

直到奶奶被推出来，医生说还在昏迷，只能先送进ICU观察。

所有人都无力地接受这一刻，甚至做好了最坏的准备。

傍晚姑姑和姑父先回去收拾残局，爸爸守了两刻钟后看天色不早决定回家做饭，让夏初一替他。

中途许慕杨打电话问要不要他过去，夏初一很平静地拒绝了。总归是自己的家事，与他没有什么关系。

医院消毒水的味道很浓，夏初一坐在走廊里抬头看窗外的天空。一片蓝紫色往外蔓延，根本没有尽头。就在这一刻，她忽然很想念陆斐然，不知道很远很远之外的他在干什么。

夏天的傍晚有几丝凉凉的风，有高阔的云和晚归的大雁，然而孤独席卷了她。她想起大学时她和陆斐然一起喝冰汽水，赤脚在河堤走来走去，晚霞降临时他给她买了一盒烘焙好的蓝莓麦芬，然后在错落的街区间散步。

她已经想不起时光是从什么时候开始变成一把利刃刺向自己。

天已经彻底黑了。

夏初一在长椅上昏昏欲睡，医生忽然小跑过来。

"老太太醒了，要见你。"

夏初一本以为这里只剩下自己，所以奶奶才决定见她，进入ICU后才明白，奶奶是专门喊自己进来的。

她的身上插满细管，头发散碎地贴在枕头上，眼睛缓慢地睁开。

夏初一扯了凳子坐在病床旁边，已经很久没见过她了，如今四目相对竟有些生疏尴尬。

奶奶握住了她的手。

很凉。夏初一反手握住她，轻轻地开口："奶奶，你要加油。"

八十岁的奶奶费力地笑了笑，微肿的眼皮透着暮沉沉的气息。

"初一，你长得很像你妈。"

夏初一低低头，她现在没勇气听到妈妈的名字。那么多事情汇集到一块，心口就像被疼痛撕裂出一条口子，没有人看见时还好，任何柔软的人一进来就等于给了她展示疼痛的机会。越是在在乎的人面前，她就痛得越厉害。

奶奶看着她，缓慢地开口："年轻时你爸爸想娶你妈，我坚决不让。几个村子里的人都知道你姥姥的事，她惨死在自己家里，撞墙死的，你姥爷终年不说话，全靠你妈照顾。后来你爸路过他们村子见了你妈的面，回来就让我去提亲，可是他哪里知道，你姥爷家风水不好，谁娶你妈谁就会出事。”

夏初一骤然抬头，双手不自然地握紧：“都什么年代了还提风水。”

奶奶没有生气，纠正道：“那时候人没文化，都提风水，后来你妈嫁进来我们才知道，你姥姥有精神病。”

夏初一眉心皱紧。

“精神不正常，发疯的时候正好你姥爷外出干活，自己就撞死了。”奶奶安静地躺在病床上，努力吸了口气，“这病你妈也有，是遗传。”

夏初一的瞳孔正在发生一场山崩，她想说不可能，但是脖子就像被人紧紧掐住一样一个音节都发不出来。

“我们瞒你这么久，就是怕你受刺激。孩子，你别等你妈了，你妈早就死了。”

“不……不会的……不会的……”夏初一脸颊僵硬，拼命摇头，“我妈……不会死的……”

“那年老家拆迁，我要把老宅拆迁款全部给你姑姑。你也知道你姑姑家过得不好，我就想多照顾照顾她。可是你妈来闹，说我偏心，一点不想你爸爸。”

奶奶扭过头，脖子上的皱纹在灯光下显得又深又老。夏初一知道她不敢看自己，一向强势严厉的奶奶在这一刻竟然不敢看自己。

“手心手背都是肉，你家过得好，怎么也该让让你姑姑。那天你妈在院子里说老宅拆迁款要有你家一份，正好你姑姑和姑父也在，我们起了争执，结果话说重了，你妈就开始拽自己头发，打自己耳光。”奶奶的手从她的掌心中抽离，有些颤抖，“拆迁办的人挨家挨户填表登记，我怕你妈再说些拆台的话，情急下就安排你姑父把你妈绑起来了。我也是怕你妈伤害自己，她那时候已经疯了。”

“绑了你妈之后她就大喊大叫，我就给她嘴里塞了团布。后来拆迁办的人来家里说评估好了，又给我们看了安置协议。等和拆迁办的人聊完把他们送走再回屋时就看见你妈已经把布团吐出来，舌头都咬烂了。”

“也怪我，怕你妈难受，布没塞紧，谁知道她疯了之后就什么都不知道了……”

奶奶浑身开始抖动，说到后面再也说不下去，只是不停地哭。

夏初一愣愣地看着她，眼泪簌簌地往下流：“我妈是这么死的，原来是这么死的。”

“好孩子，你别怪奶奶。你妈有精神病，这都是天意，是天意。”

“不是天意，是谋杀。”夏初一站起身，逼视着病床上的老人，“你们杀了我妈！这是谋杀！”

一句话没喊完她颓然跌坐在凳子上，浑身像被抽干一样没了半分力气。

“我等我妈那么多年，你们却这么逼死了她。你，你们都是凶手！”

然而奶奶已经没办法说话了，她只是哭，哭得上气不接下气，全身的管子都在跟着她抖动。

“我妈从不跟你争什么，我出生三个月你就和我爸妈分家，你那时候怎么不想想我爸妈难过？这么多年你贴补姑姑姑父，动辄和我爸闹,让我爸和我妈离婚，你怎么不想想我们一家人的难处？我爸拼死拼活地工作，家里所有重活全由我妈干，最难的时候你三番五次给我爸要钱，我妈什么都没说，你为什么不肯想想我妈的好？奶奶，人心换人心也该够换了，老宅拆迁款你就算不想给我爸妈，也好歹对我妈好一点。我妈有精神病你还要这么对她，你怎么那么狠心？奶奶，你们绑我妈的时候手就没有抖吗？我妈难过喊叫的时候你就一点都不心疼吗？那是我妈，是我妈啊……”

“我妈那么好，死的时候还那么年轻，你们怎么……下得去手……”

“为了拆迁款你就能把我妈绑起来，你和姑姑为什么还能平静地生活这么多年？你们看我满世界找我妈的时候就一点都不痛吗？我连我妈埋在哪儿都不知道，我妈在我梦里都还是十年前的样子，我到死都再也见不到我妈了，永远永远看不见她了。”

夏初一伏在病床上，那么多年的委屈和怨恨一并发泄，泪水被抹去紧接着就又流下来。她哭得歇斯底里，哭得没办法呼吸，一想到妈妈是那样去世的她就疼得骨头发麻，眼前一片漆黑。

然而病床上的人老了，在死亡面前回忆这样的往事已没有那么多不堪。她这辈子一直要强，丈夫死了那么多年，是她一个人带大了孩子，她早已习惯这个世界的冷漠凉薄。那件事太突然，她也曾自责很久，只是即便她再悔恨，也改变不了什么了。

时间在病房里停止，被汹涌的眼泪湮没。

很久很久之后，天已经黑得像块不透缝隙的绸布。

夏初一终于哭累了，眼泪在脸上干涸，身体因恨意而僵直。

她看着病床上的人，漫过喉咙的声音打破了房间内的沉默。

“奶奶，我是不是也有精神病，遗传的？”

病床上的老人缓缓闭上眼睛，无声地点头。

就在那一瞬间，夏初一觉得天都塌了。

四肢百骸疼得犹如被蛇蚁咬过，每走一步肩膀都在剧烈地颤抖，崩溃坍塌的感觉四面八方地罩着她。

夏初一奔出ICU的时候恰好撞上来送饭的夏平。

夏初一的眼泪再次滚落下来。夏平看着她脸色煞白，担心地问她怎么了。

然而不受控的夏初一对夏平吼出声，每个字都带着眼泪从口齿间翻滚而出："你是不是早就知道我妈死了。"

砰的一声饭盒砸在地上，洒了一地汤汁。

"你，你都知道了？"

夏初一猜到了，原来所有人都知道妈妈的事情，唯独瞒着她。

走廊里的灯光亮得可以照清夏平头发里的银丝，夏初一嘴唇紧紧抿成一条线，恍觉妈妈去世竟这么多年了。

她上前一步，想证实心中的猜测，只是话一出口就提前丧失了确认的勇气。

"高考前一天我和陆斐然找了我妈一夜，后来……后来我昏倒，陆斐然把我交给你。当时你是不是就告诉他，我有精神病？"

夏平老泪纵横，眼睛里闪着心疼的光。

夏初一的心狠狠揪在一起，她从爸爸的表情里得到了答案。原来陆斐然早就知道了，原来他……一直知道……

所以他才会放弃上大学的机会陪自己复读，才会片刻不离自己身边，才会那样细心妥帖地呵护自己，才会带自己去找温墨耕，甚至奋不顾身地跳进池塘。

他害怕别人说她是疯子，所以跳进池塘陪她一起发疯。

她已经流不出眼泪了，整个身体在充满消毒水味的走廊里摇晃。

她咧开唇角，声音都在发抖，苦涩地化开。

"爸爸，你为什么叫我初一啊，我明明是十五出生的。十五的寓意多好，万家团圆，没有分离，没有忧惧，只要一家人在一起就幸福开心。爸，我恨我自己没有早一点发现真相，我真恨我自己。"

她整个人都在颤抖。夏平哭得满脸是泪，一个大男人在这样的时刻竟然悲恸得像个孩子。

ICU里忽然传来仪器的嗡鸣，远处医生踢踏的脚步声和惊惶的叫喊声绵绵不断地传进耳朵。

夏平踉跄一步，连和夏初一说话都顾不上了，直接错身离开。

紧接着，她听见老太太不好了的消息。

可她没有折身进去，她跑起来，向外跑。

奔过走廊，奔出医院，奔向漆黑的夜。风声滑擦过耳边，将曾经所有她自以为是的真相全部割裂。

千山万水不叙深情

她闭着眼睛飞向汉州。

到达时天色已经明朗，这次她“降落”在了火车站外面。

她第一次审视身后的车站，有意识地去看站前的广场。视线越过熙攘人群看向钟楼上的时间，与她来时相差七个小时。她想起淮城直达汉州的火车时刻表：23：45—6：30。

这是两地之间唯一一趟能在七个小时的时间来这儿的高铁，“火车站”三个大字像红着眼睛的野兽一样提醒着她：欢迎到达。

她转身继续奔跑。晨风灌进胸腔，烧灼一样地疼。

到达建商银行时空调的冷气让她有些发抖。

她一眼看见大厅里的陆斐然，他穿着职业装，长腿线条流畅，还是那样克制和温柔。他正低着头和一位“客户”说话，没有看到站在银行门口痴痴望着他的夏初一。

她一路走向他，呼吸急促，脸颊因奔跑而潮红。

她走到他面前，张口喊了一声“斐然”。陆斐然抬头时，与他说话的“客户”也转过头来，五十多岁的阿姨很是清瘦，眼睛黯淡无光。

夏初一忽然想起来她是谁。那晚她在陆斐然公寓楼下痛哭，黑暗里有双手扶住她，问她怎么了。

面前的女人正是那位被自己的哭声吵到的阿姨。

可是在极盛的阳光下夏初一才看清，阿姨眉眼清秀，气质温雅，陆斐然长得很像她。

夏初一强撑着笑，一边笑一边流泪。她没来得及和阿姨说话，眩晕感便袭遍全身，晕倒时耳边充斥着陆斐然惊慌的喊声，“初一醒醒”的字句不断滑入她的耳朵。

可是她根本不愿醒。

倘若人生可以长睡该有多好。

如果真的会飞就好了。

夏初一觉得自己身处黑暗之中，什么都看不见，什么都摸不着。她一路往前走，终于触摸到一片蓝净的天空。她站在荒野中回望来时的路，看见了载着她到达这里的火车时刻表：

淮城—汉州　23：45—6：30

淮城—汉州　11：50—11：30

淮城—汉州　18：20—18：00

汉州—淮城　24：00—7：00

汉州—淮城　15：20—15：00

高铁需要七个小时，普通火车需要二十四个小时。

二十四个小时，她说的所有“闭眼就到”的时间，其实都是明天到达。

所以第一次她“飞”到汉州时衣服一角脏了不是空气摩擦导致的，而是她坐了二十四个小时的火车在车站被人挤脏的。

所以在公司出现问题时牧晨让她马上回去，她立刻“飞往”公司，到达时根本不是当天下午，而是第二天的下午。由此牧晨才那样惊讶，那样欲言又止。

所以许慕杨带着她前往江南饭庄时三番五次问她去哪了，不是因为她消失了一会儿，而是因为她消失了整整一天。

甚至……她约陆斐然分手那天说好中午十二点到主题餐厅，她到达的时间根本不是当天中午十二点，而是第二天中午十二点。而陆斐然就在餐厅门前等了一天，完全没有社交耐心的他为了等待她的出现一直站到餐厅打烊，第二天一早继续在餐厅门口等她。

和Simon坐飞机时她觉得飞机异常亲切，连机翼上的数字都似曾相识是因为她赶不上火车时常常坐飞机前往汉州。所以她的工资卡会余额不足，连电费都交不起。

她端着盘子从厨房“飞”到客厅根本不是因为她会穿墙，而是她走到了客厅，但是脑子里已经记不得走路的过程。

她的意识在“飞行”“穿墙”的时候完全清空，只是单纯的记得前一秒在厨房，后一秒在客厅；前一秒在淮城，后一秒在汉州。仅有的前后两个片段让她以为自己会飞，以为自己拥有了超能力。

所有人都知道她精神不正常，只有她自己不知道。

残酷的过往呼啸袭来。

她到如今才明白，自己和陆斐然去爸爸家的时候，爸爸在楼下搂着陆斐然的肩膀背对着她其实是在偷偷地哭。陆斐然给她扎头发是希望她不要太狼狈，给她仅存的体面。第一次分手后她去汉州偷偷看陆斐然的时候，陆斐然已经在淮城的雨里等了她一天一夜。

还有很多……诸如此类的场景还有很多。

她悲痛地哭号，想对他们说千千万万个对不起。

被他们小心翼翼地呵护了那么多年，她的病终究还是发作了。她之前想不起来坐火车的任何场景，听不到在那期间打过来的任何电话，甚至忘记了乘车时浪费的时间，在这一瞬间，她全都想起来了。

火车上嘈杂的人声，贩卖声，小孩子的哭声。对面坐着的人看自己的奇怪的眼神，下了火车催促出租车司机快一点的焦急样子，甚至在游轮上闭着的眼睛忽然睁开，她就跟疯魔一样提着裙子奔向车站的情景在这一瞬间全部想起来了。

天又黑下来了，无边无际的黑色包裹着她。

她病了。

没有人敢再刺激她，没有人敢对她说出真相，只能这样看着她病着。

无能为力，毫无办法。

醒来时天光不明，窗帘只拉上了一半，得以让她看清窗外的景色。大片的酢浆草开着紫色诱人的花，晨露沾染在叶子上，一棵枝干遒劲的槐树，在夏日清晨半明半暗的天色里安静地给花瓣做伞。

躺在床上的夏初一侧了侧身，低头看见自己已经穿上了病号服，床边的陆斐然正趴在那儿浅浅睡着，外套搭在椅背上，整个身子半弓着，睡得并不舒服。

她不知道自己昏了多久，想点开手机看看时间，不料一个动作没做完，陆斐然就醒了。

他静静地看着她，眉眼清澈，目光温柔。

夏初一将伸进枕头底下的手抽出来，摸了摸他的脸。有些清凉，但很真实。

“我睡多久了？”

陆斐然握住她停在自己颊上的手：“六天。”

夏初一微微有些惊讶：“平常发烧不是烧一天就醒了吗？我这次感冒是不是有些严重？”

陆斐然的胳膊顿住，他的眼睛里露出一丝痛苦，转瞬又被镇定掩去。

“感冒的时间太长，所以你睡得比较久。”

夏初一长叹气，转而庆幸地点头：“现在好了，上午就可以出院啦。我准备给我妈妈说高考后带她去旅行，她一直照顾我和我爸，还从来没有见过外面的世界，真想带她去外面看看，吃很多当地的小吃，她什么都没吃过，一定会爱吃的对吧？”

陆斐然低了低头，淡淡地“嗯”了一声，鼻音里透着哭腔。他想起心理科医生说病人醒来可能会出现精神错乱的情况，让他提前做好准备。他怎么能做好这样的准备，心像电梯失重一样不断下沉。

夏初一看出他脸色不好。她那么爱他，他有丝毫变化都能被她窥得见。

她张了张口：“那个女人，你长得很像她的中年女人是你妈妈吗？”

陆斐然不知道她的脑海里又闪现出什么，只能回答她的问题：“是。”

“她没死？”

“没有。”

“那太好了。”夏初一眼睛里的光在晨曦中晶亮，“这样你妈妈就可以和我爸妈见见面，把我们两个的事情确定下来。”

陆斐然手指不自然地垂下，声音喑哑：“我妈妈病了，是癌症。可能……没有办法见你。”

夏初一愣了愣，白皙的脸庞贴在枕头上显得更加清瘦。房间里有一瞬间彻底沉默，犹如触不到边际的深海。

她笑了笑，手握住他的，企图用一个好消息使他快乐。

“我做了一个梦，梦见自己会飞。”

陆斐然看着她，呼吸被清晨的凉意浸透。他眼底圈着清浅的液体，唇角数次抖动，最终淡淡一笑。

“那梦真好。”

明媚的光线透过窗玻璃打在他的周身，陆斐然转头去看初升的太阳。妈妈就在楼上的病房躺着，而他爱的人还在紊乱的精神中挣扎。他在晨曦中抬头，内心平静如水，不知时光怎么就给了他一个这样的结局。

认真道别

夏初一时常快乐得像头刚刚学会奔跑的小鹿。

心理科的年轻医生常常陪她在医院花园里奔跑，有一次她摔倒了，手背擦破皮流了点血，吓得医生连连后退，脸色惨白。她奇怪这个名叫简一凡的心理科医生怎么还没她一个病人坚强，后来才知道他晕血。

作为一个医生，竟然晕血，夏初一实在好奇他能不能干得长。

但他确实很负责，为她做心理治疗期间十分尊重并且理解她，让夏初一得以知道心理科并没有想象的那么恐怖。病得很重的人会被家人送去精神卫生中心，那里有专门的病房和看护，而心理科每天面对的都是普通人，来看病的要么焦虑，要么强迫，要么失恋，要么求职受阻，心情不好，甚至和爸爸妈妈吵架了都能到心理科哭诉一场，做几次咨询，之后就可以兴高采烈地回家。

这样的发现让夏初一觉得自己很正常，很普通，她应该没什么问题。偶尔她会在科里见到抑郁症病人，表面上也很正常，还能和她讲个笑话，只不过大家都很清楚，他们的心病了，按简一凡的话说这叫“心灵感冒”。

夜深人静的时候，夏初一最难过，因为她睡不着。睡不着的时候除了来回翻身就是胡思乱想，有时候会想起一些现实生活里的事情，但是太痛苦了，每每想起她在两个城市之间“飞”的事情就难过得喘不上气，要多吃几片安眠药才行。

京大医院心理科没有病房，她被安排到神经内科的病房里休养。陆斐然和爸爸常常陪她聊天，但是从没有提过她的妈妈还有她的奶奶。

不过夏初一猜得出来奶奶已经去世了，她有一次看见爸爸偷偷掉眼泪，那是在她少数的十分清醒的时刻。她想起来自己没了妈妈，爸爸也没了妈妈。

只是绝大多数时候她不清醒，快乐得成日在院子里看花遛鸟。医生说她在逃避，她根本不想回到现实世界。

需要有一个人，一个她足够尊重的人来开导她。

温墨耕到来的那天阳光出奇的好，夏初一刚刚在心理科做完一次沙盘。她在沙子上面摆了很多很多月亮，从一点点的月牙到半个月亮再到大半个月亮，底下照着几个小房子，小房子里没开灯。

没有一个月亮是圆满的，漫天的月牙都带着缺口。很久很久之后，夏初一才从简一凡的口中明白原来她做的沙盘就是自己的内心写照，只不过温墨耕来的那天她还不懂。

她回到病房时陆斐然带着新摘的桃子正等着她，夏初一看他消瘦的下颌线更加清晰分明，有些心疼。

“你不用常来的，我爸一直看着我，你有时间了自己就多休息休息。”夏初一坐到他对面，伸手拿了个桃子握在手心。

陆斐然反手将她的手包在自己的掌心中，轻声道：“昨天睡得好不好？”

夏初一点头：“特别好。”

陆斐然当然不大相信她的话，静静地看了她几秒钟，离她更近一些：“你还记得高中时的班主任吗？”

夏初一接受了一段时间的心理治疗，如今精神已经正常，只不过还有心结，导致状态不稳定而已。她时常兴奋着兴奋着就会格外低落，又时常笑着笑着就会大声哭泣，但她心里已经察觉到了这只是情绪短暂的不受控制，和自己发疯根本就是两码事。

陆斐然问这个问题的时候夏初一真想给他一拳，告诉他自己又不是傻子。

“你说的是心理咨询师温墨耕老师吗？”夏初一抽开手，啃了一口鲜桃，“我还想把他介绍给简医生认识呢，可以让他们切磋切磋。”

话音未落，病房门忽然被推开。

“我已经见过他了。”

再见温墨耕，夏初一还是有些惊吓。她瞪着眼睛看着一身汗衫的温墨耕，桃肉差点卡住嗓子。

温墨耕笑呵呵地走到他们身边，低头看着脸色红润的夏初一。

“恢复得不错呀，看来可以出院了。”

他没有避重就轻，开口就聊她的病情，这让夏初一有点惊奇，因为从她生病以来没有一个人这样做过。

夏初一咧嘴笑：“我也觉得没什么问题了。”

陆斐然将桃子放在桌上后有意地退出。鲜嫩的粉红色桃子咕噜噜地散开，和窗外的阳光构成一幅美丽的静物画。

病房里只剩他们两人，夏初一下意识又紧张起来。每次面对这位班主任她都禁不住地回想起高中时期的自己，堆成山的作业，一张又一张数学习题，还有用红色笔打满叉的卷子，简直让她头炸。

温墨耕温和地笑了笑，坐下：“我来是想和你聊聊天。”

夏初一像被绑在了椅子上，僵硬地笑笑：“聊什么？”

“聊你的妈妈。”

夏初一鼻子一酸，静默了数十秒。这期间温墨耕一直看着她，看见她瞳孔在剧烈地震动。

“不……不想聊。”她咬咬牙，迅速低头，想避开他的目光。

温墨耕仍然温和地笑，停了一会儿，见她情绪稍稍稳定才又开口：“其实在你妈妈消失后的时间里，你曾想过妈妈或许不在了，是吗？”

夏初一的手指紧紧攥在一起。

温墨耕继续道：“所以在得知你妈妈去世的消息时，你有承受这件事情的能力。你只是没有去想妈妈真的不在了你该怎么办。”

“别说了老师。”她声如蚊蚋，竭力想阻止他出声。

温墨耕听从她的话，很长一段时间没有说话，不过在她呼吸恢复平稳后再次开口。

“初一，老师的妈妈也没有了。无论她是如何不在的，我们都要尝试接受这个事实。”

“为什么……要接受？”夏初一喉咙颤动，身体有些摇晃，“她……死得那么惨，我没办法原谅。”

整个房间里莫名出现了一些紧绷的气息，她被无数糟糕透顶的情绪击中和裹挟。

然而温墨耕接下来的话让那些情绪很快离开她的身体。

“放下很不容易，但是你要相信真正的爱会有心灵的连接。即便她不在了，你还是能够感受到她。”

夏初一眼泪充满眼眶。

温墨耕平静地看着她：“父母的离开都是注定的，我们没有资格要求他们一直为我们活着。虽然他们离开了，但是他们已经给了我们足够的能量，让我们有足够活下去的能力。”

夏初一本能地往后坐了坐，只要提及妈妈的名字她都想逃开。

她还有很多想为妈妈做的事，她不能接受妈妈竟然已经不在了，她恨自己没有在妈妈活着的时候多对她好一点，她的这些心结成了日日夜夜睡不着的缘由。

其实她是恨自己无能为力，恨自己什么都改变不了。

泪眼模糊中夏初一将这些话都告诉了温墨耕，她絮叨着妈妈当初如何把自己养大，回忆妈妈的好，讲小时候的事情，语无伦次，想到哪儿说到哪儿，眼泪越流越多。

温墨耕很认真地倾听，没有打断她。这是她生病以来说过的最多的话，这些话她不能告诉爸爸，怕爸爸更加伤心；也不能告诉陆斐然，怕他担心自己受了刺激病得更重。

太阳西斜，夏初一在哭诉中回过神。她看见温墨耕在说话，一瞬间忽然将他的话全部听进了心里。

温墨耕说："他们的离开给我们带来了很大的伤痛，但是所有的痛都不足以成为我们不继续向前走下去的借口和理由。父母给我们带来痛的同时也给我们留下了他们该给我们留下的能量。无论父母是自然离去还是骤然去世，这些都是他们的人生。我们没办法改变命运，能做的就是用父母给我们的这份能量好好活着。"

她把"自己能做到的事"这句话听到了心里。

不是无能为力，不是无法掌控，而是实实在在自己可以做到的事。

她终于有勇气问他："我要怎么和妈妈告别？她会知道我和她说再见吗？"

温墨耕的眼睛里带着夕阳的光。

"每个人都会面对这样的问题，所以从很久很久以前人们对于家人的离世就有一个非常重要的仪式，就是守丧。参与仪式的过程就是说再见的过程，在这期间你可以和你妈妈认真地道别。"

温墨耕离开之后夏初一睡了很长时间的觉。

没有做梦，也没有胡思乱想，沾枕头就睡着了。她很少这样放松地入睡，陆斐然起初还守着她，到后来就悄悄地离开了。桌角放着一条红绳，他依照温墨耕的吩咐特地准备好放在那儿，月光打在上面，为它覆上一层温柔的光。

那条红绳是高考前妈妈特地为她求来的，只是还没有机会给她就去世了。

又是一个农历十五，窗外光华皎洁，天地一片银色。

夏初一醒来时面对漆黑的房间第一次没有感到害怕。她转头看外面的星星和月亮，觉得妈妈就在那里看着自己，没有走远。

手机信息叮的响起，夏初一看了看时间，刚过十二点。

发信人是爸爸，夏初一皱了皱眉，不知道爸爸怎么会在这个时候发信息。她划开屏幕看到那短小的一行字时立刻怔住，呼吸都停了下来。

或许简一凡医生将自己做的沙盘告诉了爸爸，她没想到一直困扰她的问题在今天有了答案。

“爸爸给你取名初一是因为初一是新的一天，新的一天就会有新的希望。”

手机在手指间剧烈地颤抖，所有的不甘心和意难平在这一瞬消失得无影无踪。她的视线停留在幽蓝屏幕上，一遍又一遍读那些字。眼泪被狠狠收回去，她想告诉爸爸她以前一直喜欢十五，可是现在她喜欢初一了，她开始喜欢自己的名字，甚至开始喜欢自己。

她终于可以和自己的名字和解，愿意相信妈妈的去世不是自己的错。虽然十五代表圆满，但初一却代表了新的人生。

真心永远可贵

夏初一觉得自己病愈了，但是她不知道自己是怎么病愈的。她晚上可以睡得着觉，也可以有节制地回忆以前的事，甚至觉得以前认为自己会“飞”是件还不错的趣事。她以一个旁人的眼光审视以前的自己，觉得那些事情离现在已过去了很远很远。远到她清楚地知道自己得过病，并且很平静地接受这样的自己。

简一凡说心理治疗是一个长期的过程，她不知道自己如何康复的，或许和医生的治疗有关，或许和温墨耕的话有关，也或许和爸爸的短信有关。她只知道她在这漫长的过程中忽然有一天想通了，像积沙成塔一样，每一件事都是让她康复的助力。时间像一双温暖的手抚慰着她，在不知不觉间改变着她，只不过她意识到自己变好却是在一瞬间的事情。

当然这仅仅限于她自己的想法，至少整个医院里还没有人知道她是这么想的。

陆斐然每天都会来看她，总是带着新摘的水果，放在桌角的葡萄和树莓都还带着叶子。今天他来得早，夏初一瞧着面前穿着白色

T恤、双腿修长、怀里抱着婴儿一样大的西瓜的陆斐然哈哈大笑。

陆斐然以为她又犯病了，赶紧上前盯着她的脸。简一凡说如果她笑得太扭曲要第一时间送往心理科。

在两人离得不到十厘米的时候，夏初一对着他翻了一个白眼。

陆斐然长嘘口气，看见她疯笑之外正常的表情后稍稍放心。

夏初一心想陆斐然这个大傻瓜，和以前一样对生活有着超出想象的固执和笨拙，笨得让人咋舌。

她清了清喉咙："为什么要带那么大的西瓜来？不沉吗？"

陆斐然没把西瓜放下，仍然抱在怀里："待会要给简医生送去。"

"给他？"

"暑气太重，他要分给心理科的病人吃。"

夏初一能想到陆斐然是怎么把这差事应下的，一下子有些心疼他。住院以来都是他在照顾自己，爸爸忙完自己的事还要连夜赶回淮城处理奶奶的事，根本没有多余的精力。然而这期间陆斐然从未抱怨过，夏初一陡地鼻尖有点酸。

她挠了挠自己的头发，语气带着三分示弱："我知道我自己病了，朋友和亲人都不在身边，只有你陪着我。"

陆斐然微微一怔，清澈的眸间掠过一丝疑惑。

"你病的时候许慕杨和你公司的同事也来过，大家没有打扰你。"他的声音很低，却带着沉稳的力量，"医生说你会好起来的。"

说起许慕杨，夏初一倒想起一件事，分手后陆斐然的几个短信说明他对自己在淮城的事情了如指掌。

"你们早就知道我生病了对吗？所以我和你在池塘边大吵一架后许慕杨就天天和你汇报我的情况，包括他送我戒指？"

陆斐然皱着眉不知道夏初一怎么将这些事情记起来了，只能点头道：“其实他和你来汉州存款的那次就把你的事情告诉了我，所以我才连夜赶回淮城。”

原来如此。她本以为他们在餐厅撕了火车票提完分手后便彻底结束了，然而许慕杨告诉他自己会“飞”的事情让他察觉到自己已经病发，这才回淮城重新和自己在一起。

“那天我下楼取东西，听到你和爸爸说……”夏初一重复他当时说的话，“许慕杨说她会飞……这太奇怪了……我来就是为了验证这件事，用任何手段都要验证……”

陆斐然明白这正是她和自己决裂的原因，只是不知道当时她到底听到多少，慢慢道：“那天我和爸爸说的是：‘许慕杨说她会飞，这根本不可能。妄想症不会只有这一种症状，这太奇怪了。初一是有精神疾病，但我不相信她会疯。我来就是为了验证这件事，用任何手段都要验证。我会验证给你们看，她是正常人，她和她妈妈不一样。’”

她抿了抿唇，整张脸都要皱起来。

原来她没有听到全部对话，会错了意，难怪爸爸这么支持他的决定。她有些不敢看他，脸颊一阵发烫。想到那时他还坚持和自己结婚，回头想想自己竟不知辜负过他多少次。

她将头垂得更低：“我一直活在自己的世界里，抱歉伤害到你。”

陆斐然抬手摸摸她的头发，很高兴看到她与往日的不同：“不怪你。我们害怕将真相告诉你会给你更大的刺激，所以决定隐瞒。”

夏初一明白他的意思，事实上也确实是因为尹欢歌她才对整件事情产生了怀疑。而奶奶说的话则让她的处境雪上加霜，他们担心的事情最终还是发生了。

但还有一件事夏初一没有想明白，她必须弄明白。

“你当初为什么要和我分手？”

她会“飞”就是从机场收到他说分手消息时开始的，一切都从那天开始偏离轨道。既然他早就知道自己有家族精神病史，却还是坚持和自己在一起，那后来又为什么和自己说分手呢？

话音未落，他抽回手，白皙脸孔微怔。

很长时间，陆斐然只淡淡地看着她。漆黑的眼睛像蒙了层雾，带着各种复杂的情绪一齐在眼尾处堆积。

他将大个儿的西瓜放在桌上后慢慢走回来，阳光在他身后温柔地散开。夏初一的视线一直追着他，却始终看不清他脸上的表情。

直到他坐在她对面不再逆光的位置，让他脸上的痛苦和懊悔一览无余。

“对不起初一，我曾和你撒过谎。”他手指微微蜷起，紧张地不敢直视，“我父母都没有死，他们都还在世上。”

夏初一觉得自己两只耳朵支棱着，像起跳之前的猫。

“你父亲也没有去世吗？”

“没有，他们原来就在汉州工作。小时候家里的客人络绎不绝，总是恭维他们，给他们送很多礼物。”陆斐然垂着眼睛，呼吸都在变弱，“他们在政府工作，很风光，很体面，甚至很有权力。”

夏初一以为他还不知道自己病愈了，所以才肯将这些真话告诉自己。若放在以前他是不会说的，就像这么多年他一直和自己撒谎，让自己以为他在这个世上只剩外婆一个亲人。

然而陆斐然像听到她的心声一样抬起头与她对坐。

“我不是故意要瞒着你，在我喜欢你的时候就想告诉你这一切，但是外婆……”他顿了顿，坦诚道，“在我上初三那年爸妈就被捕了，无期徒刑。从那之后我们在汉州的家就散了，外婆把我接到淮城。高一转校时外婆向所有人宣布我父母双亡的消息，她希望我能开始一段新的人生。”

夏初一呼吸微滞，被这个消息震住。她能想象得到陆斐然小时候过着怎样优渥的生活，所以他聪明、优秀，见闻广博，成绩斐然，如今看着他这样羞于提及自己的往事，也能想象得到他是如何变得深沉、寡言和安静的。

她猛地想起来他高中时期的梦想。

“你当时说过你想学法律。”

“是。我想为我父母争取减刑。”陆斐然的双手紧紧攥在一起，“他们当年参与了一个市政项目，后来工程出事死了很多人，之后又牵连出腐败案，这才判成无期。但是我妈妈是不知情的，只不过经了爸爸的手她才变成了帮凶，我很想救她出来。”

“但是你为什么又改变专业了呢？上大学时你明明报的金融……”

夏初一没说下去，她从他眼睛里看见了泪星。

夏初一猜到了，因为自己。

手腕间的红绳提醒着她拥有怎样的家庭，提醒着她要时刻记住她得的病。陆斐然报了金融专业，做了银行职员，甚至和她异地，都是为了几年后有能力给她更好的生活，让她过得更好。

呼进的每一口空气都像长出了尖刺划过她的喉咙，她使劲眨了眨眼，努力让自己镇定下来。

“是我拖累了你。”她小声说，睫毛不停地抖，“我打乱了你的计划，打乱了你的人生。你应该和我分手，应该的。”

“你没有。”陆斐然有些慌张，连忙握住她的手。窗外金色阳光照耀着这个静谧的午后，树叶随着微风轻轻摇晃，天气明明那么好，却仍然抚不平夏初一心里绵密的疼。

陆斐然将她冰凉的手指紧紧握在掌心。

“初一，我从没有想过要和你分开。”他太害怕失去她，说话声音一时间都在上扬，“我毕业后就在找律师帮我，我妈妈已经减刑了。我原本想等她出狱后就把真相告诉你，但没想到她早就生了病。办了保外就医，还是没能阻止病情恶化，刑满后她就长期住在医院里。”

夏初一终于听他将妈妈的事说了出来。

她有些不敢证实自己的想法，但心里的话几乎是在一瞬间从嘴里滑出。

“你妈妈是不是不喜欢我，是不是她要你和我分手？”

她感受到他掌心的力道松了，他应该没想到自己已经察觉这件事。

他有半秒钟的失神，却没有回避。

“我妈妈出狱后就迅速了解了我这么多年的生活，包括你。她希望我过得更好，希望我不要回到淮城那样的小地方。她找到之前的人脉让我在银行站稳脚跟，甚至介绍萧意映和我相处。萧意映的爸爸是她多年的老朋友，她要我和你分开，要我和萧意映在一起。”陆斐然的语速越来越慢，眉眼间尽是无奈，“她得了胃癌，化疗后很痛苦，医生说只能靠药物维持。如果情况好转的话她会活三四年，如果恶化的话随时都有生命危险。”

“我原本不同意她的话，可是我不希望她生命里的最后一段时间在和我的争吵中度过。我顺从她的心愿说会和你分手，想如果几年后你还没有恋爱我会重新追你。我不告诉你实情是害怕你等，这种等待无异于给你更多的痛苦，消耗掉你与我多年的感情。”

“我妈妈很固执，不仅要看着我和你分手，还要看着我和萧意映在一起。所以我和萧意映在我妈妈面前演戏，她频繁去我那里，故意关掉房间里的灯都是做给我妈妈看。只是没想到这一幕也被你看到了，伤害了你。”

夏初一回忆之前的一幕幕，她哭得最伤心和狼狈的那一晚确实是陆斐然妈妈在小区里的那一晚。原来他妈妈故意在楼下等着，就是为了看到萧意映上楼，看到萧意映和陆斐然住在一起。那时候的她就很瘦了，不知道她在扶着痛哭的自己时心里又在想什么。

陆斐然看着怔愣的夏初一，目光暗淡，长指摩挲着她的手心："高考那年我就知道你不能受刺激，所以提分手时根本不敢给你打电话。我想用简短的几个字与你告别，没想到还是让你出了事……"

他的喉咙又紧又胀，像被砂纸磨过一样痛得他无法开口。

就在这时，夏初一反手握住他的手心，脸上浮起一个无声的笑。

一切误会都解开了，夏初一终于明白陆斐然为什么变得那么瘦。他除了要照顾妈妈还要照顾自己，除了要配合实现妈妈的愿望还要尽力不伤害她。分手后的那么多天她都痛苦不堪，而隐忍如他又是怎么熬过来的呢?

他已经为自己做过太多的事，仅仅是想让妈妈安然度过最后的日子就被生活给予这样残酷的折磨。她知道他不想让自己遭受来自他妈妈的恶意，更不想让自己陪着他空等后面的时光，他所做的一切选择都已经优先考虑到她。

她想和他说很多很多话，想告诉他自己可以等，想和他说不要内疚，不要自责。尽管生活多艰，可她知道他真心爱护她，这就够了。人生多苦，这些爱对她来说已经很足够了。

窗外云朵一样的花簇和蝉鸣让她的笑变得可爱和美好。

她收起很多很多话，张开双臂拥抱他。

保罗·柯艾略说"只有你愿意相信生命本身就是奇迹，奇迹才会降临于你"，她想她应该相信自己遇到的这一切，相信他对自己的爱，也相信他没有放弃自己，更相信生命不会在这里戛然而止，她要和他一起走下去。

毕竟最重要的相遇早已在身体相遇前就已经由命运安排好了。

弄巧成拙

夏初一在想怎么才能找机会去见陆斐然妈妈一面。

她已经知道陆斐然妈妈住在楼上的病房里，他陪自己待到中午后就要去照顾他妈妈。她问了他下午的安排，三点到五点之间他会去银行，那个时间她去拜访他妈妈正好合适。

不过现在有一个问题需要解决，下午的那个时间段她不能出病房，会有护士看着自己。简一凡总是怕她乱跑，所以嘱咐人在下午五点之后也就是他快下班的时间放自己出去，这样他就可以每天在户外观察自己的精神情况。

看来想要在下午三点钟出门只有一个办法了。

她迅速跑到门口喊来护士，一脸兴奋地对她说："快喊简医生过来，我有话对他说。"

午睡时间，病房都安静下来，夏初一在房间里来回踱步，直到简一凡推门进来，一身白大褂衬得他眉目疏朗。

她赶紧拉着他笑嘻嘻地坐下，又起身给他倒了杯水。

简一凡还不到三十岁，却用一种老父亲般的慈爱目光看着她。

夏初一意识到这次谈话异常重要，因为她想向他证明自己病愈了。

她坐在他对面，看着他握着那杯清水也不喝，歪了歪头：“要不要我给你加片柠檬？”

简一凡摇摇头，干脆将杯子放下。

“说吧，什么事？”

夏初一“啊”了一声，没想到他完全没给自己铺垫的机会，一时还真不知道怎么开口。

她挠挠头：“医生，咱们聊聊天文地理吧。”

简一凡眯了眯眼，用一种好奇的眼光打量她：“说说看。”

夏初一心想，证明一个人正常应该从文化知识下手，你想，如果她对学过的知识都能牢记巩固，足以说明她病愈了吧。

夏初一被自己的智慧折服，先哈哈笑了几声，这才看着他道：“医生，我吃了药精神好多了，你看我说的对不对。世界有七大洲四大洋，陆地面积最大的国家是俄罗斯。太阳系有八大行星，离太阳最近的行星是水星。太阳直射北回归线是二十四节气中的夏至，这一天北半球的昼最长夜最短。”

她停顿了一下，看简一凡唇角微笑的弧度越来越大，立刻打了鸡血似的继续道：“月亮绕着地球转，地球绕着太阳转。地球自转，昼夜更换，绕太阳公转四季出现，自转一日，公转一年，自西向东，方向不变。”

简一凡意味深长地点头。

夏初一赶紧将水递上去，笑嘻嘻道：“怎么样，你还希望我说点什么？”

简一凡很客气地将那杯水又放回去，探身靠近她：“你对你的病有什么新的认识吗？”

“有，很多！”夏初一坐直身子，想尽力表现出自己是正常人。“你看啊医生，我起初以为我会飞只是因为我忘掉了中途的旅程，这一点普通人也会经历吧？比如哈，你骑车或者开车行驶在公路上，四周景物单调，你就很容易走神，不知道的时候就已经行驶了一段距离了。你说我的病是不是跟这个很像？就是走神的时间变长了而已。”

简一凡笑起来，露出半个酒窝，被她的情绪感染，也带着几分兴奋。

“继续说。”

夏初一像得到了旨意，笑得更加灿烂：“心理学上说人都有自愈的能力，马斯洛先生不就强调人的成长和发展吗？人在信任、关爱、自由和安全的气氛中会进行自我探索、体验、表达等活动，个人对自我的治疗就会发生作用，然后在行为和人格上的积极变化就会随之出现。”

幸亏之前听温墨耕讲过这些东西，她在这一刻简直崇拜自己。

简一凡果然有所觉察，笑意不减，站了起来。

“你的认识很正确。”

夏初一高兴得心都跳到了嗓子眼，连连点头：“谢谢医生！都是医生治疗得好！”

“我现在还有最后一个问题。”他双手插兜，眼睛里发着和善的光看着她。

夏初一觉得自己马上就要成功了，连忙站起来和他对视：“知无不言，言无不尽。”

简一凡放缓了声音：“之前开的药还在吃吗？”

夏初一哈哈笑了几声，显然他意识到自己病愈了。

“在吃，放心吧。”

简一凡点点头，随即转身向门外走去。

夏初一站在原地目送他，期待他让守在门口的小护士给自己放行。

果然，简一凡出门的时候将护士喊到身边。

关门的一刹那，夏初一听见他压低的声音从门缝中遥遥传过来。

“给她加大药量。”

窗外的蓝天高而澄澈，蝉鸣在绿荫间欢快得跳跃。窗口留了一角空隙，夏风扑簌簌地进来，阳光在窗台上印下的光圈明晃晃地照着她的眼睛。

跌坐在床边的夏初一气得鼻子都歪了。

怎么回事？怎么还给她加大药量？她明明都好了啊！

她看了看时间，已经下午一点半了，她要尽快出去才行。

她随即起身走向门外，眼珠转了转，开门就看见了护士坐在长椅上休息的身影。

她在打盹儿，夏初一高兴坏了。幸亏自己出门及时，正好逮住了这个机会。

夏初一蹑手蹑脚地关门，然后一步步走向楼梯口。她期待走廊里不要出现任何声音，午后困顿，就让护士好好睡一觉吧。

思索间整个人已经拐入拐角彻底消失，夏初一抬高腿，风一样向楼上跑去。

一间又一间病房寻过去，夏初一汗流浃背，气喘吁吁地向被打扰到的病人连声道歉，终于走到尽头的房间。

应该就是这一间了。夏初一整理了一下上衣，挺身呼了口气。

她不希望陆斐然为难，更不希望她成为他和他妈妈之间争吵的理由。

轻轻叩了叩门，从里面虚弱地传来一声“请进”。

夏初一没有迟疑地推门进去，病床上一个小小的身影映入眼帘。她将肩膀靠在枕头上半坐着，手背上插着针管，输液瓶悬在半空，均匀的呼吸声散在空寂的病房里。

她有一双平静却带着威严的眼睛。夏初一想象她们第一次的见面，在漆黑的夜里她就是这样默默地盯着自己的。

她太瘦了，那双眼睛因为瘦弱而变得更加大，更加聚神。夏初一站在门口停了片刻，这才迎上她的目光很正式地走了过去。

她向病床上的人鞠了一躬，自我介绍道："阿姨，我是初一，斐然的前——女朋友。"

陆斐然的妈妈没有说话，只是视线一直缠绕在她身上，等待她继续开口。

夏初一站在床尾的位置很不自然地笑了笑，本来还想给她一个乐观开朗的印象，谁知勉强的笑比哭还要让自己难堪。

不过她很清楚自己来的目的，主动开口："斐然把您的事情和我说了，阿姨我相信您肯定是为了斐然好，不过希望您能考虑一下我们的事。我们是真心喜欢彼此，真心想要和对方在一起。"

病床上的人仍然没有出声，这让夏初一感到更加紧张，紧绷的神经像开关一样让她的话变得更多："您可能对我有一些误会，我虽然没在汉州工作，但这不妨碍我和斐然的感情。我和斐然在一起很久很久了，希望您能理解我们。"

"大学的时候斐然外婆去世，从那之后他就一直住在我家。我爸爸也很喜欢斐然，把他当亲儿子对待。我和他的感情一直很好，从来没有吵过架。"

夏初一觉得自己的嘴巴一直没有停，不停地说，不停地解释，她太想得到他妈妈的认可了。

可是陆斐然的妈妈从始至终一直平静地看着她，只字未说，目光凌厉。

夏初一不由得绷直身体，心跳在胸腔间回荡。她心知自己落了下风，可是即便这样她也想向他妈妈解释清楚。她不想争输赢，更不想争高下，她仅仅是想让他妈妈理解自己。

“斐然不喜欢萧意映，请您不要再给斐然压力了。”她将满腹心事都说了出来，却并不轻松，“斐然爱您，请您不要让他为难。”

房间里又空又静，夏初一抬头，看见她毫无表情的一张脸，心里咯噔一声，终于闭嘴。

她明白到，刚才她说的一切都没用，陆斐然的妈妈根本没有打算理解自己。当一个人对你有偏见的时候，你说什么都是错，一切解释都是枉然。

日光偏斜，厚重的纱帘将剩下的一半全部遮挡。

病床上的人缓缓开口。

“我出狱后就向他问过这么多年的生活，夏初一，这么多年我儿子对你那么好，你还不满足吗？”说话声音不大，却像惊雷一样炸开，“我拿匕首割伤自己，逼迫他和你分手，你不要再来害我儿子了。”

夏初一拼命摇头：“我没有，真的没有。”

然而病床上的人只是冷笑：“他为了你复读，为了你要回淮城，为了你要照顾你们一家，你还嫌不够拖累我儿子吗？”

夏初一惊得说不出话来，她看见她咬牙切齿的表情，像一头护着自己幼崽的豹子。可她说得一点都没错，确实是自己一直在……拖累他……

“我儿子从小就聪明好学，如果没有你他早就有了更好的前程。我和他爸爸将全部希望倾注在他身上，教他弹琴、绘画，下国际象棋，写漂亮的毛笔字，拿奖拿到放不下，让他上最好的学校，给他找最好的老师。我将我儿子培养的那么好，不是用来给你糟践的。”她太瘦了，生气的时候全身都在抖动，“如果不是我和他爸爸出事，斐然就可以出国留学，遇到更好的人，找一份更好的工作。你算什么？你根本配不上我儿子。”

夏初一看她的样子已经虚弱至极，可说出的每一个字都掷地有声。她的质问无疑给了自己重重的一击，夏初一甚至想象得到一向有主见的陆斐然是怎样与她争执和解释的，可是没用，都没有用。

她宁愿用匕首伤害自己，也不给他们一个微小的机会。

“阿姨，对不起。”

夏初一喉咙发紧，可是理智让她继续说下去：“斐然对我很好，真的很好。他从上学时就很照顾我，明明知道我有遗传疾病还选择和我在一起，现在的我变得更好、更有能力了，我想加倍对他好，加倍……”

“你有遗传病？”病床上的人骤然打断她的话，整张脸因为震惊变得狰狞。

夏初一愣在原地，用黑色的眼睛回望着她：“您不知道？”

原来陆斐然什么都没和她说。夏初一踉跄一步，不知道事情怎么变得这么糟糕。

对面压抑的嘶吼声紧接而来。

“我不允许！绝不允许你们在一起！除非我死！”

你胜过所有

坐在长椅上的夏初一知道自己把事情搞砸了。

她薅着自己的头发，恨不能一头撞死在墙上。身后病房的门紧紧关着，她知道里面的人还在失控，一时半会儿根本平静不下来。

飘窗外的天空布满了红色的晚霞，尽头是一层不透明的灰蓝色。夏日的傍晚再次来临，她却从青葱和枝丫间看到了一丝秋天的样子。

夏季一过，她与陆斐然的异地恋就进入第四年了。

异地恋的第一年她有很长一段时间不适应，总是会在不经意间就莫名的伤感和难过，每天都在算下一次见面的时间，在无数等待的日子里苦熬。

第一年的“十一”假期，陆斐然答应回淮城和她见面，她掰着手指倒数。

她为了能让自己见面那天变得好看一些甚至刻意减肥，连着三天没有吃一粒米。

九月的最后一天她太兴奋了，跑去商场买新衣服做新发型，出来时看到广场停着一辆献血车，很多医护人员在车前坐着宣传献血的好处，可是上车的人仍然寥寥。

她几乎没有犹豫地走向献血车。在那一刻给她勇气、让她做这样的决定的人是远在千里之外的陆斐然。

她想为他变成更好的人，变成一个更善良、更可爱的女孩子，这样才能配得上他。

上车后医护人员给她测量血压和脉搏，给她准备血袋和针管，嘱咐她献血的注意事项，直到针头插进臂弯的那一刻她还在笑着。她特别高兴，她觉得自己的鲜血会帮助到有需要的人。血袋会被遥遥送到某个医院，救治某个危急的病人，如果运气好她可能因为这次献血而救下一个人的命。

更重要的是，献血也成全了她那一点小小的正义心。

或许是她全程挂在脸上的笑感动了医护人员，他们多给了她一盒牛奶。

她为陆斐然留了一盒。

都是很微小的事情，每每想起来却又很甜蜜。

还有一年冬天，她所在的出租屋半夜哗哗漏水，从卫生间一路漫进客厅和卧室。她在水声中惊醒，下床时一脚踩在水里，冰凉刺骨。半夜联系不到师傅来修，她取来水桶一下又一下将卧室的水刮出去，又钻进卫生间想办法控制水管。无数细碎的水点打在她的身上，她的脸上，她的头发上，她双手捂住裂口咬牙硬撑，手指冻得通红一片，没有人知道。

春天的时候她全身过敏，起了一后背红疹子。买来药膏只能自己给自己涂，看不到后背上的红点就对着镜子涂，指尖蘸一点药膏，还没送到后背准确的位置就在中途被不协调的动作划走。

最要命的是即便背着胳膊伸到最高点，仍然有很多红点她够不到。

每当这样的时刻来临，她脑海里第一个想法就是：如果他在就好了。

这样的时刻在过去的几年异地生活里数不胜数。

别人等送伞，而她等雨停。别人拍照都是成双成对，她的相册里却全是风景。别人买两杯奶茶两只圆筒两个人对坐，她只能戴上耳机听歌，假装自己没有寂寞。

她甚至不敢在黄昏睡觉，害怕醒来时天刚擦黑，小区里传来阵阵妇人的笑声，声音大到透过玻璃穿破耳膜。那时整个房间空荡荡的，热闹都是别人的，只有她自己在屋子里难过。

坐公交时睡着了，坐过站后突然醒来的一刹那。

生病住院，发着烧、输着液却又不敢睡的一刹那。

凌晨四点醒过来忽地睡不着，想起很多上学时的热闹和趣事的一刹那。

夜深忽梦少年事，枝头上布谷鸟的叫声无一不在提醒着她现在的孤独。

明明不是一个人，这些爱恨却无处寄托。

但是她都熬过来了。甚至拒绝了很多追求者，吃着异地恋的苦却甘之如饴。

陆斐然为她准备过很多惊喜。

很平常的一天，打开门忽然看见他的时候，那种幸福感像有电流通往全身。当你知道在你睡着时有个人翻山越岭为你而来，微笑会像开闸的水流一样浮上脸。

每次见面时的开心指数等于平常人见面开心指数乘以一百。

还有在接站口等待他回来的时候，目光穿过熙攘人群总能第一时间看到他。

然后疯狂地奔跑，大声地喊叫，一头撞进他的怀里。

两只手牵在一起，十指相扣的那些时刻，都是她一生中最幸福的时刻。

异地恋即将进入第四年，她已经学会了拒绝诱惑，学会了克制和温柔，学会了感恩生活，学会了坚持别人无法坚持的感情。

她不后悔，从没有过。

窗外晚霞散去了，留下天边一线柔软的粉红。

她缓缓站起身，再次抚平上衣的褶皱，脸上的表情平静而笃定。

她还有很多话没有和陆斐然妈妈说。

挺身吸了口气，她重新推开了那道门。

病床上的人在浅浅地睡，不过夏初一知道她没有睡着。

“阿姨，我是初一。”她再次站在病床前，声音平缓有力，“我不会和斐然分开，今天不会，明天不会，一辈子都不会。”

病床上的人睁开眼睛，不可控的情绪让输液瓶都在跟着胳膊一起颤抖。

夏初一没有一丝害怕，她继续说道：“百年校庆您也参加了吧？斐然在台上讲的那些话是和您说的。”她停了停，想起当时的一切，“斐然的梦想不是做一个你们眼里的有钱人，而是做一个乐观坚强的人。做自己喜欢做的事，有一些无所事事的时间，可以看春天的花开，看蚂蚁搬家，看成群的蜻蜓飞舞，这些不需要多少钱就可以做到。最重要的是，他更希望自己做一个闪闪发光的人，做一个善良有勇气的人。”

陆斐然的妈妈张了张嘴，还未说话就被夏初一截断。

“在您离开斐然的这些年，斐然仍然过得幸福和平静。”她直视着那双威严的眼睛，“他已经不仅仅是你们的儿子，还是我的男朋友，他有权利选择自己想要过的生活。包括异地恋，我和他异地恋这几年，我们都在坚持彼此的感情。”

夏初一看到她僵硬的表情渐渐松弛。

“您忽略了斐然要和我在一起的决心，因为您还不知道异地恋带给我们的是什么。”

病床上的人扯了扯唇角，苦笑道：“异地恋一年能见几次？这还算恋爱？”

“就是因为不经常见面，才知道彼此的可贵。”夏初一坦然地面对她，“每天只能对着手机说想念的话，需要他的时刻数不胜数，但真正能做的只有一遍遍翻看他的照片，一遍遍看聊天记录。生病了不敢告诉他，哭了也不敢告诉他，很多时刻的无能为力都是对彼此的伤害。”

“那你们为什么还坚持异地恋？”

“因为在乎。”夏初一仰起头，声音坚定，“我们在不同的城市，遇到不同的人，身边的异性都是考验我们的难题，能撑下去的原因就是我们对彼此的爱。因为这份爱我们不怕孤独，不怕诱惑，愿意坚持下去是因为我们知道真爱不会因为距离而改变。”

“你们以为这种感情会长久？”

“当然。”

病床上的人还在笑，笑容里满是讽刺的意味。

“天真！”

“异地恋太苦了，但只要能见他，多远都可以。”夏初一丝毫没有生气，反而充满信心，“只有真的爱情才能耐得住这份寂寞，也只有耐得住寂寞才能长久。我和斐然已经熬过了三年异地恋生活，我们还会继续走下去。”

陆斐然的妈妈目光有一瞬黯淡，半晌才道：“我没料到他会坚持下来。”

“我手里有221张火车票，和斐然最长一次通话时间是503分钟48秒。”夏初一知道这些数字显示的是异地恋的艰难，“所有的心酸和难过在见面的那一刻都变成了甜蜜，变成了值得。”

一声长长的叹息扑到耳边。

陆斐然的妈妈看起来很累了，似乎已经无力再与夏初一争执。

然而夏初一从叹息中分辨出一丝微小的认同。她很想感谢他们对陆斐然的培养，感谢他们让陆斐然拥有坚毅和卓越的品质，感谢他们把他塑造成了佼佼者。她知道病床上的人在担心什么。

她想告诉他妈妈，她不会让陆斐然受伤，她会拼尽全力去爱他。

夏初一走向病床上这个瘦弱的女人，最终站在她床边。

“阿姨，您会因为见不到斐然而不爱他吗？”

病床上的人直直看着她。

夏初一终于灿烂开怀地笑起来，笃定而骄傲地对她说道：“异地恋让我更加爱他。爱到为了相聚，可以忍受这漫长的别离。”

病房的门被推开了。

陆斐然站在门边静静地看着房间里的夏初一，干净的衬衫袖口半挽，最后一丝天光淡淡勾勒出他侧脸细致的轮廓。

他的眼睛清隽澄澈，眼角散开缱绻细致的温柔，像极了少年时的样子。似乎他已经在外面站了许久，听见了夏初一所说的每一句话。

他对她报以温暖的笑意，如这几年间每一次相见时一样带着柔软的色泽。

夏初一眉眼弯弯，向他的方向慢慢走去。

这几年他们都是风尘仆仆地走向彼此，少有这样的平静和安定。整个夏天都在动荡中度过，经历了那么多，他们终于又走到了一起。

她想陆斐然的妈妈终会懂得他们的感情。

选择异地恋的人都是很笨的人，固执地以为即使远隔天涯也可以长相厮守。她庆幸自己和陆斐然都是这样的人，对待感情又笨又固执，仅仅希冀未来能在一起就愿意吃生活给予的这么多苦。

惶惶不安又异常勇敢地去赌一个不确定的未来。

心甘情愿，事过无悔。

生命的礼物

夏初一出院了。

简一凡在与她聊完的第二天专门将她带到心理科做了一次心理测试，校度分析结果显示夏初一的精神基本恢复正常。虽然以后还会有复发的可能，但是现在她康复了，她重新变回了正常人。

夏初一不明白简一凡为什么要对护士说给她“加大药量”，简一凡则哈哈一笑，表示那只是故意“刺激”她的一个手段。包括后面护士假意打盹儿都是想测验她到底想做什么，其实从一开始他就看出了她想出去的意图。

夏初一暗想，心理科医生真是不好糊弄啊，而且演技实在一流，不去演戏都替他可惜。

简一凡则表示自己还差得远，毕竟还有那么多精神科医生陪着病人在太阳底下装蘑菇呢。

夏初一真佩服他讲笑话的能力，等着有朝一日他被同行们暴扁。

出院后夏初一没有回淮城，而是在汉州住了下来。她想照顾陆斐然的妈妈，在陆斐然上班期间她经常做好汤饭去探望。当然很多次都吃了闭门羹，病床上的人根本不想看见她。

有一次她在病房门口看见了萧意映，她还是那么精致漂亮，夏初一走上前主动和她打招呼。

萧意映很友好地对她微笑，说起陆斐然的妈妈，她倒额外知道了一件事。

当年陆斐然的父母并没有准备要孩子，而且他妈妈正在单位争取一次出国交流的机会，如果愿望实现，他妈妈的工作履历将比单位其他人更加优秀，更加有竞争力。事实上就在他妈妈争下名额的同一时间，她知道自己怀孕了，工作和生育本就两难，最后她选择将孩子生下来。而那次出国交流机会就这样拱手给了萧意映的父亲。

后来她给孩子起名“斐然”，将全部精力放在培养孩子上。人生的舍和得在她身上展现得淋漓尽致，没有人看到她在深夜痛哭，白日里又在孩子面前露出如花笑靥。她从没有将坏情绪带给陆斐然，她只是默默地付出，将他培养得越来越优秀。

如果不是中途那场变故，陆斐然会比她想象得还要优秀。

所以她不甘心，不甘心看着自己的孩子变得平庸，变得平凡，她将所有希望寄托在陆斐然身上，从没想过会得到这样的结局。

所以她恨夏初一，这些恨都有来处。

萧意映临走之前对夏初一说：“我很羡慕你。”

夏初一瞬间就听懂了她的意思，她在羡慕自己得到了陆斐然的爱。

萧意映说同事中有个人叫孙康，经常在私下叫嚣，看不起陆斐然凭借关系上位，说了很多他的坏话。然而陆斐然从没有与他计较，甚至为他解决了很多工作上的麻烦，孙康不仅不感谢，反而变本加厉地嘲笑陆斐然，人前人后从没给过他面子。

因为孙康是何以修的人，何以修需要用孙康制衡陆斐然。直到孙康拿了客户的回扣，东窗事发被送进监狱，甚至攀咬出何以修，大家才看出陆斐然的手段。

隐忍，伺机等待，关键时刻拿到资料和证据，突破孙康的心理防线让他供出何以修，全程毫不留情，一击即中，最后没有一人躲过惩罚。何以修曾向陆斐然求情，但陆斐然告诉他自己曾给过他机会。

萧意映毫不吝啬对陆斐然的赞美。他拥有现代职场需要的卓越能力和心理素质，他一定会比自己走得更远。

夏初一这才知道，陆斐然下个月就要升职做主任了。

然而萧意映看着夏初一说："斐然的志向不在银行，他告诉我说他能够变得优秀仅仅是因为你。是你给予他勇敢和爱，他想变得强大是希望有能力可以保护你。"

夏初一的热泪在眼眶中打转。

萧意映羡慕她。即便陆斐然回到淮城也能大有作为，因为她为他提供了往前走的光。

她们彼此拥抱，萧意映眼角的笑一直没有消失。

"伯母一定会接受你的。好的爱情是让彼此都变得优秀，你们做到了。"

那日的天空透着明亮的琥珀色，风穿过窗缝发出幽幽的回响。

夏初一还没从感动中抽神，陆斐然的妈妈就在当天下午被送往手术室。

肿瘤虽然切除，癌细胞却大面积扩散，她在进食时吐了大片大片的血，夏初一探望她时她已经重度昏迷。

陆斐然匆忙赶来，夜里白炽灯打在"手术中"几个红字上面更显无力苍白。

他们彼此握着手，期待这一刻有奇迹发生。

凌晨时陆斐然的母亲被推出来，脸颊瘦得线条分明，唇角还染着一些血迹。医生只说情况并不乐观，让他们随时做好准备。

夏初一感受到陆斐然冰凉的手指，心中一阵难过。

她明白失去妈妈的痛，正是明白这种痛所以才不知道该怎么安慰他。

她决定送他们一个礼物，一个让所有人都不会失望的礼物。

陆斐然的妈妈与病魔战斗了八天，终于恢复了一些力气。

八天里，夏初一几乎没有离开过医院，悉心照料她的起居和饮食，经常将她推到花园里看新开的蔷薇与白兰花。

两人达成了一种默契，谁也没有再提过感情的事。夏初一知道她现在更担心自己的身体，担心自己再也没有陪伴孩子的时光。

“阿姨，您最喜欢什么树？”

院子里柳树成荫，夏初一将坐在轮椅上的她慢慢扶起来，看着池塘里成群的野鸭问道。

瘦弱的身影有几秒的停顿，最终喑哑出声：“银杏。”

夏初一很好奇：“有原因吗？”

她回过头看了看夏初一，眉下带着几分遐想。

“我上大学时，学校道路两旁遍植银杏树，大树参天，结了很多果子供人捡拾。那时候我还很年轻，希望有远大的前途和不凡的作为，像银杏一样不断地向上长。”

她喘了喘气，沉默了一会儿才有力气继续说道：“后来我和斐然爸爸相遇也是在银杏树下，很多美好的记忆都与银杏有关。”

“银杏只有叶子，不会开花也没关系吗？”

面前的人摇了摇头：“开花只有一季，唯叶可以常青。人生际遇倘若没有一瞬的精彩也没有关系，一生翠绿沉稳对人来说已是福报。有时候你想争什么偏偏争不到，没有相合的缘分不如静下心慢慢等待。花开有时，翠意却是你的。”

夏初一感受到她在生命尽头处的安稳与平静，从容得如水一样。

她知道阿姨已经不再害怕死亡，只是还有些遗憾。

一只蜻蜓停在荷蕊上面，恰好被她们看见。高阔天空中的云朵透着一块一块的粉色，肆意涂抹着夏日橘色的太阳。

夏初一呼吸变轻，站在她身边慢慢道：“我妈妈喜欢很多树，她也喜欢花儿，喜欢小动物，喜欢看天空中的月亮和星辰。这么多年我觉得她从没有离开过我，她变成了树，变成了花儿，变成了星星，一直在看着我。”

风划过耳边，吹起她一缕头发，眉眼中微笑的光蔓延到整片柳荫之下。

“阿姨，我们种棵银杏树吧。”

得知妈妈去世的消息之后她一直想种一棵树纪念妈妈。

直到陆斐然妈妈进手术室那天她才真正做决定，那棵树要由他妈妈来种才行。

一棵慢慢成长的树，代替她活着，代替她看着自己与陆斐然一起过后面的日子。

之后夏初一将想法告诉了简一凡，又由他上报院办，最终院里决定在病房区的园子里空出位置加种一棵银杏树。

九月初下了一场豪雨，京大医院翠色欣欣，泥土与树叶混合的气息在空气中传播，花园各处都透着新生的味道。池塘蛙鸣如雨，荷叶层叠无际，枝梢在风的吹拂下卷到半空，带着净澈的水珠一齐上扬。

雨后的第二天下午，陆斐然将一株银杏苗带到园中，夏初一扶着他妈妈站在墙角。

空出的位置恰好在墙根处，银杏长大一些后树叶会探进病房的窗户，让里面的人看到外面的生命。

“斐然半岁的时候最爱盯着银杏树看……”身边瘦弱的人蓦地轻叹，看着自己儿子忙碌的身影陷入久远的回忆，“他很小的时候我们还住在院子里，院里有大片大片的葡萄藤，夏天我抱着斐然在藤下摘葡萄、喝新茶，风都是软的轻的。”

密云下的天空低压压地垂着，夏初一手指扣紧，希望能给她一些力量。

“我们上班后很少管他，有一次回家看见饭菜都做好了才知道他偷偷和保姆学了做菜。那时候他还那么小，小脸上全是呛出的泪。”

陆斐然妈妈的身体在风中脆弱地颤抖，眼泪顺着脸颊一滴滴掉落。她已经不能更瘦了，连声音都是沙哑微弱的。

记忆一幕幕袭来，有一刻她在想自己为什么会和斐然的爸爸那么执着于权力。如果他们没有做错事，斐然又如何会在十几岁的时候就备受苦楚。

陆斐然将银杏树放进挖好的土坑里，细细埋了土折回身。他穿着简单的T恤和长裤，极认真时一双眼睛仿似含光。夏初一知道那是独属于他的温柔，他的妥帖、细致、礼貌、教养以及克制都是源于他的家庭，他的父母。这是他们给陆斐然最好的礼物。

陆斐然搀扶着妈妈走近刚刚栽好的银杏树旁，她抬手摸着细小的枝干，心中一阵暖流涌过。

夏初一站在他们身边笑了笑，将自己手腕上的红绳摘下来系到银杏枝干上，细碎的叶与红绳互相匹配，在风里微微摇晃。

她以这种方式与自己的妈妈告别，希望红绳陪伴银杏树一起长大。她在这一刻觉得妈妈就在这里，变成了根须枝叶，温柔地看着自己。

“前人栽树恩泽子孙。”夏初一抬头看了看天空，笑意在眼角流淌，“它会比我们都活得久，一直看着我们长大、老去。树干会越来越粗，会结很多青白的果子，很多年后或许它也会想念我们。”

陆斐然的妈妈擦了擦眼泪，浅浅地笑：“银杏树长得很慢，寿命很长，从栽种到结果要二十多年，它一定会想念你们的。”

陆斐然的白皙面孔下没有任何波澜，他只是噙着风看着自己的妈妈与夏初一和解。因为一棵树，她们将心底的郁结全部吐出，寄托希望的同时还在抚慰着心灵。它的确会比他们任何一个人都活得久，会看到他们不会看到的东西，生活中的那么多磨难在参天古树面前都会不值一提。

他单手插兜，举目望向他们曾经在汉州的家。沉静的眼瞳清隽如水，好似过往一切都变得生动与干净，没有半分忧愁难过。

夏初一靠近他，握紧他的手。

他终于将一双漂亮的眉眼半弯，轻轻耳语：“新的一天，总会有新的希望。”

执 者 失 之

一年后。

公司里，夏初一刚刚把新入职的人员安排好，恰好看见许慕杨从会议室里出来。他穿了件职业装，与几个外国人谈完合作后顺手将外套丢给跟在身边的温凉。

白衬衫袖口略有褶皱，透着他放荡不羁的样子。好似刚刚演完一场正剧似的，出了会议室的门才算落幕。他一边卷着袖口一边走到夏初一面前，领口冒了些汗，露着光的眼睛里透出微微的不悦。

“为什么不喊我出来？”

夏初一紧跟着他的脚步进入总裁办公室，赶紧上前解释：“人家千里迢迢来和你谈合作，你起码要多聊几句吧，我没忍心喊你。”

话没说完，咖啡杯陡然从他手里脱落到地上。

咔嚓一声碎成了很多片，浓郁的咖啡汁将办公室的地毯浸染出一团云的形状。

许慕杨特别不可思议地看着夏初一：“一二一！Excuse me？你心疼他们怎么不心疼心疼我？我从昨天就一直没睡觉，二十四小时待在办公室里，马上就要猝死了。”

夏初一知道最近公司开展了新业务，他已经连轴转了几天，确实体力不支。但是那些外国人好歹是Simon的朋友，多少应该给些面子吧。她挠了挠头，走上前想将咖啡杯的碎片捡起来，希望这个间歇他能消消气。

眼看夏初一乖顺地蹲在地上不和自己一般见识，许慕杨叹了口气，干脆也蹲下身子帮她一起捡。

两人挨得极近，眼角余光甚至可以看到他高挺的鼻梁弧线和薄唇的棱角。

夏初一呼吸有些急促。

面前这个场景让她想起一些电视剧里的画面，但凡杯子碎了女主角给捡起来时必然会划破手，然后一旁的男主角就会心疼地攥住她的手，紧皱眉头按住伤口为她止血。

她不会划破手吧？脑海中刚刚跳出这个想法，紧接着一声“啊”落在耳边。

“夏初一！你划破我手了！”

“对不起，对不起。”夏初一惊呆了，谁承想分神儿的片刻竟不小心将咖啡杯的碎片戳到他手背上。

许慕杨按住自己的手，血仍然从指缝间汩汩流出。他一脸纠结地看着手忙脚乱抽面巾纸的夏初一。

“我真是欠你的。”

他仰天长叹，似乎终于接受了自己的命运。

夏初一有种自己随时都会被他辞退的预感，但是她明明不是这样粗心的人啊。以前给杨瑞和做秘书的时候很是周到妥帖，从没生过事。

她拿纸巾给他擦血的时候偷偷斜睨他一眼，头顶恨铁不成钢的眼神直击心口。

她手一抖，连后面想说什么都忘了。

恰好温凉拿着休闲衬衫推门进来，立刻感受到房间内的低气压。她在门口停下，强笑两声将衬衫放到沙发上旋即溜走。

夏初一腹诽她见死不救，真是没良心。

“我要换衣服。”

收拾好手上的伤口许慕杨轻抬头，示意夏初一将衬衫拿过来。

夏初一本想躲出去，只是拿了衣服转过身时就看见许慕杨已经将白衬衫脱掉了，只简单套了一件白T恤。头发在阳光中微微卷着，整个身体的轮廓温暖而柔软。

夏初一走近他，看到了他右手臂上的一个伤口。

像枪伤。

夏初一皱眉，虽然自己压根没见过枪伤是什么样的，但是看他右臂弯上的那个圆点以及周围皱皱巴巴的皮肤凝结起来的圆圈确实很像那里中过一枪似的。

她还没张口，许慕杨似乎看出她八卦的意图，赶紧将衬衫穿上。

衬衫没系扣子，T恤下他结实紧致的流畅线条若隐若现。

见她还不走，许慕杨吹了声响亮的口哨引她回神。

“看够了吗？该出去了。”

夏初一盯着他，挡在他前面完全没有后退的意思。

她找他还有更重要的事，今天必须说出来。

“牧晨，”她紧张地吞了吞口水，“你让她走吧。”

昨天晚上夏初一下班很晚，走的时候见茶水间还开着灯，依稀听见抽泣的声音。

夏初一循着声音走过去，看见牧晨正在打扫桌子上的餐食，眼泪一滴一滴落在手底下的抹布上。

她怔在门口，不知道牧晨为什么要干这种活，公司明明雇了保洁阿姨专门收拾。

她三个月前重新回公司上班时，牧晨就已经被安排到前台去了。两个人基本没有再说过话，每每在狭窄通道里遇到了，要和她打招呼的时候都被牧晨凌厉的眼神逼回去。

牧晨忽然抬头，灯光下的表情带着恨意的扭曲。

夏初一吓了一跳，扭头看了看周围，确认这种恨意是对自己发出的时候心中一沉。

她定了定神儿，走向牧晨："你……为什么还不下班？"

牧晨低头继续收拾，声音闷闷的："明早有重要客户来公司参观，今天必须打扫干净。"

"我们可以叫保洁来收……"

"是刘蒙安排给我的，必须由我来做。"

夏初一知道刘蒙，当初牧晨做董事长秘书时辞退过他，但是他能力很强，后来又被许慕杨招回来做了行政一把手。现在的牧晨远不如当初风光，看来在刘蒙手底下做事更加辛苦。

夏初一忽然想起一句话：当你往上爬的时候要对别人好一点，因为你走下坡路的时候也许会碰到他们。

如今这句话精准地在牧晨身上应验。

但是她想不通，以牧晨的能力和从业资格完全没必要待在这里。

"为什么？"她看着牧晨诚恳地问，"你完全可以跳槽去更好的公司，你会拥有更好的前途。"

手中脏兮兮的抹布随着胳膊颤抖，牧晨用黑黢黢的眼睛盯着她。

"你不知道？"

夏初一茫然地摇了摇头。她一直在汉州照顾陆斐然的妈妈，三个月前他妈妈去世她才重新回来上班，从没有人和自己说过牧晨的事情。

牧晨将吃过的餐盒冷漠地倒进垃圾桶，以一种平静到仿佛不是在讲自己事情的语气说道："你疯了之后我就辞职了，找了一家更大的公司做秘书长。很风光，拥有优越的履历，做过杨瑞和的秘书，操作过绝地反击的营销……"她顿了顿，乍然想起那些营销案是怎么得来的，呼吸微滞，"这些条件让我轻易取得我想要的东西。但是好景不长，有一次许慕杨和我们公司经理吃饭，席间笑着向经理要我，说我能力优秀，他舍不得我。"

牧晨转身继续将餐筷收起来："你见过许慕杨的笑吗？无害的笑，轻松的笑，认真里夹带着威胁，明明云淡风轻地说着夸我的话，却让我们经理脊背一紧。第二天我就被辞退了，没有任何理由，甚至多补偿了我一个月的工资。"

夏初一喉咙发涩。

牧晨戴着的手套上已经沾满了油渍，她擦拭着檀木桌面，继续说道："后来我又去了几家公司，都有不错的岗位，但是每次都干不了多久，许慕杨总能和我们公司高层吃上饭。席间许慕杨一直夸赞我，说我在这里干得多么优秀，他向我们经理要人，一面笑着邀请我重新回来一面和经理推杯换盏。几乎每一次吃完饭，我都会被辞退。"

夏初一没见过这个样子的许慕杨，在她印象里，许慕杨总是对一切表现出无所谓，吊儿郎当又放肆不羁。高中时他向尹欢歌表白遭到很多人的嘲笑，但他从不在意，我行我素，又自信又洒脱，就好像是尹欢歌向他表白没成功似的。

她想告诉牧晨她没见过许慕杨特别认真的样子，但转念一想什么都没说。

牧晨终于收拾完，取掉手套后背着手解工作服的带子。

“淮城就这么大，无论我去哪许慕杨都会知道。除非我离开这里，否则我根本不是许慕杨的对手。”

她将保洁的工作服团成一团猛地丢到桌子上，疾步走近夏初一。

“我早知道，我不是他的对手。”牧晨咬牙切齿地看着她，“但我没想到他会这么对我。我也有能力有才华，甚至肯吃苦肯受罪，我就是想得到我应该得到的待遇，我有什么错？”

夏初一抿了抿唇：“你确实很聪明。”

“呵。”牧晨身体微微发颤，带着寒意地笑，“我原本也以为我很聪明，用你的事情和许慕杨做交易，他根本不会拒绝。我算得滴水不漏，所以我升职，刁难你甚至窃取你的成果他都没有阻止，我有了更好的履历和头衔，有了很多钱，想着一朝事发我直接辞职就是了，这件事我不会损失任何东西，最能体面收场的人就是我！”

夏初一看见她前额头发上沾着一些食物残渣，在灯光下极为刺眼。

眼泪蓄满眼眶，牧晨硬忍着收回去。

“我只是没想到许慕杨没有放过我，没想到许慕杨会以这种方式对付我。”她像在讲一个笑话，“我低估了他，更低估了他对你的爱。”

夏初一终于从她的话中得到了蛛丝马迹。

“你知道……”夏初一张了张口，半晌才确认道，“你知道你怎么做才会让他放过你，你早就知道。”

“是。”牧晨仰头，不服输的眼神死死看着她，“他让我向你道歉，真诚地道歉，只要道歉我可以立刻离开这里。”

“但是你休想！我绝对不会向你道歉！有病的人是你！我没错！”

没等夏初一说话，牧晨的这句话一个字一个字从齿牙间蹦出，用尽所有力气发泄她的愤怒和不甘。

夏初一忽地笑笑，她知道一向要强的牧晨不会这么做。

她挺直身子，看着对面那张歇斯底里的脸慢慢说道：“你肯回来，是听尹欢歌说我病愈了吧？”

牧晨有一瞬的怔忪，夏初一知道自己猜对了。牧晨和尹欢歌早就互通消息，她们两人才是一类人，根本不会打没有准备的仗。

“我病愈了，许慕杨自然就气消了，所以即便你不道歉许慕杨也不会和你计较。你干这些活也好，受别人的气也好，都是做给许慕杨看的。你知道他早晚会放了你，包括今天，现在你站在我面前也是你打算好的。你知道我还没下班。”

牧晨趔趄一步，下意识避开夏初一的目光。

夏初一柔软的笑意还悬在脸上，没有任何生气的意味。

“谁也不会改变你牧晨，你想走怎样的路都是你自己的选择。但是你得知道……”夏初一极认真地看着她，声音没有任何温度，“所有的钩心斗角、尔虞我诈、阴谋算计最终都会变成一场耗尽心力的搏杀，变成利剑刺向你自己。”

牧晨呆呆地看着她，目光在一瞬间黯淡。

夏初一叹了口气转身而出，办公室的窗外蒙着一层姜黄色的灯光，唯有这样的深夜人才能清醒。出剑伤人的时候又怎么会不做好被刺伤的准备呢，持续的善与持续的恶会换来不同的生活。唯有情感是相互的，善意是，恶意也是。

所爱隔山海，山海皆可平

办公室里，夏初一将昨晚的事告诉了许慕杨。只是她没转述牧晨的那些话，即便理解不了牧晨的选择，她仍会尊重她。

许慕杨站在逆光的窗边安静地看着夏初一。

“她向你道歉了吗？”

夏初一摇摇头：“我不需要道歉。”

许慕杨揉了揉眉心，疲惫感让他声音低哑沉稳：“她总觉得自己没有错，这恰恰是最大的错。人活在封闭的牢笼里，透过囹圄自以为是别人被困住，丝毫不知道樊笼困住的是她自己。”

“或许有一天她会知道的。”夏初一说这句话的时候根本没指望牧晨会有什么改变，不过仍然耸耸肩，“但是我们不应该这么对她，我知道你是为我好，但是我真的不需要。”

许慕杨抬头，目光清澈如水。

夏初一嘻嘻笑起来，指尖指着他手背上的伤口道：“我伤害了你你也不会恨我对吧？我收获了那么多的善良和温暖，根本没办法一一道谢。所以对我来说牧晨完全不必道歉，我没把那些事放在心上。”

许慕杨唇角轻扬，叹道："你还真是想得开。"

"自然。"夏初一错过他的身子将目光看向窗外，笑意浅浅，"我已经很幸福了，我有你和斐然的保护，会遭到很多人的嫉妒。收获别人嫉妒的同时就会收到别人的恨，真正替你开心的人其实很少。"

许慕杨丢给她一个白眼："生病是不是打通了你的任督二脉。"

夏初一哈哈大笑，抽了几张纸巾狠狠按在他的伤口上，疼得他大叫。

"让你感受下我的内力。"

她正准备再使使劲儿，手机忽然响了，是陆斐然打来的视频电话。

夏初一赶紧停手，端正身姿之后又对着镜子拂了拂头发，这才按了接听。

一旁的许慕杨眉毛倒挂成八字，不可思议地看着前一秒还没人样这会儿却十分娇羞的夏初一。

"斐然！我腌了一坛新笋等你一周后回来吃。"她隔着手机屏幕得意扬扬地炫耀。

陆斐然正站在阳光下，笑意渐盛："你看我在哪儿。"

随着角度旋转，手机屏幕出现了他身后的景色，公司名字赫然出现在眼眸中。

夏初一心都漏跳一拍："啊？！你在楼下？"

她来不及说别的，只是不停地笑，迅速折转身子冲向门外。

迅疾地下楼，夏初一大口喘着气，脸颊因为奔跑而变得潮红。她奔出公司，跑向陆斐然，一头栽进他的怀抱中。

百米冲刺的速度让陆斐然在抱住她的那一刻猝不及防后退几步，他直接将她托着抱在胸前，将手搂得更紧，彼此间的呼吸在咫尺间交流互换。

夏初一双手环抱他的腰身，直到反复确认他在这里之后才回神落地。陆斐然安静地看着她，眸中尽是宠溺的笑。笑声被风裹着跑远，她的脑袋抵在他下颌上轻柔地蹭来蹭去，阳光明媚，大片云朵堆积在城市的上空，一千多公里的思念在这一刻化成了最结实的拥抱。

办公室内很安静，许慕杨将口袋里的那封信费力地拿出来。手有些抖，因为他清楚地知道这是夏初一的辞职报告。

开会前温凉将她的辞职报告递给自己，从那之后他就再没有半分心情与那些外国人商谈。许慕杨知道她这么做是为了避嫌，更是为了他。她无非是想让他去找更合适的人。

笑意尽收，一声长叹。

沉默片刻，他终于拿起电话打给行政总监。

“让牧晨走吧。”

对面的人似乎有些游移，不知道他说的是哪一种方案。

他将受伤的胳膊无力地垂着：“辞退她。”

对面的人明白这已经是对她最大的宽仁，迅速抽出离职证明的文件，在“辞退”一列前面画了勾才谨慎地问道：“需不需要与其他公司打招呼？”

“不必。还有一件事，初一……”许慕杨放眼看着楼下那对紧紧拥抱的人，眉间清凉，“初一要辞职，你一并办了吧。”

对面的人有几秒惊讶，最终只淡淡应道：“是。”

电话断掉后室内更加寂静，只有心脏跳动的声音散落在耳边。许慕杨低头瞥了一眼胳膊处的伤口，随即平静地向门外走去。

俊逸雅致的背影如今只剩一抹孤清。

家里墙壁上贴满了几年来异地恋的证据。

夏初一将积攒的车票全部粘贴到一起，围成一个心形，旁边挨着一份巨大的地图。地图上用红色马克笔圈出了汉州和淮城两个城市，并在城市之间画了一条醒目的线。每去一次汉州，夏初一就会用红色笔连接一次，如今那根红线已经粗到将周围其他城市完全遮盖。书桌一角摆着陆斐然为她寄来的许多书，每本书的扉页上都留有陆斐然的话，他的字像他的人一样漂亮清瘦，夏初一会在他名字的旁边写上自己的名字，好像这样就等于每天和他在一起。

日历上标记着每一个他回来的日子，被夏初一画着大大的圈，显示着那些日子与别的日期的不同。一堆又一堆的电话卡摆放在抽屉一角，无数个深夜都由这些废弃的电话卡陪伴着形单影只的夏初一。仿佛看见它们就听到了陆斐然的声音，告诉自己他还没有走远。

床头上依旧写满了“正”字，一行行错落不齐，见证了四年来两人相隔的天数、思念和等待。夏初一将两人在不同城市拍的照片全部冲印出来贴满卧室，最中心的位置摆放着两人的合照。每一张合照都如此珍贵，照片中陆斐然清隽疏朗，夏初一则在他身边笑得像个小孩子，他牵着她的手或她挽着他的胳膊，后面的风景成了所有甜蜜时刻的背景与他们一起闪闪发光。

夜幕深沉，映衬得房间里的鸭黄色灯光更加温暖。

夏初一铺好床，将新的薄被拿出来，手里捏着柔软的被角，止不住地想笑。她抱着被子在床上打滚儿，恰好被刚刚洗完澡的陆斐然看见。

夏初一猛地坐起来，一阵狂咳。

陆斐然淡淡笑了笑：“我要忙一会儿。”

“还要忙？”夏初一看了看墙上钟表的时间，“已经十点了哎。”

“需要测算一些企业的报表数据。”他有些抱歉地看着她，转身将桌角的眼镜戴上，“虽然请了假，但是还有一些业务要处理。”

他通身穿着简单的棉质短袖和长裤，戴上银边眼镜时让夏初一心尖一动。清瘦身影比往日更多一分温润和儒雅，姿态磊落到连拿起表格的手指都透着认真和专注。

这些美好的品质在他一人身上展露无遗，夏初一欣赏地看着他，直到脸色通红。

她揉了揉鼻尖儿，眼睛忽然一亮："你工作的时候需要很强的灯光吗？"

陆斐然不明所以："不需要，我只是确认一些数据。"

"那你跟我来。"

话音未歇，夏初一就扯着陆斐然的胳膊向外走，关上房门后沿着台阶一路向上，直到走到整幢楼的楼顶。

是个不大的天台，但是景色极美。

四周摆着许许多多株花树，中间一架秋千专门选了红松搭成，两边藤条紧紧咬着光滑的座板。橙黄的灯串在一起，连在每一株枝梢上面，花瓣在夏夜里含着荼蘼的香气。

夏初一将四周的许多花儿指给他看，那里是夹竹桃和紫薇，另一边是栀子、茉莉和紫罗兰，旁边还有她种的百合、蔷薇和绣球花，正是开花的时候，花雨缤纷散落在他们脚下，整个天台像被童话故事里的幻境包裹。

她拉着他坐到秋千上，脚尖一踮便摇荡起来。清凉的夜风扑在他们身上，暖暖的灯光照耀着彼此的眉眼。她笑起来，眼睛弯成月牙形状，放眼望向整个城市，万点灯火，星辰浩瀚，夜幕像幽蓝画布一样将两人笼罩着。

陆斐然一手揽着她的腰身，一手拿着数据表格安静地测算。夏初一将头靠在他的肩膀上，想起高中时的他做数独就是这样专注而迷人。

"我辞职啦。"她轻轻地贴在他耳边说，"以后你养我吧。"

他连头都没抬，清澈的声音紧接而出："好。"

夏初一浅浅地笑：“为了报答你，我做了一些鲜花饼，明天必须吃掉。”

他也跟着笑：“可以。”

“还想吃点什么？”

“都好。”

“你喜欢这里吗？”

“嗯。很喜欢。”

“小时候常常躺在屋顶上看星星，爸爸妈妈会指给我看哪个是牛郎，哪个是织女，哪个是北斗，哪个是银河。”

她想起一些趣事，继续说道：“住在院子里的时候我还拿着大扫帚捕蜻蜓，那时候蜻蜓真多，扫帚拍下去运气好能一下子逮住两三只。还有下雨时妈妈给我打着伞，我穿着小靴子在院子里积水的地方踩泡泡。”

秋千轻轻摇荡，陆斐然温暖的手揽扶着她的腰身，一刻也没有松开。

她碎碎地说着，终于说累了，四周灯光将轮廓勾勒出柔和的线条，她抬头看向整片夜空。

“陪我看天吧。”

陆斐然慢慢抬头，白皙的脸孔仍是认真而安静的模样。

“好。”

夏初一心中涌起暖流，觉得这就是恋人在一起最美好的样子。没有宏大的愿望，也没有对浪漫的苛求，仅仅陪伴就已最好。只要他在身边陪伴自己，她就能感受到如此汹涌的幸福。

长夜悠悠，星辰闪烁，广袤无垠，绵延几万里。她的微笑如山川晴雨，他的眼眸如浩瀚春山，呼吸间带着微妙的心动。摇风树树，秋空霭霭，身后灯光将两人影子交叠在一起。

吉光片羽

毕业后的那年冬天波士顿异常的冷，等到过年时节下了一场暴风雪，公共设施几乎被覆盖，电线被压断，马路被湮没，公寓里全无信号，没有灯光没有暖气，冻得手指都在发抖。

电视画面消失之前的最后一道声音还在播报着这场暴风雪带来的不良影响，州长宣布进入紧急状态，学校停课，机场停飞，让大家做好随时断电的准备。画面中警车鸣着高音喇叭让行人尽快回家，市政发布消息，称已准备好三万五千吨融雪盐……

许慕杨揉着刚睡醒的眼睛正准备往下看新闻的时候，电视机忽然黑屏，整个公寓陷入死一般的静寂。

今天是中国的除夕，大洋彼岸此时应该张灯结彩，喜气洋洋，万家灯火，万家人都在围着电视看春晚。想到这尤显孤寂，许慕杨转身进入卫生间准备洗漱，发现连电动牙刷都没电了，索性拿着它有一下没一下地手动刷牙，微卷的头发在镜子里看起来像一团灰树叶，马上就要凋落一样毫无生气。

许慕杨四年前来到波士顿读书，一个人在这间公寓里度过了四个除夕，每一年都过得清静安详。他早已习惯这种状态，毕竟断掉了国内所有的联系，没有任何期望的时候反而不会有丁点失望。

只是这电断的不是时候，原本需要通过电话谈一桩合作，看来合作时间又要推迟了。

镜子里的那张脸眼眸深邃，眉如初叶，明明清晰动人，却在这一刻没有半分神采。

公寓的门铃忽然响了。

许慕杨洗了把脸，穿着睡衣懒洋洋地走到玄关打开了门。

是出版社的人。许慕杨下意识眯了眯眼，笑着请他们进来。

他刚刚和出版社的人合作完，说好今天要在电话里沟通下一桩合作的事情，没想到他们竟然亲自登门了。来人是一男一女，女的微微发胖，戴着厚厚的眼镜，笑起来像维尼熊。男人则是女人的下属，执行力很强，与许慕杨对接起来不像其他人那么费力。

女人率先给了许慕杨一个拥抱，温和地说道："Sorry for disturbing you without calling earlier. We wish to come and talk with you as the telephone line might not work well due to the snow storm."（没有预约就来打扰你很抱歉。下了暴风雪电话害怕打不通，我们想过来与你面谈。）

许慕杨客气地笑："Never mind, actually I am thinking of you."（没有关系，我也很想见你。）

他将他们请进客厅，女人从包里拿出一个礼物送他。

是个极好看的水晶球。外面由一层透明的塑料膜包裹着，扎口处系着深蓝色蝴蝶结带子，带子下面铺着细碎的金箔，像深蓝天空中的星星。

胖女人将礼物递给他，笑着道："This is a book derivative produced on your idea. The first one is for you. It's so pretty. Thank you for your great idea!"（这是根据你的想法定制的图书周边，第一枚送给你。它是那么漂亮，谢谢你的创意。）

许慕杨再次道谢，拿到水晶球的一刹那心头细微地颤动。

这次合作是帮助出版社营销一次爱情书籍。出版社想做一场活动，吸引年轻人的注意，那本爱情书里充满了对浪漫的幻想，描述了男女主人公在花树下的定情，许慕杨由此想到了与花有关的线下活动。

他与出版社合作发布活动海报，让许多年轻人骑着单车在公路上奔驰。单车后面系着布袋，布袋里面装满了各种颜色的花瓣。当单车一路向前行驶时，打开布袋口的一瞬间纷纷扬扬的花瓣随风一起扬向空中，一路跟着单车撒满公路。

花瓣变成了一条笔直的前行线，公路树荫、白衬衫下的单车和蓝天白云一起构成了美好爱情的一部分。很多金头发白皮肤的青春男女在花瓣旁边拍照拥吻，漫空细碎的花瓣像飘浮在空中的泡沫一样飞向远方，遥遥无际，盛大清新的场景让这次营销成了出版社活动史上的一次经典案例。

许慕杨手心里握着那枚水晶球有些怔神儿。

水晶球里是一株巨大的海棠树。前阵子出版社向他征求图书周边的意见，他几乎未加思索就建议水晶球里面种一棵树。树下铺满盐树枝，而那棵树一定要做成海棠的样子。繁密的枝叶，锦簇的花朵，还有翠嫩的枝干，双飞的新燕，用这些足具特色的元素在水晶球里伸展出春日的相思。

说到底，让他脱口而出的想法还是当年夏初一给他的。

高中时夏初一独爱语文课，喜欢背诵《湖心亭看雪》，喜欢张岱的不羁洒脱。她给他复述张岱的墓志铭，说他好精舍美婢，好鲜衣美食，好骏马华灯，好烟火梨园，满眼都是羡慕。那时他嘲笑她怎么逮着一个墓志铭不放，她感叹明明最喜声色犬马的人怎么还能写出湖心亭这样天地有大美的文章。所以你看，人都有很多面，你不一定真正地了解他。

许慕杨觉得有那么一秒，他曾窥见过她纯真的好。这样的好让她不在意别人的眼光和评价，活得积极而明朗。

他问她喜欢什么，她很认真地告诉他，她喜欢春天，喜欢花树，喜欢海棠。海棠有相思的意思，以后他有了喜欢的人可以送一朵海棠花。

如今整棵海棠树都在自己手里，他蓦地想到她。时隔四年没有消息，不知道她现在过得怎么样了。

出版社的人还在耳边用一口带着当地口音的英语向自己征求下一个合作项目的意见，许慕杨忽然站起身向他们道："Sorry, I have to go out."（抱歉，我有事要外出一下。）

胖女人和她的属下皆是一愣："Are you OK？"（你怎么了？）

"I have to make a phone call."许慕杨看了看手表，离中国跨年还有一个小时的时间，"Tell a girl that I love her."（我要打个电话，向一个女孩表白。）

胖女人看起来非常高兴，起身再次拥抱他："Cool！You will make it！"（你很棒，你可以做到。）

临走之前她担心信号不好，特意向他建议去远一点的电话亭打电话。周围都被积雪覆盖，偏远地方的电话亭兴许还可以使用。

一个想法在脑海里浮现，便迅速地生根发芽，直到将他整个心口占据。他已经隐忍了四年没有与她联系，一旦起了要联系她的念头，他的相思便如蚁噬般折磨着自己。

他穿了一身极端正的衣服，又将散碎的头发梳拢整齐，出门时清淡出尘，风流俊逸，笑意在眼角肆意盛开。

路上行人不多，很多汽车都陷在冰雪里，被牢牢困住。他蹚着雪走过一个又一个电话亭，鞋子早已湿透，唯有手心中的那枚水晶球攥得越来越紧。几个白人男女频频回头，奇怪面前充满贵族气的男人怎么会把一个廉价的水晶球看的那么重要。

他的手指按在水晶球上，将为数不多的温热全部传递到海棠树里。他一边走一边想或许那个丫头已经和陆斐然分手了，他向她表白她一定会答应。他在美国待一阵子之后就可以回国，这之前需要和她有一段跨国恋。跨国也没有关系，他会每天都给她打电话陪伴她，他要站在地球上离她最远的地方对她诉说这些年的想念。

积雪没进膝盖却挡不住他脸上的笑意。他安排好了后面的一切，只要她能够答应他。

他的脸颊被冻得通红，双手被风雪的碎末吹得发胀。他不断地看着时间，离春晚跨年还有最后十分钟。

走了将近一个小时的路，他终于到达电线完好的电话亭前。

除了马路对面有两个白人之外，整个城市都被包裹在白茫茫的风雪中，空灵安静的气氛正好适合他打电话。他哈了口气，冰碴迅速出现在水晶球表面，金箔在玻璃的反射下闪闪发光，带着一丝诱人的怂恿。他迅速进入电话亭。

将近中午十一点，时差作用下的大洋彼岸正是深夜十二点钟。他似乎听到了远方的鞭炮声和过年声，声声都是那样深情而亲切。

他一手拿起电话，毫不迟疑地按出一段数字。出国之前他要了她家里座机的电话号码，他希望这个电话号码还在，希望接起电话的人能是她。

“0086-057——”

加了国际区号之后一串数字还没输完，他后背猛地一紧。他太迫切了，以至于狭小的电话亭忽然钻进来一个人都没有注意。

独属于白人男人的气味钻到鼻尖，他猜测背后拿枪抵着自己的是刚刚在马路对面的男人。暴雪让这个地方成了完美的犯罪地点，他的穿着吸引了他们的注意。

他在判断那把枪的样子，枪口隔着衣服顶在后脊，让他感受到尺寸并不是很大，应该是一把小口径手枪。他不动声色地思考，这种手枪子弹动能比较差，中远距离击中基本不会穿透，近距离击中也就是一个孔。

狠厉的声音旋即响起。

“Give me your money！ All of it！”（把你的钱都拿出来！全部！）

许慕杨斜睨了一眼时间，还有半分钟十一点整。

他没吱声，抬手继续在电话上按下后面的数字。

堵在腰脊上的枪乍然用力，许慕杨险些踉跄。他单手死死抱住水晶球，终于将电话号码全部按完，接下来是漫长的等待接通的时间。

“Money！ All money！”

身后男人大声咆哮，许慕杨一手死死攥着电话筒。他想听到她的声音，哪怕一声，哪怕就一声他也心安了。

电话接通时他迅速“喂”了一声，只要能听见她说“喂”，他就会立刻断掉电话，然后抽身对付身后的男人。他在心中盘算好这并不需要时间，转瞬就能办好，身后的男人也会等得起这短暂的一声“喂”。

可是他忘了一件事。

他忘了跨国电话有两到三秒钟的延迟。

正是这两三秒钟，他在喊出“喂”之后还没来得及听到对面的声音身后的枪就响了。

挂断电话前尚在马路对面的同伙等得不耐烦，开枪提醒，紧接着身后的男人便抬起了胳膊准备抢劫。他一手扣了电话，扣前的最后一秒隔着话筒听见了遥远的鞭炮声，听见对面那个清脆的声音大声喊“喂”，喊“斐然你快把饺子端出来”，声音远到陌生，在扣掉电话的一瞬间戛然而止。

许慕杨转身将手中的水晶球直接砸向男人，细碎的金箔同球体一同破裂，四散在头顶。

打斗时他将男人按在亭壁上，一拳又一拳抡向那张惊恐的脸。男人大声地喊叫，他不明白面前的黄种人怎么突然生出这么大的力气，不明白一个电话怎么会这么重要。

马路对面的同伙隔着几十米的距离又开了一枪。

子弹精准地透过男人身体的空隙击穿他的胳膊，外套破了一个洞，他吃痛地呻吟一声。

男人顺势起身，狠狠踢了他一脚，正准备翻开他的口袋忽然听见马路对面的同伙大声喊道："Police is coming, run！"（有警察，快跑！）

一辆警车听到枪声迅速行驶过来，刺耳的鸣笛声让许慕杨得救。

鲜血浸湿了衣服，许慕杨单手捂着伤口跌坐在电话亭旁。他头顶的电话安静地扣在那，就像从来没有打开过一样。

一个人在波士顿的第四年，他几乎每一天都会想她。恰恰是因为当初知道她喜欢的人是陆斐然才决定出国，如今这个电话让他窥见这些年的想念无非是在感动自己。

她对此一无所知。

雪色茫茫，他在寒冷的空气里回想起上学时的片段。他和她一起坐在操场上看云的形状，阳光好得不像话，郁郁葱葱的树木围绕在四周，她的笑像长了翅膀一样飞向天空。他说不清自己在什么时候喜欢上她的，只知道这些记忆温暖得萦绕不去。

鲜血没有止住，顺着袖管一直往下流到指尖。他轻呼了口气，笑意缓缓漫上唇角。

这个电话她应该不知道是谁打的吧。

她记得也好，最好是忘掉。

阳光，花儿，笑

又是一年五月十五，清晨的天空从深灰渐渐转为乳白，最后定格成一片纯净的蓝。阳光穿过厚厚的树叶筛下来，像给地面洒下了细碎的金箔，枝头鸟儿的轻啼与盛夏中的蝉鸣一起透过窗玻璃告诉她，今天又是一个好天气。

夏初一醒来时阳光恰好打在床头上的“正”字上，最近的一行“正”字已经写满了二十个，她与陆斐然已经一百天没有见面了。

她揉了揉眼睛，看见日历备注写着“生日”两个字，其余空空荡荡。不是他回来的日子她不会在日期上画圈，即便是自己的生日也没有这样的优待。她迅速洗漱好，穿上昨天刚刚快寄到家的衣服，在镜子前拍了张照片。

是件粉白色的薄裙，纱质特有的垂感凸显了她盈盈的腰身和清秀的面容，头发散开时一双眼睛玲珑有神，笑起来半弯如月，与脚踝处薄纱上的碎星极是相配。

长裙是陆斐然专门选好的生日礼物，让她务必今天穿上。她将拍好的照片发送给陆斐然，几乎是刹那间他的视频电话就打来了。

画面中陆斐然身后的背景是银行柜台，即便笑时他白皙的脸孔上也只有浅浅的弧度。

没等夏初一说话，陆斐然的声音率先传过来。

“生日快乐。”

夏初一灿烂地笑：“你要好好工作，不用担心我。”

一周之前陆斐然就十分抱歉地告诉自己他要加班，生日会回不来。她在失落中度过了几天，如今视频却丝毫没有展露不高兴的情绪。她希望他不要有负担，当初选择异地恋的时候她就告诉过他，她可以坚持。

对面镜头一晃，几个银行职员的脸就出现在夏初一面前，嘻嘻哈哈的笑声旋即传来。

“陆主任还要继续忙，我们是陆主任的下属，还请小师母多多关照。”

几个年轻男职员在对面打趣，夏初一将镜头抬了抬，捕捉到足有五个人在那边，心口一跳。

“你们太客气啦，谢谢你们帮我照顾斐然。”

夏初一不太适应这么多人的视频电话，不知道陆斐然怎么会把手机给他们，不过转瞬就得到了对面的解释。

“小师母，我先和你报告一下我的业绩。”第一个男职员清了清嗓子，“上季度完成存款额度十个亿，贷款额度十三个亿，投放规模二十二个亿，理财业务线和高净值客户也在稳定增长，综合贡献度……”

“好啦，该我啦。”没等第一个男职员说完，第二个男职员就赶上来抢走了手机，对着夏初一客气地笑，“我说一下我的业绩，上季度完成存款额度十二个亿，贷款额度少一点只有八个亿，不过高净值客户我比他多，我干得也不差的小师母。”

夏初一扑哧一笑，原来几个人正争着给自己报告成绩，难道陆斐然没有奖励他们吗？她一一听完几个人的业绩陈述，并且给予他们鼓励，倒是让对面几个人受宠若惊。

“小师母，你太善良了，平常陆主任根本不给我们展示的机会。”

夏初一颇为认同地点头：“跟冰山似的。”

“对，对，对，话少得可怜，像冰山，哈哈哈哈……”

夏初一想说陆斐然也有温柔的一面，转念一想万一他们没感受到过就不好对付了，索性一直看着他们笑闹，直到镜头里再次出现陆斐然的身影。

“初一，楼下有辆出租车在等你，上车跟他走。”

夏初一“哎”了一声，不知道陆斐然安排了什么，只是视频电话猛地被对面挂断，再打过去就打不通了。

她穿着长裙一路下楼，看见一辆出租车正对自己鸣笛，赶紧跑过去。上车后她在后座问司机去哪儿，连司机都摇摇头，一句话都不说。

夏初一摇下车窗看着外面穿梭的车流，实在不知道一大早要去哪里。她再次拨打陆斐然的电话，仍然是一片盲音。

车子穿过几个立交桥后停在一家餐厅前面，夏初一以为陆斐然在里面等着自己，谁知道出租车司机只是陪她吃了个饭。中午时分餐厅人多，出租车司机找了位子后坐在夏初一对面，还专门为她点了一碗长寿面。夏初一哭笑不得，怕他辛苦也为他叫了一份，他呼噜噜吃掉大半碗才对她说了一句：“快吃吧，下午还有很远的路呢。”

夏初一食不知味，周遭尽是人声，也不知道陆斐然这样做的目的是什么。一个生日过得七零八落，还是一个陌生人陪着自己吃午饭，落寞的情绪迅速蔓延全身，点的几个菜她几乎一筷子都没动。

出租车司机好似看出她不高兴，嘱咐店员又添了两碗鸡蛋羹，示意她全部吃掉。带着命令的口气让她不好意思回绝，更加怀疑他的身份，难道开车还要强求顾客吃饭吗？真是奇怪的规矩。

终于从餐厅出来，然而迎接夏初一的竟然是长达两个小时的堵车。

虽然车里有冷气，然而疲惫的夏初一只想赶快逃离。高架桥上的车辆一动不动，她瘫坐在后座上昏昏欲睡，祈求车子能往前挪一点，再挪一点，她根本没想到自己的生日全都消耗在这个堵车的午后，让她再提不起半分兴趣。

下午四点，车子终于加速行驶，绿荫遮蔽的公路让她有了喘息的时间。她整理了一下裙子的边角，手指攥着薄纱一圈又一圈地握在掌心里消磨。

清风拂面，郊区的空气带着淡淡的甜味。她探出头嗅了嗅，还有一阵花香。

正当心情有一些转好时，出租车司机竟然把车停在了路边。她刚想问怎么了，看见前方又排起了长队，差点昏厥过去。

出租车司机叹口气，说前面发生了事故，估计要等一会儿。夏初一想大声问他，必须大声问他，到底还有多久才能到？她希望不要再往前走了，她要回去，哪怕停下来走路也不愿意再待在狭小的车里。

毕竟出租车司机全程没有理会她的要求，她在想如果大声一点的话是不是就能起作用。

正在她想办法准备和出租车司机谈判时，车门忽然打开了。

夏初一有点被阳光刺到，下一秒眼睛里就闪出星星，打开车门的人竟然是陆斐然？！

她结巴出声："你……你不是在汉州吗？"

上午明明还在汉州和自己视频，他不可能那么快就到这儿呀。而且汉州到淮城的飞机只有晚上那一趟，这么说陆斐然早就在这儿了？

夏初一吃惊地看着他，直到被他拉出来才彻底相信他已经来到了自己身边。

他拿着一束捧花递给夏初一，然后与出租车司机挥手告别，转而带着她转向马路一旁的小径。他噙着笑向她解释："在这儿等你很久了，没想到你们路上堵车。"

夏初一有些气闷，怪他没有提前和自己说，只是看见一束清新的海芋捧花顿时没了脾气。捧花里塞着一张金色的卡，夏初一抬头问："这是什么？"

陆斐然走在她前面，很诚恳地说道："底下几个职员都告诉了你准确的数字，业绩提成系数也说过，这张银行卡是我所有的积蓄。"

夏初一愣了愣，终于明白上午那几个男职员为什么要和自己报告业绩，原来是让她计算陆斐然的工资。她将银行卡抽出来看了看，又放进捧花里笑道："是你安排的吗？我还奇怪他们几个怎么会当着你的面开你玩笑。"

陆斐然转头看她，掌心稍稍用力："我和你说话的视频是事先录好的，所以需要他们打掩护。他们想为你送上生日祝福，顺便看看他们的'小师母'长什么样子。"

夏初一一手握着捧花一手放在他的掌心中，笑起来天真灿烂。上午所有的不顺利一扫而空，明白了陆斐然为自己准备惊喜的苦心，心都跳跃起来。

海芋捧花与自己的粉白色长裙很是相配，有一瞬间夏初一以为自己与他正走在去结婚的路上。他还穿着银行的制服，干净的白衬衫、修长的西裤以及黑色的领带凸显出他的身形，收紧的腰线带着随意的性感，阳光穿过两旁林木打在他的肩膀上，从后面看像极了从城堡中走出的王子。她笑得越来越大声，贪心得想要立刻扑进他的怀里。

走了一段小路后陆斐然回头，眼睛澄澈得像初春的冰水。面前是一整面栅栏，透过栅栏缝隙可以看见一条绿荫遮蔽的羊肠小道，再往里就什么都看不见了。夏初一不明白他带着自己来这里干什么，陆斐然则浅浅一笑。

“原本想带你从正门走，现在没办法，只好翻栅栏了。”

“什么？”夏初一以为自己没听清，“翻……栅栏？”

他示意她小点声：“旁边就是保安，进去的时候一定不要被他们发现。”

夏初一顺着他手指的方向看见栅栏边上果然有个小房子，吓得一脸土色：“真的要翻过去吗？”

“不翻也可以。”陆斐然摸摸她的脑袋，“小房子旁边就有小门，但是如果那样的话，我们很容易被保安发现。”

夏初一拼命点头：“我会小心！”

陆斐然握拳掩笑，最终答应她偷偷从保安眼皮底下穿过去。夏初一提着裙摆与他在静悄悄的下午走过栅栏和草丛，半蹲着来到小门前，像两只准备进去偷栗子的松鼠。他一直拉着她的手，生怕她有一点闪失，只是两人还没完全进去，保安的一声口哨就响起来了。

“是谁？这里不能进！”

陆斐然站起身子，朝夏初一疾喊一声“快跑”，夏初一连忙跟着他的脚步探进门内，疯一般向里大跑。

保安从小房子里出来，一路呼喊地追着两人，哨声吹得惊心动魄的响亮。

陆斐然黑色的头发在风里飞扬，眼眸中笑意渐盛，他一手搂着夏初一的身子向前奔跑，一手又为她挡去横生在面前的枝叶。白色衬衫与粉白色长裙在风里飘扬，他身上的薄荷气息灌进呼吸里，与风中的甜味掺杂着，每一种味道都让她的心跳得厉害。

拐了弯才发现这里是一片花田。一格又一格泥土里栽种着薰衣草，桔梗，山茶，芍药，风信子，雏菊，铁线莲，还有太阳花和满天星。陆斐然与夏初一越过一格又一格田埂，在花径中寻找方向。身后的哨声还在不停地响，但人声已经听不到了，漫野里都是花儿的香味和阳光的味道。他们紧握住彼此的手，错过花架跑到月季园，一垄又一垄的月季迎风摇曳，争先恐后地爆发出各种颜色。经过时夏初一看到田埂上摆满了它们的名字，醉香酒、睡美人、黑玫、自由之中、飘云、绯扇、爱、丹顶、樱桃白兰地，它们像流水一样触摸她的脚踝，带着她从没有闻过的甜味。

他仍然紧紧拽住她，怕她跌倒，怕她承受不住奔跑时灌进胸腔里的干燥的空气。直到一路跑出花田，转到栅栏后面时他深深地吻住她。

铺满石子的路面被头顶的绿树完全遮蔽，栅栏搭成拱形，形成一条长长的隧道，她倚靠在藤蔓边上，被他温柔地揽着，修长的指尖轻点着她的脖颈，一阵清凉袭来。

夏风正劲，一个吻让她从心底涌出无尽的快乐。

他仍是浅浅地笑，带着她继续向前走。穿过绿色的隧道后便出了花田的门，单车就放在门口，树叶和灌木丛铺满了前面的路。

夏初一有些惊讶，不知道什么时候他连单车都准备好了，忽然想起一件事："出租车司机也是你提前找好的吗？"

陆斐然点头："是你爸爸的朋友。为了给你准备生日惊喜，连爸爸都在帮我。"

夏初一嘘了口气，暗想难怪那个司机常常看手机，特别是命令自己吃蛋羹时候的神情，明显是爸爸在远程操控自己吃饭。

乡间的小路有泥土的气息，陆斐然推了单车准备带她向前走。夏初一提着裙子坐在后座上，第一件事就是将双手搂上他的腰。

陆斐然扬头看前面的花径，轻声叮嘱："闭上眼睛，一分钟后睁开。”

夏初一照做，一分钟很快就到了。陆斐然骑着单车穿过花径，两旁树木逐渐被低矮的草丛替代。就在这时，花径一侧忽地起了数丈高的玻璃墙，就在两人右手边，巨大的玻璃像海浪一样矗立，绵延几百米远。

玻璃后面是海水，是成群结队的鱼，是珊瑚丛和没有尽头的海草。像平地拔起了一座海洋，他们沿着小路一直往前，玻璃后面的海水和鱼群一直陪着他们。夏初一惊叫出声，从没想过有一刻她与海水之间的距离只有玻璃片那么薄。像狭小的玻璃鱼缸突兀地放大了一千倍，他们沿着玻璃壁走在花径上，犹如做了一场瑰丽的梦。

一条又一条大鱼从她身边游过，成千上万的小鱼聚集又散开，胳膊旁边更有数不尽的石斑、海葵、多带蝴蝶，围绕一团。汹涌的海水和鱼群让她眼睛里闪出惊喜的光芒，越来越多的大鱼聚集过来，遮盖在两人的头顶。

陆斐然在悠然地骑车，她看不见他的表情，却从声音里听出一丝骄傲。

“这家海洋馆向我们银行贷款，实地考察时我发现只有这里还没完工，很少有机会能看到这样的风景。”

他噙了口傍晚的风，凉凉的：“生日快乐，初一。”

夏初一心怦怦直跳，她将搂住他腰身的手紧了紧，头靠在他背上，又开心又感动：“我太喜欢这里了，就像穿越进了童话故事。”

他给了她几分钟沉浸在幸福中的时间。

“我订了晚上十一点多的车票回汉州。”陆斐然不忍打破现在的美好，单手覆上她的手指，给予她温暖，“接下来你还想去哪？”

右边是成簇成簇的斑斓鱼群，左边是浮翠流丹的花树，前方是西斜的夕阳和柔软的粉霞，没有什么比此时更让她心动。

她抱紧他，轻轻道：“我们回家。”

陆斐然浅浅“嗯”了一声，脚下发力将单车骑得更快一些。顺着小路一直往前走就是大路，然后是一个又一个路口，越来越多的车流和越来越多的人。他们会穿过这些回到家里，她会给他做一顿热气腾腾的晚饭，看他笑着将它们吃完。

她过了一个很特别很难忘的生日。

上午的辛苦都已经变成难忘的一部分，就像他们坚持了五年的异地恋一样。因为苦，相见的这一点甜就变得闪闪发光，变得更甜了。他给了她花田里的吻和万丈的鱼群，未来的很多个生日他还会给她更多。

傍晚的阳光流金一样倾泻在身上，树底投下两人长长的影子，远处的山谷变得柔软平缓，脚下的小路一直伸向远方。

那是一个无所事事的午后，却充满了很多很多细微的快乐。保安的哨声，天空的云彩，午后的风声，黄昏的单车都成了记忆中无法抹去的颜色。很甜，美妙又心动，每每想起来就能想起他寡言中的深情和自己毫无顾忌的欢笑，它们组成一股穿越身体的力量，带着她一直向前。

大块的云朵堆聚在澄净的长空，像他们初识的那天一样晴朗。

后　记

书中夏初一觉得自己“会飞”改编自真人真事，在此我要感谢两位老师。

第一位是大学时教我爱情心理课的老师，他是个极幽默风趣的人。第一堂课他站在讲台上扶着眼镜告诉我们，他得过精神疾病。然后讲起他读研究生时的感情，说起与他相恋了八年的女朋友与他分手，当时他在北京，女朋友在济南。为了挽回这段感情，他几乎天天坐火车去找她。但是女朋友躲着不见他，找了很多次最终都没有挽回。

他说那段时间他太急迫，像魔怔了一样，觉得自己“会穿墙”。前一秒在墙那边，后一秒在墙这边，他以为自己有了超能力。很久很久之后他才知道，自己是从墙那边走到墙这边来的，但是脑子里已经记不住走的过程，只有前一秒和后一秒两个记忆片段，让他有了自己拥有超能力这样的错觉。

人难免有情绪激动到不受控的时候，强大的刺激会诱发人行为的变化。当我学习心理学的时候，老师告诉我们说它一点都不神秘，它是一门科学，人的行为活动受心理活动的支配和调节。

老师的故事里虽然有他幽默讲述的成分，但这件事给了我写

“异地恋”的灵感。

很多很多时候，异地恋让人无能为力的地方在于不能立刻见到对方。所以我想假如可以呢？假如主角可以瞬间移动到另外一个城市，这段感情是不是就没有那么难以为继。但是真正的相爱不会在乎时间和距离的阻碍，让人难以为继的是那些失望、冷漠、不关心和委曲求全。

异地恋的珍贵恰恰在于彼此之间抱有想与之有个未来的信念。吃多少苦都甘之如饴，只要最后是你就好。

我也曾经历过异地恋，很想将当时的心情写下来。异地恋更多的是考验了一个人的坚持和克制，回想起来，很多记忆并不美妙，但是当两个人都在为了一段感情努力付出时，这样的感情由此变得愈加珍贵，变得有了温度，有了光。

第二位是相识几年的知错老师。

他是《相思赋予谁》的写词人，这首歌陪伴过我很多孤清的时光。本书中夏初一与陆斐然前去见温墨耕，夏初一问温墨耕明明大家受到的教育是一样的，为什么人和人还是会有那么大的差别。

温墨耕说“有的人不关心叶与花，不关心星与月，不关心四季变换，也不关心自己的心灵。三年种花，十年栽树，花有不开，树有不活。”

这段话改编自知错老师的一篇日记。

知错老师写过一本杂记，里面有教学时的感悟和探讨。我在写温墨耕的时候常常想起知错老师，他是一位很负责的老师，对万事万物抱有天真热忱，能与他结识是非常幸运的一件事。

在此将老师写的日记附上。感谢这份礼物，与老师商量后决定将它公布出来，希望有更多人能在纷争世事中热爱生活。

学生晨跑时我拍了几张乌云的照片，因为是雨前，云像波涛。

南边围墙下的两株桃花一夜就为风吹开，又一夜就为雨打乱，我也叫他们去看。

去年在露台种花，一个孩子没分到种子，我请他去操场边挖回一棵玉簪，蔫了一夏，雪覆了一冬，今春抽枝散叶，最有生气。

很多个晚操时，他们随我的目光抬头看圆缺无常的月亮，阴晴没现的星星。

当然，有人心里会容不下睚眦。

有人会说无聊，甚至恶意的谎言。

有人既不关心鲜活的叶与花，也不关心自己的心灵。

有人认为滥用暴力可以解决所有问题。

有人会放肆到将公理与道义看轻。

三年种花，十年栽树，花有不开，树有不活。

愿所有相爱的人万古常完聚，永老无别离。

夏　至

2019年于北京

你风尘仆仆走向我，胜过所有的温柔。